湖北省孝感市『5319』文艺精品项目

农人

徐克栋　著

陕西新华出版
太白文艺出版社·西安

图书在版编目（ＣＩＰ）数据

农人/徐克栋著. -- 西安：太白文艺出版社，
2025.2. --ISBN 978-7-5513-2901-9

Ⅰ.I247.5

中国国家版本馆CIP数据核字第202530L72R号

农　人
NONGREN

作　　者	徐克栋
责任编辑	汤　阳
封面设计	李　李
版式设计	宁　萌
出版发行	太白文艺出版社
经　　销	新华书店
印　　刷	四川科德彩色数码科技有限公司
开　　本	880mm×1230mm 1/32
字　　数	233千字
印　　张	10.75
版　　次	2025年2月第1版
印　　次	2025年2月第1次印刷
书　　号	ISBN 978-7-5513-2901-9
定　　价	89.00元

联系电话：029-81206800
出版社地址：西安市曲江新区登高路1388号（邮编：710061）
营销中心电话：029-87277748 029-87217872

谨以此书

献给我生活过的土地，献给全天下的农人们

目录

CONTENTS

· 第一章
立山的小满 ……………………………………… 1

· 第二章
柳顺定亲 ……………………………………… 8

· 第三章
农人这家子 ……………………………………… 14

· 第四章
天天能见到阳光 ……………………………… 18

· 第五章
准备去工地 ……………………………… 22

· 第六章
爱红的意外 ……………………………… 28

· 第七章
操劳的书记 ……………………………… 38

· 第八章
阴雨连绵 ……………………………… 46

· 第九章
追授老中医 ······················· 55

· 第十章
柳萍嫁人 ·························· 62

· 第十一章
农人与联建 ······················· 79

· 第十二章
贵海的享乐 ······················· 84

· 第十三章
别样热闹 ·························· 96

· 第十四章
重分田地 ························· 101

· 第十五章
洪水伴着传说 ····················· 111

· 第十六章
人死众人埋 ······················· 120

· 第十七章
石桥湾的渔人 ····················· 128

· 第十八章
谁也没想到 ······················· 137

· 第十九章
百姓的新星 ······················· 147

· 第二十章
辍学后的转折 ………………… 155

· 第二十一章
谋划三人行 ………………… 164

· 第二十二章
情愫之门 ………………… 172

· 第二十三章
柳晶的亲事 ………………… 182

· 第二十四章
无常之祸 ………………… 189

· 第二十五章
卫国戍边 ………………… 196

· 第二十六章
柳莹的打工岁月 ………………… 205

· 第二十七章
农人的转机 ………………… 215

· 第二十八章
波折的看病过程 ………………… 224

· 第二十九章
留在柳家大湾 ………………… 233

· 第三十章
秋天的三喜临门 ………………… 242

· 第三十一章
珍贵的团圆 ……………………………… 250

· 第三十二章
元宵节舞龙灯 …………………………… 260

· 第三十三章
"简单饭局"前后 ………………………… 270

· 第三十四章
柳志夫妻死后 …………………………… 281

· 第三十五章
两半骨灰显忠孝 ………………………… 288

· 第三十六章
两边跑的农人 …………………………… 296

· 第三十七章
最牛向阳小伙 …………………………… 305

· 第三十八章
希望的田野 ……………………………… 315

· 后　记
脚步不停　笔耕不辍 …………………… 325

第一章

立山的小满

一九九二年小满这天，处于鄂东地区的立山一片生机盎然，这座大山上下绿油油青葱葱的，漫山遍野的映山红在暖阳的照射下依旧鲜艳盛开。这天，背靠立山的柳家大湾热闹非凡，只见数千老少爷们围在柳家大湾南边的柳家河上，河埂正中间放着一面硕大的鼓，九个头系黄巾的壮汉手拿着鼓槌围着鼓，旁边还有五个人手提着锣，他们时刻准备着敲锣打鼓。河边上十几个年长的老者每人手里拿了一扎冥纸，每个老者旁边都有一个手里举着火把的小后生守护。靠近河埂的草地上置放着数十挂鞭炮，犹如一条条小龙环绕着柳家河。河滩中间供奉着一辆大水车，水车头上临时钉着一块不大不小的案板，案板上放着香炉、煤油灯和茶、烟、酒、鱼、肉、豆腐、馒头、米饭之类的祭品。七十多岁的柳儒一头白发，下巴上留着长长的白胡子，神情严肃地在燃烧着的煤油灯芯上点燃了三炷香，而后毕恭毕敬地把香插在案板上面的民间仿制的大号宣德炉里。柳儒插完香，鞠了三个躬，然后带头跪下三拜九叩并大声唱道：

"敲锣打鼓嘞！上供放鞭炮嘞！柳家大湾的老少爷们给车神叩

头嘞！"

　　随着柳儒的唱说，柳家大湾几个壮汉使劲地敲着锣打着鼓；老者们把冥纸放在后生们手举的火把上点燃，慢慢地放在河边上让其燃烧，而后作揖叩头；手举火把的后生们看着冥纸顺利燃烧起来后，排成一队，依次点燃了草地上的鞭炮。此时的柳家河锣鼓齐鸣，纸炮同奏，河滩中间的大水车四周围着的老少爷们齐刷刷地跪下叩了又叩，拜了又拜，一脸虔诚。众人拜毕，柳儒又大声唱道："小满不满，干断田坎；小满不满，芒种不管；蓄水如蓄粮，保水如保粮；车神如娘，保我柳家大湾年年风调雨顺、五谷丰登嘞！"

　　祭祀车神是鄂东地区立山县古老的小满习俗。旧时水车用于车水排灌为农村大事，水车每年照例于小满时节启动。在水车启动当日，当地的农村人都会聚在一起，敲锣打鼓，把各自家里最好的食物拿出来祭祀车神，并且还要烧很多冥纸给车神，意为"上供金"给车神，以此求得风调雨顺与五谷丰登。立山县民间传说认为"车神"即为白龙，农家在车水前于车基上放好鱼肉、香烛等祭拜，祭品中有白水一杯，祭祀时泼入田中，有祝福水源涌旺之意。这些习俗，充分表示了农人们对水利排灌的重视。小满时节，小春作物即将收获，中稻全面栽插，农事繁忙，晴天抢收，雨天抢栽。但小满时节又易出现干旱天气，"蓄水如蓄粮""保水如保粮"，既要注意蓄水防旱，又要注意可能出现的阴雨天气影响小春收获。此时，农事活动也即将进入大忙季节，夏收作物已经成熟，或接近成熟；春播作物生长旺盛；秋收作物播种在即。

柳家大湾是一个自然村落，有数百户人家，几千人，因此湾以柳姓为主，且柳姓在立山当地为大姓，本湾人口众多，以人数众多之姓命湾名，故名柳家大湾。湾落的房屋背靠立山县海拔最高、最为雄伟的立山这座大山而建，面向湾南边的河流离柳家大湾最近，故而当地人依姓冠河名，称之为柳家河。这里的县名也好，湾名也罢，大多体现了立山县特有的地名史迹。立山县以山命县名，主要是因为立山在土地革命战争、抗日战争、解放战争中作为党领导下的革命根据地，涌现出了很多可歌可泣的革命英雄人物，这些英雄人物以立山为革命根据地，发展四周群众参加革命，狠狠地打击与消灭了"土、顽、日、伪、反"等反动势力，为新中国的建立做出了不可磨灭的贡献。故而中华人民共和国成立后，国家便把这立山周围四个县市的边区统一划出来组建了立山县，以此纪念与表彰在革命战争年代为革命做出特殊贡献的立山人民。

立山下的柳家大湾各家男性户主全为柳姓，距今有六百多年的柳家一世祖们有九个亲兄弟，他们在明朝洪武二年（1369）受朝廷"湖广填四川，江西填两湖"的移民政策所迫，由江西省市驿府大医县筷子街瓦雪墩长沙铺迁徙至此。柳家九兄弟迁徙至立山下后，经过数百年的繁衍生息，后代已遍地开花，开枝散叶到多地。据柳家大湾宣统元年（1909）制作的《柳氏族谱》所载，柳姓九兄弟后人已有两万余人，其中立山下的柳家大湾柳姓人口最多，各支柳姓后人以柳家大湾为根脉，故而，柳家大湾开枝散叶到别处的柳姓人家都称柳家大湾的人为"老屋的人"。柳家大湾的祖辈自江西过籍以来，一直坚持"耕读传家"的处世理念，培养出了不少的人才。柳家大湾不管出了多少人才，也不管出了多大的人才，留在柳家大湾的祖祖辈辈、世世代代都以种植水稻为生，家家户户基本种植了早、中、晚三季水稻，其中有种植大麦小麦的家庭，在麦子收割后，也会种上中稻。

稻是人类最重要的粮食作物之一，稻子按其生存环境的不同，可以分为水稻、旱稻、海稻，按成熟时期不同一般又分为早稻、中稻和晚稻。北方的稻子都是在秋天成熟，一般为一季水稻；南方的稻子最少两季，夏天成熟一季和秋天成熟一季，甚至还有一年成熟三季稻子的地区。稻子生长周期略有不同，最久一年，最快则三到四个月，从发芽、开花，到完成结穗，都少不了农人们的精心培育与呵护。柳家大湾的农人们在选稻种时，多会将稻子灌进袋子然后泡在柳家河水底。农人们会在灌满谷种的袋子上戳出几个洞，在水中泡过一段时间后，瘪谷会随着水压浮出洞口，饱谷则会沉于水底发青。待浸透好了，农人们就把饱实的谷种拿出来培苗。柳家大湾的农户所种植的早、中、晚三季水稻，收获在迟夏、仲秋及深秋三个时节。

因立山县是由周围的两省四个县市边区划地而建的，所以立山县各乡镇村湾的习俗各有千秋，种植作物也不尽相同，农人们所说的方言千差万别，真正可谓是"十里一乡俗，三里一作物"，也正是如此，立山县被世人称为鄂东地区的"小小联合国"。立山县东邻鄂东的黄县，南靠省城，西接地区上的安城，北至罗阳市。立山属于大别山脉的分支，呈东北跨西南走向。柳家大湾位于立山之下，在立山县的西南边，属亚热带季风气候，阳光充足，河流宽敞，水源丰富，土地肥沃而广阔，适宜种植早中晚三季水稻，也利于大麦小麦的生长，故而柳家大湾是立山县的农业大村。中华人民共和国成立后至二十世纪九十年代，湾里的大多数农人以务农为主，鲜有外出经商、务工的人，只有一些后生靠读书考学进城立足后，才脱离农村生活，做起了城里人。

带着柳家大湾老少爷们在小满时节祭祀车神的柳儒，本名叫柳立钰，只因他年轻时读过几年的私塾，民国时在国立大学深造过，后来又学了中医，免费为柳家大湾的人看病问诊几十年，颇得人心，他还是柳家大湾的老学究，对传统儒学造诣颇深，故而柳家大湾的大多人都叫他柳大儒。叫习惯后，就直呼他为柳儒，与柳儒同辈的老人倒是喜欢叫他柳秀才。柳儒是家中独子，他的曾祖父、祖父、父亲都是单传，他家这一脉单传了四代人。因战乱，加之柳儒发誓要找个有文化的姑娘，故而他成家比较晚，在中华人民共和国成立后，三十几岁时才娶了个上过小学堂的媳妇杨氏。柳儒的媳妇杨氏，人长得高挑靓丽，文化程度虽然不是他所理想的那么高，倒是出自殷实人家，颇有大家闺秀之风，符合柳儒的喜好。一九五四年，柳儒的媳妇给他生下了一个儿子，他高兴得不得了，为自己有了个儿子乐翻了天。柳儒认为，儿子的到来将会给家里带来顺风顺景，便给儿子取名为柳顺，希望家里顺，儿子一辈子也顺，他更希望媳妇杨氏再多给他生几个儿子，以改变他家的单传命运。

然而，杨氏不知怎么搞的，自生下柳顺后，便落下了"阴虚身亏"的毛病，一来月事十天半月的干净不了，身体就一日不如一日了，整天病恹恹的，毫无劳动之力，后面就再也没有生过一男半女。

一九五九年的夏天，杨氏因肚子饿了，错吃了一些东西，当天吃下去后,到了傍晚,浑身就难受得不行,想吐却吐不出来,想屙也屙不出来。柳儒看着媳妇痛苦的样子一筹莫展,顿时慌了神,只能不停地安慰着媳妇,并喂水给她喝。与柳儒同辈同岁的隔壁邻居柳志听着杨氏的呻吟声,就过来看了看,对柳儒说道:"兄弟啊,亏你还是个秀才,读过书的人,你屋的人(媳妇)是吃了不该吃的东西,把黑玩意吃进了肚子,就把肠子给堵住了,你不能再给她水喝了,再喝,她会更难受!你得赶紧去村里找开拖拉机的师傅把她拉到镇上卫生院看看!"柳志说完这句话,就转身回到了自己家里,此时的他没有吃饭,也是饥肠辘辘、头晕眼花的,再没力气多说什么了。

柳儒听柳志这么一说,才醒过神来,就急匆匆往村部赶。柳儒一走,他媳妇顿感孤寂与无助。此时,旁边的儿子柳顺对她说:"干干(妈妈),家里水缸没水了,我要喝水,我跟着干干挑水去。"

杨氏看了一眼旁边憨憨的儿子,强撑着身体,进厨房拿起一个木桶,带着哭腔说:"儿呀,干干这就去提一桶水回来烧给你喝,你在家等你的伯(爸爸)回来,不要跟着我。"

杨氏说完这句话,便丢下儿子,拿着木桶,颤颤巍巍来到离自家大门不远的柳家大湾老井旁边,她吃力地拿着水桶,弯腰打水。因正处夏天,用水的人多,老井的水离井口将近有半米深的样子,杨氏拿着水桶,极力地弯腰下去,水桶肚子才勉强接触到老井中的水。杨氏费力地用桶舀着水,看着水桶灌满了一半,她便准备提起来。正当她起身时,她的双腿忽然感到疲软无力,精神恍惚之下,身子不由自主地歪向了老井,只听"扑通"一声,杨氏就不见了人影……

柳家大湾的老井是一口天然泉井，是柳姓一世祖迁徙至此后，柳家九兄弟依着泉眼，合力挖出来的，井口是椭圆形的，井深十几米，肉眼看不到底，井水冬暖夏凉，清澈明亮。柳儒家是三间土坯房，正中间的是堂屋（客厅），大门连着堂屋正对井口，距老井不足两百米，老人都说柳儒家大门离井口太近了，也就是离龙眼太近了，大门对龙眼宜出聪慧之人，但容易被反噬，会导致寡丁。所以，柳儒家祖上几代单传。住在柳儒隔壁的柳志家大门错向而开，没有对着井口，倒是生活得顺风顺水。柳志结婚早，娶妻梁氏，生有四个儿子，四个儿子分别以"猛勇刚强"四字冠名。柳猛最大，出生于一九五一年；柳强最小，出生于一九五九年。在立山县广大的农村地区，农人们都非常讲究风水，建房破土、夯基下脚、立柱上梁、开向乔迁等都是要请风水先生过来看日子与指点迷津的。人死后，葬哪里，怎么葬，哪天哪个时辰下葬，哪些人不能送葬不能看宝棺，都要找堪舆先生过来定夺。

村里拖拉机师傅开着车把柳儒带到他家门口时，柳儒只见憨憨的儿子柳顺指着门前的老井哇哇地哭着说："干干掉下去了，干干掉下去了……"

柳儒望向老井，"嗡"的一下便倒在地上了！

……

第二章

柳顺定亲

　　一九五九年这年，柳家大湾不断有人死去，柳儒媳妇杨氏就这样走完了人生路，并没有引起湾里多大的轰动，倒是有几个年长的婆婆后来闲聊时唠叨着说："柳儒媳妇有主见有福气，她这样走了也好。再说，她可能是挖东西时冲撞了哪路神仙或者阴怪，要她赔命吧！这就是她的命！"

　　柳儒深感自己无用至极，所学所识填不饱肚子，治不了病，害得媳妇掉入老井溺水而亡！他真真切切地感到自己就是那个"百无一用是书生"的人！杨氏死后，他发誓终生不再续弦，并发誓要弃文学医，行善积德，救死扶伤。他还发誓这辈子一定要把儿子培养出来，让儿子早点成家立业，让儿子光宗耀祖，让儿子多传后代。

　　柳儒一改往日书生之气，白天积极参加劳动，拼命挣工分，夜晚挑灯学医。通过一些老中医的指点及个人领悟与刻苦钻研，不到几年，他便能给人把脉切诊，自己爬登到立山上采草药给人开方治病了。很多老中医对柳儒说："你真是半路出家，秀才学医，一点就通啊！你日后必有造化与道行！"

随着柳儒治病救人的名气越来越大，村干部就不让他参加劳动挣工分了，直接在村部仓库旁边设立了一个医务室，并给他腾出两间小屋，让他专门给村里人看病治病。于是，柳儒带着儿子柳顺住进了村部的仓库，外面的一间房专门给人看病治病，做饭炒菜也就在这外面的房子里，里面的一间房就是他与儿子的卧室。村部仓库旁边是村里的牛栏、猪栏，牛栏有六间，猪栏是一间空旷的大屋。那时村里养牛养猪的活统一交给了柳家大湾的一对五保户夫妻，这对五保户夫妻就住在牛栏前面，房子也是村集体所有。这对五保户夫妻，男的叫柳干，六十多岁，女的袁氏，比丈夫要小几岁。夫妻二人在二十世纪二三十年代生过几个孩子，后来日本鬼子打到了立山，一路烧杀抢掠，柳家大湾的农人们往立山山洞里"跑反"（躲避日本鬼子侵略）时，一些孩子跟不上大人的队伍，就被追上来的日本鬼子给枪杀了。柳干与袁氏的几个孩子就是在"跑反"掉队时，被日本鬼子用枪活活打死的。后来战争结束，他们就再也没有生出个一男半女的，便成了村里的"五保户"。村里干部看着他们可怜，但还有劳动能力，就酌情给他们安排了为集体养牛养猪的任务。柳干白天把牛赶到立山半山腰的平地上散放，袁氏就在村部负责十几头猪的一日三餐。夫妻二人无儿无女，有了这个差事，倒也活得舒心，村里每天给他们两人按正常劳动力记工分，因此，在正常年景，他们夫妻俩倒也不缺吃不缺喝的。

柳儒搬到村部仓库住下后，靠着勤奋学中医得来的手艺，救治了不少的人，独创了很多有效有用的治病偏方、验方、秘方，他特别擅长治疗肝病、肺病、肾病及不孕不育，特别是他对治疗"蛇缠腰"急性皮肤病及蝮蛇咬伤有独特的药方，经他治疗后，都能见好，且不会留下什么后遗症。在二十世纪六七十年代，他成了当地有名的赤脚医生，不仅柳家大湾的人找他看病治病，附近还有很多村的人都慕名而来，到了后来，甚至有在立山县城里住的公家人也找他看病开方。柳儒在治病救人之余，特别注意培养独子柳顺，他希望柳顺靠读书考学改变命运，走出立山，进城当个公家人。柳顺六岁后，柳儒就让他在村里上小学。治病救人间隙，柳儒也会教儿子识字练字、读书断文。但柳顺是先天的"憨憨"，对读书毫无兴趣，倒是对放牛很感兴趣。柳顺一放学，从来不先做作业，而是一溜烟似的跑到立山脚下等养牛的柳干赶牛回来，柳顺一看到牛，就欢喜得不得了，又是叫又是蹦的。柳顺喜欢牛，也喜欢柳干，他特别喜欢柳干给他讲革命英雄的故事，时间一长，柳顺似乎成了柳干的孙子。柳干媳妇袁氏也非常喜欢柳顺这孩子，吃饭时总会叫上他，缺乏母爱的柳顺在袁氏的关照下，生活倒是有滋有味了。

柳顺读完小学就再也不想读书了，他对柳儒说："伯，我不想读书了，我看着书本就头疼，看着文章就脑壳大，我想跟牛栏前面住的干爷爷学着养牛。干爷爷一字不识，养牛也是一辈子不缺吃不缺喝的，我以后就在湾里种田种地，当个好样的庄稼汉！"柳儒虽然痛恨儿子不上进不好好读书，但看着儿子坚定的眼神与表情，他选择了妥协。柳儒心想：就这么一个儿子，孩子干干死得又早，也不能把孩子逼紧张了，也许儿孙自有儿孙福，柳顺不读书，说不定柳顺结婚后养的儿子爱读书，能接我柳大儒的班呢！

柳儒心里自我安慰一番后，便从了柳顺。柳顺辍学后，柳儒找了村书记柳国胜几次，终于让柳顺如愿以偿地跟着柳干一起养牛放牛了，村里每天也算柳顺的工分。自从柳顺跟柳干一起放牛后，袁氏对柳顺更加好了，把家里好吃的东西都尽着给他吃，柳顺倒也不客气，直接一口一声叫柳干为爷爷，叫袁氏为奶奶，把这对五保户夫妻欢喜得不得了。袁氏娘家袁家凹的侄子袁德才有两个儿子、一个女儿，女儿叫袁爱红，出生于一九五五年，比柳顺要小一岁。袁爱红也不喜欢读书，加之那时也不兴女孩子进学堂，故而，袁爱红除上过几天村里办的"扫盲班"外，便再也没有读过书，大字不识几个。柳干媳妇袁氏心里喜欢柳顺的孝顺、懂事，便有意把侄子袁德才的女儿袁爱红说给柳顺做媳妇。袁氏有这个想法时，柳顺才十三岁。那时立山县广大的农村地区普遍比较落后，很多村落还时兴定"娃娃亲"或"换亲"，只要两家大人关系好，就会在各自子女很小时，为他们定下婚姻这个终身大事，要是两家都有儿女，就会以"娃娃亲换亲"的习俗定下来，只待各自孩子长到十八岁左右时，男孩娶女孩嫁，大人们就把亲事给操办了。

一天，袁氏来到柳儒的诊所，笑着对他说："立钰侄子呀，我看你一个人孤苦伶仃地带着顺娃娃蛮辛苦的，顺娃娃也有十几岁了，要不给他先定门亲事？等过几年成人了就结婚，到时你就多了个帮手，也有个人给你们做饭洗衣了，几年后你就能抱上孙子了。"

柳儒沉闷地说："婶娘啊！我这穷家无业的，哪家姑娘愿意定给顺娃娃呢？"

"亏你还是个大秀才，你有学问有医术有手艺，顺娃娃人好，憨厚老实，孝心十足的，你还怕找不到好儿媳？"袁氏又笑着说。

"难不成婶娘心里已有了主意？"柳儒问道。

"是啊，我就直说了吧，我娘家袁家凹的侄子袁德才家的姑娘今年十二岁，比顺娃娃小一岁，正是花一样绽放的年龄，长得高挑结实，模样俊秀，年龄不大，农活干得溜溜的！她还没许人家，我看着顺娃娃心里就喜欢，你要是同意，我就把我娘家的侄孙姑娘保媒给顺娃娃。"袁氏平和地笑着说。

"那敢情好啊！要是这样，婶娘就是我家的大恩人啊！"柳儒感叹道。

"我好好看了看我那娘家的侄孙姑娘，屁股生得圆实，腰盆也大，小小年纪胸部就鼓起来了，成人结婚后，一定是个多子多福的人，你就等着乐吧！再说，你家搬到了这里住，没了那大门对龙眼的风水，顺娃娃结婚后，一定会改变你们祖上几代单传的命运！"袁氏呵呵地笑着说。

"那好啊！我柳儒这辈子已经别无所求了，只希望早日看到顺娃娃成家立业，为我柳家多添香火！"柳儒高兴地说。

袁家凹的袁德才是个老实巴交的庄稼汉，一辈子没有离开过土地，他的媳妇也在一九五九年饿死了，留下了两儿一女给他独自抚养，日子过得相当清苦。柳干媳妇袁氏两边一说媒，袁德才钦佩柳儒的为人与医术，也看中了柳顺这小子，很快就把柳顺与袁爱红的亲事给定了下来。

一九六七年腊月，柳儒在柳家大湾村部居住的小仓库里简单摆了三桌酒席，请了村书记柳国胜主持柳顺的定亲仪式。在定亲这天，柳干媳妇袁氏买了一身红色的衣服给袁爱红穿上，她对爱红说:"孙女啊,过了今天,你就是顺娃娃的未婚妻了,嫁鸡随鸡,嫁狗随狗,你要一辈子守着他、爱着他,要对他不离不弃,要做好咱女人的本分,三从四德一定不能破啊!"

袁爱红眼里噙着泪说道:"姑婆,我一定听你的,我伯也嘱咐了我,说我成了顺哥哥的未婚妻后,以后就要多来照顾他们父子两人。"

"这就好,这就好!姑婆不会害你的,顺娃娃这孩子以后一定是个好的庄稼汉,一定是个能干活的农人。"袁氏笑着说道。

还是少年的柳顺与袁爱红,在众人的簇拥与祝福下,第一次牵上了嫩嫩的小手。柳顺牵上袁爱红的手,按照定亲规矩——给父亲柳儒、岳父袁德才、主持人柳国胜叩头跪谢。柳儒对儿子柳顺说道:"顺娃娃,以后你与爱红就是一家人了,爱红的伯也就是你的伯,往后农忙时,你要多去袁家凹帮帮爱红的伯干活,不要怕苦怕累,定亲了,你就是个男人了,要顶天立地的。"

柳顺看着袁德才坚定地说道:"伯,你放心,我这辈子会照顾好爱红的,你家有什么农活需要干的,你随时叫舅哥过来喊我,我立马就过去干。"

那时,十几岁的娃娃的心智是比较成熟的,早早定亲在那个年代也就是很正常的事了。定亲仪式结束了,柳儒多了种希望,柳顺多了个寄托,爱红多了份期待。

第三章

农人这家子

　　祭祀车神当天，柳顺并没有参加，他独自一人在自家承包的田地埂上坐着抽闷烟，他面无表情地凝视着田里的水稻在微风中来回摆动，也远远地望着老父亲柳儒忙着祭祀。柳顺所抽的烟丝是自家旱地里种植的烟草制成的。烟草，在二十世纪八九十年代，是柳家大湾的一大经济作物。那时，立山之下柳家大湾的很多农家，把不长庄稼的一些旱地种上烟草，待烟草叶子成熟后，就几家合伙弄个小型炕窑，把摘下的烟草叶子按贩子收购的要求烘干扎好，稍微晒晒，就可以按斤卖给烟草贩子，农人们卖烟草叶子得到一些钱，全部用于贴补家用。一些烟草叶子太小，或者烘干过程中出现瑕疵，烟草贩子就会拒收。这些被拒收的烟草叶子，农人们一般都会自己留下来切成烟丝，而后用黄纸卷起来自己抽或者用于待客。大多农人是用不起黄纸的，就自制一个水烟袋，直接把烟丝剁成碎丝，自己要抽或者待客时，就把这些自己制作的烟丝放在水烟袋上，再用火柴点燃。

　　柳家大湾的田地虽然大多平阔肥沃，但因人口众多，在一九八二年实行家庭联产承包责任制分田地与山林时，人均分到的田地不足半亩，山林也就一亩多点。柳顺是一九七五年跟袁爱红结婚的，在一九八二年分田地时，他家一共六口人，共分得水田两亩三、旱地六分、山林八亩，这些田地在当年种植粮食收获后，上缴完集体的款项，剩下的粮食，一家人勉强能吃饱肚子。分得的山林，能开荒的都开荒出来种植上了花生、油菜、芝麻之类的榨油作物，实在开不了荒的山林就种上板栗、桃树、枣树、梨树等能产生一点经济效益的树木。柳家大湾的农人们一年到头都盼着水稻穗大，粒粒饱满，能有个好收成，盼着开荒出来的山林种植的花生、油菜、芝麻能多结果实，盼着多榨些花生油、菜油、芝麻油，这样，他们一年的劳动就不会白费，一家人的温饱就不用愁了。

然而，柳家大湾处于立山之下，立山在二十世纪五十年代以前还有华南虎、豹子之类的猛兽，五十年代后，由于一些人为因素，立山中只剩下狼这一种食肉动物了。进入八九十年代，立山中的狼也越来越少了，于是立山上的野猪、獾、野羊、兔子等食草类动物少了天敌的威胁，就泛滥起来了。这些食草类动物泛滥后，会在夜里侵犯农人们的庄稼，特别是农人们开荒种植的花生是野猪的最爱，开荒种植的花生好不容易长出来了，一群野猪得食后，一夜之间就会把花生地弄个底朝天。农人们为了生存生活，为了防止这些食草类动物对庄稼的侵犯，着实绞尽了脑汁，想出了很多办法来对付它们。那时，村里为了保护庄稼，为了柳家大湾这个农业大村的种植环境，还专门组织过一些年轻力壮的农人用猎枪来捕杀野猪，农人们捕杀到了它们，还有一定的奖励……

柳顺一家六口人中包含他们两口子、老父亲柳儒，三个女儿，其中大女儿柳萍出生于一九七六年，二女儿柳晶出生于一九七八年，三女儿柳莹出生于一九八〇年。在三女儿柳莹出生后不到三个月的时间里，柳顺认的五保户干爷爷柳干与干奶奶袁氏相继去世。柳干在去世前拉着柳顺的手说："顺娃娃啊，我与你的干奶奶一辈子生过好几个儿女，因为战乱都没了，你现在是遇着好时代了，往后要多生点娃娃啊！有人就有家，人丁兴旺，财才会旺！我死后，自有村里公葬，你看在我带你一场的分儿上就给我戴戴孝扶扶灵吧！我死后，你把你干奶奶供着，我们有一些积蓄，等你干奶奶快不行时，她会把我们毕生的积蓄都给你养儿育女的。好人自有好报，我们在天之灵会保佑你与你的儿女的……"

柳干死后，袁氏虽然独自一人居住，但柳顺与袁爱红把她当成自己的亲奶奶一样，天天送饭送菜、挑水劈柴，什么活都不让袁氏做，孝心可嘉。死了老伴的袁氏，虽有柳顺夫妻的尽心照料，终抵不过精神的落寞与内心的孤独，在柳干去世一个多月后，她也于一个夜晚得急性心肌梗死随柳干去了。袁氏去世很突然，因是五保户，依旧是村里出钱下葬，柳顺与袁爱红戴孝送葬。葬完袁氏，村里并没有收回柳干夫妇住过的集体房子，柳顺清理房屋时，除找到少许衣物与几角钱外，他并没有找到柳干临死前说的积蓄。柳顺心想：干爷爷干奶奶也许压根就没有积蓄，他们是怕死后没人给他们戴孝扶灵才不得不这样对我交代的，他们把我看得太低了啊！我的爷爷奶奶、干干过早离世，我从小就没有享受到祖父祖母的爱与母亲的爱，是干爷爷干奶奶给了我这些爱，你们对我有养育之恩啊！即使你们一分钱也不给我留，我柳顺也会给你们戴孝扶灵送葬的啊！你们就是我的亲爷爷亲奶奶啊！我要是不给你们戴孝扶灵，我就不是个人啊！你们放心走吧，逢年过节时，我会给你们烧纸钱放鞭炮的，等爱红生了儿子，我的儿子长大了，我会带着儿女们到你们的坟头上给你们上坟叩头的……

柳顺的孝道与憨厚终于迎来了好运。一九八三年初，袁爱红给柳顺生下了第一个儿子，柳儒高兴得不得了，欢喜地说道："柳家列祖列宗开眼开光了，柳家终于有后了！我柳家上岸了！"

于是，柳儒给大孙子取名为柳岸，到岸即看到了希望，他希望这个大孙子能给柳家旺人旺财，以此不负皇天后土，不负他这辈子的心愿，不负媳妇杨氏啊！袁爱红生女儿柳萍、柳晶、柳莹时，柳儒都是一声不吭，闷着叹气，在他的骨子里与灵魂深处有一股老封建劲，感觉生男孩就是比生女孩重要，能生男孩就是光荣……

结果接下来的几年里，袁爱红又接连生下了两个儿子，二儿子叫柳忠，三儿子叫柳阳。现在他们这个家总共有三儿三女六个孩子。这是后话。

第四章

天天能见到阳光

　　柳顺这段日子心里总在想：自己跟爱红结婚都十七年了，种田种地也种了十七年了！这十七年来，自己没日没夜地干活，一家人却是越来越挨饿了。父亲柳儒倒是如愿以偿了，父亲盼着的多子多福，如今让媳妇爱红给实现了。爱红啊，你是我家的大功臣啊！你给我们柳家生了三个女儿三个儿子，人家都说我家有三个"好"字啊！是"三好"家庭！人家都说我们家十全十美了！可是，老天爷啊，上天不是有好生之德吗？老天啊，你们既然让我家有了这么多孩子，你们总得让我家能吃饱肚子啊！你看看，你看看，我家孩子们一个个面黄肌瘦的，我家的活路在哪里呀？我家生了六个娃娃，如今只有三个娃娃在读书……

　　柳顺在心里发着牢骚，怄着闷气，此时此刻，他的心情谁能明白呢？是的，没有人能明白了，现在连他最爱最爱的妻子爱红都不明白。袁爱红现在精神上只有失望、悲切、无奈，身体上只有饥饿、疼痛、麻木。

　　时间回到一九八六年腊月，柳顺和柳儒商量了一下，过完年凑点钱去买头母猪崽，母猪养大了可以下崽卖，家里才有个固定的经济来源。

最后柳顺找丈人借了点钱，丈人家里人少，条件比柳家好一点儿。柳顺回到柳家大湾后，把钱交给了父亲柳儒。柳儒拿着钱，经过四处相猪，最终花三十块钱在一户人家买了一头母猪崽与一头财猪崽（被阉割的公猪，在农村称为财猪），这户人家感恩柳儒治好了他们的不孕不育症，使他们有了后代，特意以最低价半卖半送了这两头猪崽给柳儒。

柳儒高高兴兴地挑着两头猪崽回到柳家大湾，对儿子柳顺说道："顺娃呀，这下你要好好搞啊！柳萍、柳晶、柳莹三个孙女都不小了，以后放学了就让她们扯猪草给猪吃，我们以后更要抽空多挖些药材卖出去，也好买点猪的饲料，让小猪长快点变钱啊！"

"是啊，伯，我看萍娃娃都十岁了，读书一般般，读书好像用处也不大，明天起就不让她去上学了，开始让她负责一天三顿喂猪吃食。晶娃娃、莹娃娃读两年也就算了，到时都回来帮家里做活。"柳顺说道。

"你小时候就是读不进书，但你说的有一定的道理，农村人读不进书就算了，能认几个字，会做人，长大后能生娃娃就行。老头子读过国立大学，行了大半辈子医，钻研了一辈子的学问，也没有弄个人样来，往后呀，只有把希望寄托在几个孙子身上了！"柳儒叹着气说道。

"伯，那都是陈年旧事了，我的娃娃多，以后只要有一个有出息就行了！"

"你小子，就这点出息！"

"伯，希望爱红这次生个有出息的小子，也好让我家扬眉吐气一番！"

"再怎么着，现在的时代总比我出生那岁月要好了不止一星半点儿的，你们是遇着好时代了，比我小时要强千倍万倍的啊！"

"伯，你说得对！现在形势好，只要肯干，不放弃生活的念头，我们都有奔头。"

"你这才说到了点子上嘛！等这个孙子出生后，爱红回家了，你们好好谋划一下，把日子过得红红火火的，不能等不能靠，要用自己的辛劳与双手去打造美好的生活，日子一定要过得天天能见到阳光。"

"伯，知道了！往后家里的日子一定能天天见到阳光的！"

一九八七年仲春，袁爱红在娘家小竹屋里产下了一名男婴。坐月子期间，老父亲袁德才倒是想方设法买了几只鸡炖给她吃，大嫂二嫂也时不时送过来一些肉汤给她喝。

柳顺过来时，低下头看着新生的儿子，心疼地对袁爱红说道："真是辛苦你了，你真是我们柳家的大功臣啊！那两头猪崽已经长到了八九十斤重，特别是那头财猪，体形硕大，将来一定能卖个好价钱。"

"嗯，那就好。我们的这个儿子出生了，还没有起名字，这个儿子是在娘家出生的，要不就让我的伯给他起个名字，怎样？"袁爱红问道。

"好啊，这样我的丈人爷也有面子啊！"

"那你快点去叫伯过来给娃娃起个名字。"

柳顺叫袁德才过来后，袁德才说："你们这孩子本应在柳家大湾出生的，就是因为这呀那呀，才见不得阳光，我看那就叫他柳阳吧！希望他长大后，天天能见到阳光，一辈子都光明正大的！"

"伯，这个名字好，就叫他柳阳了！"袁爱红激动地说道。

"伯，我的伯也说咱以后的日子要过得天天能见到阳光，你给外孙起的这个名字好啊！"

"好！阳阳有名字了，快点看看外公，名字是外公给起的！"

袁爱红带着柳阳回到柳家大湾后，村里上下正涌起一股出门务工的热潮，大家伙从内到外，都想着挣钱，都想着把日子过得红红火火的。这也正应着柳儒与袁德才的一句话："过日子就得天天能见到阳光！"大家伙这么拼命往外面走，就是为了把日子过好，过得温暖嘛！

柳阳的出生在柳家大湾并没有引起多大动静，毕竟柳顺家又不是生第一个孩子了。当初柳顺与袁爱红生第一个孩子柳萍时，柳家大湾几乎家家户户都给柳儒家送了礼的，这是农人的礼节与习俗。

在那时立山农村人眼里，人的出生与死亡是最大的事情，同在一个湾里，大家又是同个谱牒下来的后人，不管哪家生第一个娃娃，同谱牒的人家都会去赶礼，有钱的人家赶礼时就会用钱代替礼品，没钱的人家会用物品代替，比如拿着自家喂养的母鸡或者公鸡或者鸡蛋给生娃娃的人家送去。

赶礼，也就是农村的周情搭礼，今天我家有事，你家赶礼给我家，明天你家有事，我家必然要还礼给你家的。这种赶礼习俗，无疑成了农人们联络感情、互帮互助的一种最朴素最接地气的习俗。

第五章

准备去工地

柳顺与袁爱红生育了六个孩子，没有影响到老书记柳国胜，却影响了继任村书记的柳贵海。这里说说影响柳贵海之后的事情。

柳贵海因柳顺和袁爱红两口子超生的事被免去村里书记职务后，感觉生活在柳家大湾脸上无光，心里也憋屈。柳贵海媳妇杜凤经常在家唠叨："你看你呀，还把自己当书记啊？一天到晚就知道到处转悠，不务正业！家里就这么一点田地，一年到头地忙活，上缴完集体款项，就够吃的，这啥时候是个头哟！柳章都快结媳妇的人了，没得钱，怎么结媳妇？哪家姑娘愿意上门啊？你也不会想想办法去！你现在丢了书记的官，也没得补助了，能干等着吗？"

"你这婆娘，天天唠唠叨叨个没完！"柳贵海气呼呼地说道。

杜凤听完，眼圈一红，哭着骂道："你个挨千刀的，真不是个人！我给你家生了娃留下了种，你自己没出息倒怪起我个女人来了！哎呀！妈耶！我不活了！我不活了！你是要逼死我嘞！我不活了！"

"你个狗屁女人，你去跳井，你去跳井，死了干净！"

"哎呀！妈耶！我不活了……"

柳贵海与杜凤你一嘴我一嘴地吵着，闹得不可开交。杜凤最后气不过来，在堂屋地上又是拍地又是打滚的，哭闹不停。柳贵海皱着眉头，极度厌烦地在一旁看着杜凤，不停地说道："你去死，你去死！狗屁女人！"

被杜凤闹得心烦意乱的柳贵海，拿了个水烟袋，夹了一包烟丝，索性摔门而出。杜凤躺在地上看着柳贵海急着走出去了，就忽地坐起来，然后起立，疾速往柳家大湾老井的方向冲。柳贵海家离柳家大湾老井将近有半里路的样子，杜凤冲到半途正好碰到捕鱼回来的儿子柳章，柳章看着母亲哭红了眼睛，便着急地问道："妈，你这是搞什么呀？"

杜凤不顾儿子的诘问，边跑边哭着说："你爸不让我活了，我投老井去，我不活了！"

柳章看着母亲真要投老井的样子，就赶紧放下拖网（一种捕鱼的渔具）与鱼篓，上前一把拉住杜凤，并跪下说道："妈妈耶，你儿子还没有结媳妇嘞！你不想抱孙子了啊？"

"你爸不让我活，我还咋的个活啊？你就让我跳井去吧！天天什么也不做，只会对我大吼二叫的，不把我当人看嘞！"杜凤哭着说道。

"妈耶，那是我爸心里苦，你让让他，过上几天就好了。过几天我跟爸一起去省城谋点事做做，他就不会这样了。"柳章也哭着说道。

杜凤、柳章母子在柳家大湾机耕路上搞的这一出，惊动了柳家大湾不少男男女女的，大家远远地看着，听着他们母子的对话，没有一个人上前来劝的。

"她家男人干的缺德事太多了。"人群中有人附和着说。

"我男人咋的干缺德事了？你们就知道冤枉他！"杜凤止住哭泣，大声朝着说话的人回击着说道。

"你们这些婶婶叔叔的，莫再怪我的爸爸了，他当书记时，是人在江湖身不由己啊！"柳章说道。

坐在立山下小丘陵坡上抽水烟的柳贵海抬头望见自家媳妇与儿子被人围在机耕路上，就赶紧熄灭了烟火，疾速地跑向机耕路，看到儿子跪在地上，瞧着杜凤哭得红肿的眼睛，抬头看了看万里晴空，他干部样十足地大吼着说道："婆娘家的，你自己不好好的，也不让咱儿子好好的。章娃娃，男儿膝下有黄金，莫跟我随便下跪，你今天跪你的妈妈不要紧，以后就不能随便下跪了。走，咱回去煎鱼炒鱼吃，今晚咱爷俩喝几杯，瘦死的骆驼比马肥，甭理这些！走，回去……"

最终，柳贵海扶着杜凤，柳章挑着拖网与鱼篓跟在后面回家了。

当晚，杜凤把儿子捕回来的鱼煎好后，用辣椒炒着给他们爷俩当了下酒菜，三人一起吃饭，早把白天不高兴的事忘到了脑后。柳贵海端着酒杯说："凤啊，我想好了，明儿我就去跟柳志大叔说说，让他介绍我们去他大儿子柳猛那省城的建筑工地上帮一下小工，该低头时就得低头！没见过种田种地发过财的人。我们在家种田种地是发不了财吃不饱饭的，得到外面去闯闯，我与章娃娃明天一起去柳志大叔家说说。"

"伯，你这想法好，我早就有这想法了，那时你在村里当书记，我不好说，现在这事最靠谱。"柳章说道。

"那也行吧，你们爷俩一起出去挣些钱存起来。章娃娃今年都十九岁了，过几年必须得说亲结媳妇的！你就莫指望湾里人做媒说媳妇给章娃娃了，先存钱，存上了钱，章娃娃才能选选人家姑娘。"杜凤边吃饭边说道。

第二天，柳贵海带着柳章来到了柳志家，把要到柳猛工地上务工的事说了出来，柳志爽快地答道："只要你们放得下架子，到我的大儿子工地上做工是没得问题的。再说，贵海不当书记了，成全了我的三儿子柳刚，刚娃娃现在当上了村书记，莫说让你去猛娃娃那里做工了，我跟猛娃娃说一下，让他搞个小头头给你当着！你的儿子柳章年轻，到了工地上可以学个手艺活嘛，有了手艺，以后找媳妇绝对不是问题！"

柳贵海被柳志这么一说，感动得不行，对柳志一再说着感激的话。柳贵海带着柳章回家后，就收拾东西，准备明天就跟着柳志下省城去柳猛工地上干活。

柳猛媳妇付紫芳娘家的哥哥付端强是立山县城建局的办公室主任。改革开放进入二十世纪八十年代中期后，立山县城建局牵头组织成立了立山县联合建筑队，简称"立山联建"，这个联合建筑队归属于立山县城建局，但他们可以自主经营，自负盈亏，运营盈利所得按比例上交给城建局。柳猛读过高中，年轻时又学过泥瓦匠，做事灵活，人缘很好，与舅哥付端强关系极好。立山联建成立前，付端强便利用政策把柳猛招进了城建局做办事员；立山联建成立后，他便让柳猛做了联建队长。柳猛做立山联建队长，适得其位，如鱼得水。立山联建成立后，头两年他带着二弟柳勇组织了一个班子在县城负责一些居民区的房子改造与重建，后来随着经验的积累，加之省城建筑市场的火热，他便带领立山联建的十几个人跑到省城接活。因柳猛管理有方，立山联建早期的工人手艺也很是过硬，这些人做事能吃苦、肯吃亏、讲信誉，工程质量又有保障，很快便在省城建筑市场操作得小有名气，工程上的活一拨接一拨，立山联建也因此在省城建筑市场上做得风生水起，带动了立山当地不少农民到他们的工地上打工挣钱。当时，很多农民便以能到立山联建工地打工为傲。

付端强与付端生都是付家湾人，两人属于堂兄弟关系。付端生在堂哥付端强介绍下，到立山联建做了一名安检员，专职负责立山联建在省城工地上的安全检验与保障工作。柳贵海到了省城的立山联建后，便被柳猛安排管理工地上材料进出的事情，经常跟付端生打交道。柳章被安排跟着一名做粉刷的大工学习粉墙的手艺。

柳贵海在去立山联建工地的前一天晚上，忍不住来到了住在村部仓库的柳儒屋子里。他推门而入，见着柳儒便说："柳大叔啊，托你的福，我明天就要带着章娃娃背井离乡去省城工作了。我欠你的情该还的也还了，希望往后你莫要再在湾里揭我媳妇曾经不孕不育的短了。揭不得啊！她前几天为这都差点跳进湾里的老井自杀了，幸亏被我的章娃娃撞见给救了，不然就真出人命了！"

"啊？有这事？"柳儒疑惑地问道。

"叔啊，我今晚就是来告个别的，我也知道你老一辈子怪不容易的，顺弟弟与弟媳爱红还要养六个娃娃，你们真的挺为难的。我的家庭稍微宽裕一点，我背着杜凤拿了五十块钱出来，这点钱虽然不多，就当是我孝敬你的一点心意！往后我的章娃娃要是说着了媳妇，到时办婚礼搞酒席的，还要请你老操心主持一下。"柳贵海诚恳地说道。

"我不要你的钱。老话说了，出的门多，受的饥多！你到省城工地上花钱的地方多，你自己带着去用吧！我们家日子虽然是难过些，但总算有人啊！有人以后就会有财的。柳家大湾大小事情，每年祭祖祭车神，只要大家伙用得上我这个老头子的，我都会毫不犹豫地去做，不会给你们这些后辈拽架子的。"柳儒感叹地说。

"叔，我走了，别送，我真心祝福你们家人财两旺啊！"柳贵海顺手丢下五十元钱在柳儒床上便走了出去。

柳儒望着柳贵海离去的身影，若有所思，看着身旁的两个孙子柳岸与柳忠，他便轻轻地收起了这五十元钱放到枕头下面压着。治病救人的柳儒知道：这五十元钱，在这个年头，足以买二十斤猪肉给孙子们改善生活，谁让家里穷呢！眼瞅着孙子们面黄肌瘦的，自己却不能破了规矩，那就是给人治病必须免费，给人治病就得行善积德嘛！

唉！这五十元钱哟！

第六章

爱红的意外

柳贵海不当村里书记后，立山镇党委经过研究决定，火线任命柳志的三儿子柳刚为柳家大湾村支部书记。一是因为柳刚当过几年兵，政治过硬，入党也早；二是因为柳刚年轻，又一心扑在农业上，是个种田的好把式，为人机灵，与群众关系较好，能服众。

爱红自从生了第六个娃之后，身体一直没恢复过来。但因家里穷，没有钱买补品补身子，加之家里孩子众多，柳忠、柳阳还时不时地哭闹，袁爱红术后恢复非常不好，经常头晕发昏的，有时还发烧导致口鼻出血，落下了一身的病。袁爱红身体稍微好点后，又要带孩子，又要帮柳顺干农活，最后彻底把身体拖垮了。

时间还是回到一九九二年小满节这天，柳儒带着柳家大湾的老少爷们祭祀完车神回到村部仓库家里时，柳萍赶紧跑过来喊道："爷爷，爷爷，你赶紧过去看看我妈妈，她又昏倒在地上了，嘴里鼻子里都在流血！"

柳儒闻声，拖着疲惫的身子来到儿媳袁爱红的屋子里，见孙女柳萍、柳晶、柳莹正在吃力地抬着袁爱红往床上放，他随即说道："你们把她放床上平躺着，枕头不能枕高了，我来把脉看看，莹娃娃赶紧去喊你爸爸回来！"

柳莹听闻爷爷的吩咐，立马跑出去到处大声喊："爸爸快回来！爸爸快回来！爸爸快回来！"柳顺听到莹娃娃的喊声后，掐灭了水烟，从自家稻田埂上走向家里。到了家，看到妻子爱红躺在床上闭着眼睛，鼻孔与嘴角都流着鲜红的血，他异常紧张地问父亲柳儒道："伯，爱红不要紧吧？她这是怎么了？"

"唉！顺娃娃呀，我看爱红这脉象非常混乱，看不出个究竟，像是血亏带来的气亏，又像有内疾啊，病得应该不轻。我行医几十年了，是极少见到这种脉象的，感觉不好啊！你去跟柳志叔叔家借点钱吧，把爱红送到县里医院去看看。家里的娃娃我还能帮着照顾，三个孙女都大了，岸岸也大了，都可以帮忙做点事情了。"柳儒忧心忡忡地说道。

柳顺是极少见父亲看病治人这么悲观的，听父亲这么一说，他心里慌张无比，赶紧按父亲的吩咐到柳志家借钱。

柳顺跟柳志说明了情况，柳志说道："我跟你的伯是同辈同年生人，之前又是隔壁邻居的，如今我家条件好些，四个儿子都有出息了，你的婆娘治病要紧，莫说借了，我家里有一千块钱的现金，你先拿去用，不够的话，再回来找我的大儿媳紫芳拿就行了。爱红嫁到你们柳家没享过一天的福，一定要好好地待她，把她医好！你拿着钱赶紧去找柳刚安排个拖拉机把你们送去县城医院吧！"

柳顺千恩万谢地出了柳志的家门，就径直跑到柳刚书记家里，请他安排村里的拖拉机师傅帮忙把他与爱红送到县人民医院。柳刚二话没说，直接拉着柳顺跑到拖拉机旁，说道："顺哥，救人要紧，赶紧上来，我亲自送你们过去。"

柳刚开着手扶拖拉机一路轰隆隆的，加着速开到了县人民医院，停下车，他与柳顺把袁爱红抬进了医院急诊室。柳顺陪在袁爱红身边，柳刚忙前忙后地交费、拿检验单子。急诊医生通过诊疗，先把袁爱红救醒过来了。

一个穿白大褂的矮个子男医生对柳顺说道："你爱人头晕发昏、口鼻出血这个症状出现多久了？你们怎么才来检查治疗？"

"好像是一九八七年后，她就有了这个头晕发昏的毛病，前几年症状要轻些，发发晕就过去了，一会儿又能自己好过来，我的伯还时常给她开滋补的中草药调理。今年她发病比往常要多些，也要严重些，今年发病时就经常口鼻出血，有时出得多，有时出得少。我的伯是个老中医，今天把脉后，说她的脉象很是混乱，这才到你们医院检查治疗的。"柳顺紧张地答道。

"我看病人病得不轻！明天早上空腹抽血检验一下，再做个尿检看看再说吧。我们先给她打点葡萄糖与氨基酸稳住病情，具体结果等明天检验后再下治疗方案，你先去交一千块钱的住院费吧。"矮个医生说道。

"啊？住院费要一千吗？这么贵呀！"柳顺痛苦地说道。

柳刚轻轻拉了一下柳顺，对矮个医生说道："医生，请问你贵姓啊？你只管把我嫂子的病治疗好，用最好的药对症治疗，钱不是问题，你放心。"

"你们叫我胡医生就行了，先交一千块钱住院费办住院手续吧，等明天检验后，看结果对症治疗，钱不够，医院会通知病人家属交的。"胡医生边说边走开了。

胡医生走后，柳顺哭丧着脸对柳刚说道："书记弟弟啊，我家就是把人都给卖了，也没得一千块钱啊！这一千块钱还是向你伯借的，全部交了住院费，这吃喝都没钱了，嘛办哦？"

"顺哥，你莫担心，有我们呢！今天来得急，我身上就一百多块钱，全部给你，你先去交住院费，把嫂子安顿下来，明天我找我大嫂先拿两千块钱借给你。这几年我的大哥二哥在省城搞的立山联建还可以，他们不缺钱，一万块钱上下没得问题的。"柳刚安慰着柳顺。

"借这么多钱，以后嘛还呀？我家种田种地，上缴完提留款，一丁点粮食都没有多余的可卖，一年到头就是那头母猪下崽能挣几百块钱，可这几百块钱，大人小孩要吃要穿，要周情搭礼，还要给猪买些饲料，农药化肥都要钱啊！你说这日子嘛过哟！"柳顺哭着说道。

"顺哥，男儿有泪不轻弹啊！慢慢都会好起来的，孩子大了就好了！柳儒伯爷在柳家大湾德高望重，大家伙都佩服他，你家有老先生掌舵，一定会好起来的，困难是暂时的，有困难，我会带着柳家大湾的大家伙跟你一起扛，放心吧！"柳刚轻声细语地说道。

第二天，袁爱红的检查结果出来后，胡医生把柳顺叫到办公室对他说："你的爱人得的可能是白血病，这个病目前在县里医院没得办法根治，你们只能去省城看看了。我建议你们转院，不然到时在这里钱花了，病也好不了。"

"胡医生，求求你了，我家里穷得叮当响，我们有六个娃娃，我的伯七十多岁了，家里实在拿不出钱啊！你就让我媳妇在县里医院治疗吧，一会儿我们村的书记就会送钱过来的。"柳顺哭着央求道。

"这不是求不求的问题。治病救人是我们医生的天职，可你爱人得的是重症，县里医院条件差，诊疗检验水平有限，你爱人的病必须去省城大医院进一步确诊才能治疗，知道吗？在这里治疗，我们也是无能为力的，你还是早点做转院的准备吧！"

柳刚送钱过来后，听胡医生说要让袁爱红转院去省城，他就知道爱红得的病不一般。他安慰柳顺说道："顺哥，你放宽心，我这就回去组织村民们给你家捐款，一定筹到钱来救爱红嫂子！"

"这可嘛办啊？咋得了这个病啊！不行，你得回去跟我伯说一声，让我家萍娃娃去她外公家找两个舅爷想点办法，也好让他们知道爱红的病情啊，万一爱红有个什么事，也好跟她娘家有个交代啊！"柳顺又哭着说道。

袁爱红这次进医院，柳顺没有当着爱红的面流过泪，可出了爱红住的医院房间，他这个壮实的农人哭了又哭。柳顺哭自己的无用，哭爱红的命苦，哭命运的折磨，更哭生活的艰难！此时此地，真正是：男儿有泪不轻弹，到了伤心时泪流如河啊！

柳刚回柳家大湾村里后，便吩咐村委班子成员齐出动，挨家挨户去动员大家为柳顺媳妇爱红捐款治病。柳家大湾的众人感念柳儒这么多年来免费为大家治病看病，家家是有钱的出钱，有物的卖物换钱捐，几天时间里，柳家大湾的人纷纷把捐款给柳儒送了过去。柳儒收到钱后，不停地作揖说道："我柳家的列祖列宗在上，柳家后人家家行善积德，我柳儒感谢大家啊！"

柳萍到外公袁德才家里把母亲袁爱红病了的情况说明后，大舅娘刘兰花、二舅娘涂青玲便商量着一家出三百块钱给妹妹袁爱红送去，于是，她们准备乘车到县城医院看望袁爱红。她们二人先到柳家大湾看了看几个外甥，恰遇柳家大湾村里书记柳刚跟柳儒商量着把众人的捐款送去县城医院，她们便让柳刚开着拖拉机，带着她们一起去县里医院看望妹妹袁爱红。

柳刚带着刘兰花、涂青玲来到县人民医院，并送上了柳家大湾众人凑的一万多块钱给柳顺。柳刚说道："顺哥，你抓紧时间给爱红嫂子办理转院手续去省城大医院，钱不够的话，我再回去想办法。"

刘兰花、涂青玲也安慰着袁爱红，说道："妹呀，治病要紧，莫想多了，治病要是钱不够的话，你的两个哥都会想办法的！"

"我这得的是什么病啊？能治好吗？怎么要这么多钱啊！这得欠多少人情啊！"袁爱红躺在病床上虚弱地问道。

"没多大的病，医生说去省城大医院看看就好了。"柳顺在一旁极其不自然地安慰着袁爱红。

"非要去省城吗？去省城哪看得起病啊！我不去省城治病，我想回家。"袁爱红流着泪说道。

"妹啊，你莫想多了，我们两家人，一家先给你三百块钱，一会儿我们就跟柳刚书记一起回去了，让柳顺专心照顾你，你家里的孩子，我们都会管的。"

"是啊，嫂子，安心去省城看病，一定会好的，柳家大湾的大家伙都等你好了回去拉家常呢！"

柳刚、刘兰花、涂青玲走后，袁爱红趁柳顺出去上厕所的间隙，吃力地撑起身体，来到胡医生的办公室。见着胡医生，她双膝跪下潸然流泪哭着说道："胡医生，请你今天无论如何要告诉我到底得了什么病，还有没有治疗的希望。我家六个孩子，我不想拖累了娃娃们，更不想最后人财两空！求你说句实话啊！"

胡医生见状，马上站起来扶着袁爱红，袁爱红就是不起来，胡医生没得办法，只好说："你得的可能是白血病，目前要想治疗，只能去省城大医院进一步确诊，如果确诊是白血病的话，目前国内还没有好的办法治疗，不过听说上海、北京的大医院能治疗这种病，那得需要上十万的费用，还不一定能治好。"

袁爱红听完后，缓缓地站了起来，说了一句："谢谢胡医生，我知道了，我知道了。"

胡医生看着袁爱红离去的背影，摇了摇头。对于医生来说，见过得绝症的病人太多了，也许就麻木了。

当晚在医院，袁爱红主动找着柳顺聊了很多事，聊了他们幸福的过往，聊了他们定亲后几年时间里相处的美好日子，聊了他们六个孩子的未来……

聊着聊着，柳顺困了，扑倒在袁爱红的病床上睡着了。袁爱红今夜无眠，看着她心爱的男人熟睡的样子，她心里一热，眼泪夺眶而出。

她想：我今晚对自己应该有个交代，我不能自私，决不能拖累家庭，决不能拖累孩子，更不能拖累心爱的顺哥哥！她，在一九九二年的这个晚上，思绪万千，内心充满了纠结、挣扎。她想静静却怎么也静不下来，看着病房窗户外面漆黑的一片，从农村来到县城的她，曾经无数次地设想自己能跟着顺哥哥进城走走转转，带着孩子们在这繁闹的县城好好畅游一番，她希望是一家人健健康康地来到县城游玩！然而，在她生命中，仅有的几次来县城，都是与医院打交道，不是做手术就是治病，这让她本就寒酸的家庭，是多么多么的不堪重负啊！此时，身心疲惫的爱红，没有畏惧，更没有恐惧，她想一个人出去走走转转。她想：我的人生不应该只待在病房里，更不应该被钱财牵绊，我应该替顺哥哥、替孩子们在县城看看，给他们、给生活留点什么……

深夜，袁爱红轻轻地起床，她脱下了病号服，穿上了从家里带过来的一件的确良的衣服。她轻轻地、轻轻地下床，悄无声息地走出病房，来到立山大桥上。她在桥上来回踱步，此时的袁爱红似乎忘却了一切烦恼，她尽情地享受着深夜的宁静。她面带微笑，凝望着立山大桥下滚滚的水流，这水流就像她的泪水。

恍惚中，她看见了自己定亲时，柳顺拉着她的手，一脸羞涩地给公公柳儒、父亲袁德才、老书记柳国胜叩头跪谢，她看到了姑婆袁氏与姑爹柳干来接她回家了，她看到了她的萍娃娃、晶娃娃、莹娃娃、岸娃娃、忠娃娃、阳娃娃一起向她扑来了，大声叫着："妈妈，妈妈，妈妈！我们一起回家吧！"

泪流满面的爱红，这个苦命的女子，这个为柳家生育了三个"好"字的伟大女人，虚弱的身子吃力地向桥下一倾，纵身一跃，跳入了滚滚的立山大河……

第二天清晨，柳顺醒来看不到爱红，两个眼皮上下乱跳，憨憨的他好像丢了魂似的，在医院四处找四处问，他大声吼叫道："爱红呀！爱红呀！爱红呀……"

"听说了没有？听说了没有？今天早上有人去立山河大桥下捕鱼，看到立山河大桥下面浮起来一具女尸，那个女人的尸体被桥凳的倒钩挂住了，才没有漂到下游，公安与法医正在现场勘查呢！"医院有人大声谈论着。

"啊？这么吓人啊！这是哪个傻女人哟！"

柳顺听到这些后，头轰隆隆的，他迅疾跑出医院大门，立马朝立山大桥下飞奔而去。

柳顺不管不顾地冲到停放女尸的大桥下面，公安拦不住他，法医也拦不住他，他撕破嗓子喊道："爱红呀！我的爱红呀！爱红呀！我的爱红呀……"

一九九二年的这一天，小满节气虽然已过，也临近了芒种，但天空是阴沉沉的，天色是灰蒙蒙的，天上下起淅淅沥沥的小雨打在人的身上还有倒春寒的感觉，这天这雨有多糟糕，人啊就有多痛苦！柳顺凄惨而悲切的哭喊声震动了云霄，爱红冰冷的尸体躺在立山河边，法医在拍照，公安在取证，行人在观望，唉！一个不足四十岁的女人，一个鲜活的农人的生命就此结束了！

雨后的立山大河上游下游都有捕鱼的人，好几个捕鱼的汉子，边撒网捕鱼，边不由自主地唱着："立山大山上的英雄多嘞！这是一片红色的热土喔！立山大河中的鱼儿多嘞，这是一望无际的大河嘞！立山的人儿多好嘞！男的精壮嘞！女的俊俏嘞！我来把大山的歌儿唱嘞！我来把大河的鱼儿捕嘞！立山嘞！大河嘞！我的生活嘞……"

此时此刻此地，再美好的歌儿，也掩饰不了这凉飕飕的冷气与回荡人间的哀伤！

唉！苦命的爱红嘞！就这样去了！

第七章

操劳的书记

袁爱红走完了她短短的一生，经过法医鉴定，公安取证，最终确认她系自己跳河而亡。

因爱红是早逝，又是在外面死的，她的尸体运回柳家大湾后被停放在村部仓库外面，是不能进屋停放的。在立山当地，没有活过一个甲子（六十岁），且是在家里之外死的人，如果家中尚有长辈在世的话，那么装这个亡人的棺材只能停放在屋外，而且棺材是不能上任何油漆的。

爱红的尸体运回到柳家大湾村部仓库住处的当天，天上的小雨就一直下个不停，雨中夹杂着飕飕的凉风，使人禁不住打起了寒战。正在干农活的柳家大湾的农人们，听闻柳儒的儿媳袁爱红不幸亡故，纷纷放下手头的农事，来到村部仓库。在立山当地，农人们千百年来传承了一个很重要的习俗，那就是：人死众人埋，死者为大。

痛失爱妻的柳顺万分憔悴，整个人看上去就像变了形似的，这个大男人扑倒在地上，嘴里不停地呼喊着："爱红呀，我苦命的爱红呀！"

柳刚牵头招呼着大家扶起柳顺，众人宽慰柳顺道："人死不能复生，你还有六个娃娃，要自己保重身体啊！只怪你家爱红没有福分，养了这么多儿女，还没来得及看着儿女成家立业，还没有享儿女一天的福，就这样走了！你要自己想开点，你身上还有千斤的重担啊！你还要养你的老人，养你的儿女啊……"

"是啊，顺哥，你要赶紧振作起来！柳儒大叔老了，你要主持爱红嫂子的丧事啊！我这就安排人去你家各个亲戚的家里行报丧礼。爱红嫂子虽然是早逝，但报丧的礼数是不能少的，不然，别的村湾的人会说我们柳家大湾的人不懂事的。"书记柳刚也宽慰着柳顺。

"刚兄弟啊！我现在已经没有心情与主见了。你是村里书记，也是我家的恩人，你帮忙主持一下吧，这事让我的伯主持肯定是不合适的。柳家大湾的大家伙为给爱红治病捐了一万多块钱，在医院里只用了一千多块钱。爱红啊！我的爱红啊！她是怕欠太多人情啊！剩下的钱算我借大家伙的，全部给你，你先拿着去操办爱红的丧事吧！该安排哪些人去行报丧礼，你看着安排就行了。"柳顺哭丧着说。

"顺哥啊，大家伙捐给爱红嫂子的钱，哪能算你借的哟，你家现在这么困难，你都留着抚养孩子吧！爱红嫂子已经去了，丧事该怎样办，这个必须得听听她娘家人的意见，我先在晚辈中选派一个成年男子去袁家凹行报丧礼后，把她娘家的人全部请过来再说。举办爱红嫂子的丧事所需费用由村里先垫着，我们柳家大湾的人都是一个祖先下来的，最讲究团结，大事面前人人帮忙，大家有力的出力，有钱的出钱，有人的出人，把爱红嫂子的丧事办好！"柳刚边对柳顺说着边向众人喊道。

"刚叔叔，你直接安排就行了，安排到谁，谁敢不配合？谁都有死的那一天，人死为大嘛！"柳家大湾的后生柳文龙大声说道。

这里需要讲一下：柳家大湾一世祖搬到这立山脚下居住后，传了几十代人，除去开枝散叶迁徙到外地的，柳家大湾这个被柳姓人称为老屋的湾，按长幼有别分成了六个大的房头，每个大的房头又分成了若干个小的房头。在柳家大湾，因有数千人，人口众多，大家伙一般都按大房头来区别亲疏。像这柳文龙的父亲柳传声与柳猛、柳勇、柳刚、柳强、柳顺、柳贵海既是同辈，又同属大房头的后人，只不过柳传声又属于这个大房头的大房，所以柳传声要比柳顺他们年长几十岁，他的年纪跟柳儒差不多。柳文龙就属于柳顺的下辈人了，他与柳岸、柳忠、柳阳是同辈人。立山农村有句俗话说得好：大年初一孙子给摇篮里的爷爷拜年，初二外甥给摇篮里的舅舅拜年。这讲的就是辈分高的人不一定年长。

柳刚看了柳文龙一眼，便说道："莫看你跟我年纪差不多，照样也叫我叔叔，去袁家凹行报丧礼的人非你莫属了。你是晚辈，年龄又大些，你去袁家凹后要按报丧礼的规矩，先给你爱红婶子的伯叩三个响头，再去她大哥二哥家叩三个响头，然后再报丧，千万莫忘了礼数，不能给柳家大湾的人脸上抹黑哈！"

"好的，刚叔，你放心！去袁家凹行了报丧礼，爱红婶子娘家的人要打要骂都行，我一定做到打不还手、骂不还口！"柳文龙有点严肃地说道。

"儿呀，你的爱红婶子年纪不大就走了，她娘家的伯还在，她的伯知道后心里肯定不好受，你行完报丧礼，她的伯不管说什么做什么，你都要依着他，一定要早点把她娘家的人接过来，你的柳儒爷爷还健在，爱红婶子是早逝，不能在外边放太长时间啊！"汤世英嘱咐着儿子柳文龙。

"干，我晓得的。刚叔，我先去报丧哈！"

"你去吧！"

柳文龙走大路到了袁家凹，进湾里后，一路打听来到了袁德才的家，只见袁德才正在篾竹子编制提篓子。柳文龙扑通一下跪倒在袁德才双脚前面，叩了三个响头，并未起身，而是抹着眼泪说道："外公大人啊，我那苦命的爱红婶子走了，你老节哀啊！爱红婶子留下的六个娃娃都等着你过去啊！我的兄弟姐妹没有妈妈了，以后都得靠你这个外公照顾啊！"

"啊？你说啥？我的姑娘没了？前几天她的大嫂二嫂去县里医院看她，不还是好好的吗？"

"我的大外公啊！爱红婶子真的没了，你要节哀顺变啊！"

柳文龙说完这句话，又对袁德才叩了三个头，然后起身说道："你老先节哀，我还要去大舅二舅家报个丧，我一会儿就来接你！"

袁德才看着柳文龙走出了家门，悲从心中来，泪如瀑布流！握在手中的竹篓重重地掉在了地上，他已情难自抑，自言自语地哭起来："我可怜的女娃娃耶！你的干干走得早，你咋的个也走这早呢？这是怎么了啊？老天爷嘞，你瞎了你的个眼嘞！咋好人就是多磨难呢？我的个老天爷嘞！我苦命的女娃娃嘞……"

农忙之际，袁爱红的二哥袁鹏这几天也从省城返回家里帮忙干活了。柳文龙到袁显、袁鹏家里时，都只有几个娃娃在家，他便让娃娃们去叫大人回来。依次行完报丧礼，柳文龙对袁显说道："大舅啊，你的妹妹在我们柳家大湾没有享过一天的福，人死不能复生啊！她走了，我们柳家大湾的人都很难过，都等着你们过去拿主意呢。我看你们湾有个拖拉机，要不我出钱让拖拉机师傅尽快把我们拉回去？你也知道，我的爱红婶子只能停放在外面，时间放长了也不好啊！"

"我的妹妹命苦，你说的这些，我们都晓得，我们这就过去吧！"袁显叹着气说道。

"大哥，我去叫拖拉机师傅，钱不要紧，我出！"袁鹏说道。

"丧事怎么办，我们过去看了再说吧！"

袁家凹的拖拉机师傅带着袁德才、袁显一家人、袁鹏一家人、柳文龙一路疾驰来到了柳家大湾村部。众人下车后，柳刚便迎了上来，不停地说着客气话与好话。刘兰花、涂青玲下车后，眼圈一红，径直扑倒在袁爱红尸体上，大哭着说："我的姊妹嘞，你的命真是苦嘞！你嫁到柳家没享过一天的福嘞！我苦命的姊妹耶！我们去医院看你时还好好的嘞！咋的个说没就没了嘞！"

"我苦命的女娃娃呀，你的伯活长了啊！老天爷嘞！你瞎了眼嘞！你嘛不先收走我嘞！"袁德才边下车边伤心地哭喊着。

柳家大湾的人见着爱红娘家的人哭泣伤感，纷纷也抹起眼泪，许多老年妇女过来拉劝爱红娘家的人不要哭了。柳刚见状，便走到袁显、袁鹏身旁，轻轻地拉了一下他们，小声说道："两个舅哥，麻烦你们到我们村部去一下，我们先谈点儿事。"

袁显、袁鹏随柳刚来到了柳家大湾村部，柳刚招呼他们坐下，抓了一些茶叶放在茶壶里，提着开水瓶倒满了开水，并从村部桌子上拿了两个水烟给他们点上抽着。做完这些，柳刚从公文包里拿出一张纸，缓缓说道："两个舅哥，你们都是我爱红嫂子六个娃娃的亲舅爷，爱红嫂子在我们柳家大湾没享过什么福，嫁给顺哥后，她敬老爱幼，贤惠通达，这在我们柳家大湾，众人皆知，她也受到了我们村民们的一致好评。这次得了那个白血病，村里组织村民们给她捐献了一万多块钱，我作为村里书记，本想这几天跟顺哥一起带着爱红嫂子到省城治疗的，可谁知爱红嫂子怕拖累了顺哥、拖累了孩子，竟自己半夜偷偷跑出了县医院，跳下了立山大桥，这是公安与法医出具的爱红嫂子的死亡鉴定书，请你们过目。你们都是爱红嫂子的亲人，这事必须跟你们说一下啊！"

袁显、袁鹏兄弟二人听完柳刚这么一说，顿时傻了眼，神情十分凝重，都忍不住流下了泪。袁显擦了擦眼泪，痛苦地说道："我屋的人兰花去医院看过爱红后，她回来跟我说了爱红得的是绝症，不承想，我那苦命的妹子竟然会走上这条绝路！"

袁鹏拿着爱红的死亡鉴定书，狠狠地扇了自己几个耳光，痛哭流涕地说道："我的妹子呀，你真是傻！二哥就在省城捡废品卖，一年还能挣些钱，你要是到省城去治病，再怎么着，二哥也会想方设法照顾你啊！你咋就不相信我们做哥哥的呢！都怪我们没有把你照顾好啊！都怪我们平时只顾忙自家的事，对你关心少了啊！都怪我们这做哥哥的啊！"

"两个舅哥，人死不能复生，爱红嫂子还留下了六个娃娃，这六个娃娃可是你们的亲外甥啊！老话说得好：舅舅如父啊！

你们看爱红嫂子这个白事该如何办才好？"柳刚轻声地问道。

"柳书记啊，我妹妹意外而死的事先不能跟我的伯说啊！我的伯年纪大了，我们怕他想不开啊！毕竟白发人送黑发人是个难过的事，这事搁哪个老人身上都不好受！"袁显悲伤地说道。

"是啊！舅哥考虑得周到，我已经跟柳家大湾的人说了，让他们在袁大叔面前不要谈论爱红嫂子的死，现在最重要的事就是我们要把爱红嫂子的丧事办好！我的柳儒大叔也七十多岁的人了，他一辈子行善积德，如今也是白发人送黑发人，爱红嫂子遗体运回来后，他都哭得快不行了！你们也知道，他是长辈，长辈在，晚辈先走的话，遗体是不能久放的。再说，爱红嫂子遗体又不能放家里边，棺材放外边，看着爱红嫂子死后还要受日晒夜露的苦，想想，我们都难受啊！"柳刚动情地说道。

"大哥、柳书记，我看这样的，我的妹妹毕竟是意外而死的，按立山这边农村的习俗来说，意外而死的人必须请人来抬唱几天（鄂东地区的一种丧葬仪式），最少抬唱三天才能安葬！为了我们的六个外甥，我妹妹爱红的下葬之地必须朝阳，明堂要宽广，所葬之地，后要有靠，前要有照。"袁鹏抹了一下眼泪说道。

"舅哥，这些都不是问题，理应这样。因顺哥家里确实困难，请人抬唱由我们村里先筹资垫付，办白事过客买物品的钱，就从我们村民捐给爱红嫂子治病的钱里面出，你们看可以吧？"柳刚问道。

"这些都要你柳书记操心了！我们外甥家里确实困难，希望你们村里以后能多照顾一下他们，办我们爱红妹子的丧事，我们做哥的也会出点钱的。"袁显哀伤地说道。

"这白事的钱，你们莫出，你们的钱留着照顾一下爱红嫂子的六个娃娃，娃娃们还要读书，用钱的地方多啊！那就这样吧，我安排人去请看日子的先生了。"柳刚起身说道。

第八章

阴雨连绵

在立山镇当地，人死后，流行请人抬唱，特别是因意外而死的人，必须这样做。立山镇抬唱士众多，最有名的要数下边村袁家凹对面的管上村付家湾的付元武五兄弟。付元武既是抬唱人又是有名的堪舆先生，所以，立山镇附近一片的人家，要是遇着死人的白事，都会请付元武去看下葬日子与选下葬之地，需要抬唱的话，付元武就会带着他的四个弟弟一起过来唱，真正可谓是兄弟一家场。

柳刚安排柳文龙提着一块七八斤重的猪肉去付家湾请来了付元武，付元武到后，柳志便招呼着说："付师傅来了啊！你可要好好给我的侄媳妇选块地，好好抬唱一下啊！我的儿媳紫芳是你们湾的，我的婆娘又是你们村的，说来我们还是亲戚，你看亲戚的面上，一定要把这事办好啊！"

"柳志大哥，你放心哈！你们柳家大湾人口众多，能人也多，人才更多，你们说个下葬的地方，我拿着工具去好好看看，一定给你的侄媳妇选一块好的安葬地。"付元武说道。

"那这样的，柳儒伙计对安葬地也有研究，他现在是白发人送黑发人，没了心情管这些，我就当个家，把靠近柳家大湾立山坡旁边还未开荒的小山场给侄媳妇做安葬地，那个小山场是村集体的，又靠近柳家祖坟，非常朝阳，后面的靠山就是立山县海拔最高的立山，前面照映着柳家河，明堂宽广，视野开阔，具体下葬小山场哪个位置就由你这个付师傅说了算，你一定要把地方选好，好让我那可怜的侄媳妇爱红的几个娃娃有福啊！"柳志不紧不慢地说道。

"柳志大哥看中的地方肯定没错。走吧，我们先去看看那个小山场再选地方。"付元武说道。

柳志、柳刚及柳家大湾几个老人带着付元武来到了立山坡旁边的小山场。这个小山场说小，其实并不小，有一百多亩地的面积，只是相对于雄伟高耸的立山而言，它才显得小。小山场整体地势平阔，处于立山脚下大丘陵之中，与立山半山腰的老庙茶场形成了一个箭字头，柳家大湾村部之所以留下这个小山场为集体所有，就是想在合适的时候，把它开发成茶场，种上茶树，这样就可以与立山半山腰的老庙茶场形成产业集中化。此时的这个小山场上到处可见的是小松树与灌木植物，与小山场并排的山林就是柳家大湾的祖坟之地，村民们都叫它柳家祖坟林。因柳家大湾之柳姓人已在立山定居六百多年了，一代代的人死后，基本都下葬在祖坟林里，故而柳家大湾祖坟林葬满了人，现在想在里面找块地安葬，已是很难了。所以，柳志才建议把侄媳妇爱红下葬于祖坟林旁边的小山场上，这样一来，下葬爱红开了头，以后柳家大湾有人老了、死了，就可以自然而然地在小山场里安葬了。如此也就解决了柳家大湾人的后顾之忧了。

付元武拿着工具，站在小山场最高处，向四周望了又望，凝视一会儿后，他把目光放在了小山场西边的上坡地上，他对柳志说道："走，柳大哥，我们往西边走走，西边有好地，我去用工具定一下。"

付元武走到了西边上坡地界便停了下来，他把工具置于地面上，转动了一下，静默了一会儿，待指针不动后，他便喊柳刚道："柳书记，你去砍两根不粗不细的树枝过来。"

柳刚闻声，便拿着随身携带的镰刀在旁边砍了两根松树枝，他削去小枝丫，准备把两根松枝递给付元武。付元武并未接过树枝，而是先面朝东北方向合上双手作揖，闭着眼睛，口中念念有词，做完这些，他便接过柳刚手中的松树枝，说道："就这里了，这里安葬，保你们柳家大湾柳儒的孙子们有福！老人吃苦，后人享福啊！"

付元武手里拿着松枝，先把一根松枝立在地上，叫柳志用锤子打下去，而后拿着白线用脚量了一下长度，把白线一头系在已钉好的松枝上，白线另一头系上另外一个松枝，拉直后，又喊柳志钉了下去。一根白线连着两个松枝，算是地方找成功了。爱红的安葬之地选好后，付元武便在现场说道："亡人安葬地已选好，两日后的下午派人来打井（挖葬死人的地方，立山当地俗称'打井'），第三日上午辰时下葬。"

说完这些，付元武便走在最前面，其他人跟着回到了柳家大湾的村部仓库。柳刚回到村部仓库后，依照白事习俗，安排了四个人后天午时吃完中饭就去打井。付元武便跟他的四个兄弟开始准备做抬唱了。

立山镇农村抬唱是一项隆重的白事，不管给谁唱，都是要三进三出的，也就是从亡人死后选好安葬地这天算起，到下葬那一天，一共要抬唱三天，每天至少要大抬三次、中抬三次、小抬三次，这又叫一天九抬来做丧仪。付元武兄弟五人写好了抬唱的白帖子，备好了工具，便开始抬唱了。在柳家大湾，不管农事有多忙，只要有人家抬唱，农人们都会放下手中的活，一起来看。老人们说这叫"凑火气"，以此能更快地让死人早点安息。

自儿媳袁爱红跳河而亡，遗体被运回柳家大湾村部仓库外面后，柳儒整个人便处于崩溃的边缘。柳儒给儿媳把脉后，虽然知道儿媳的病况很不好，但他万万没有想到儿媳爱红竟然也走上了自己媳妇杨氏的老路！三十多年前，他的爱妻杨氏因错吃了东西，忍受不了病痛折磨，在提水时，意外坠落村中老井而亡。这么多年以来，爱妻意外而死的画面，时时刻刻都在折磨着他，他内心备受煎熬。他内疚，他自责，他憋气，他一直为这事不能原谅自己！他后面学医、免费治病救人，就是为了减轻亡妻之痛！他深深地知道：对于农人家庭来说，家里只要有一个人得了难以治愈的病痛，那么这个家庭将面临两种选择，一是倾尽所有钱财给家人治病，二是无奈地看着病痛中的家人死去。农人们无论是选择哪种路，只要患病痛的家人得的是难以治愈的病症，最后基本都要直面家人死亡带来的苦痛！这些，归根结底就是农人们没钱，经济条件太差所造成的。农人们一年到头种田种地仅够维持温饱，甚至有的家庭连温饱都解决不了，因而，农人们不敢生病，也非常害怕生病！即使生病了，小病对于农人们来说就是没病。小病，他们是根本不会去医治的，就这样，很多农人就会因为小病不治，最后拖成了大病，也正是这样，很多农人的家庭因此留下了惨痛的记忆。

柳儒学医行医，上山挖药，免费给人治病，最终目的就是要解决农人看病难、看病贵的问题，他想以一己之力来保障柳家大湾数千人的安康。柳儒在柳家大湾救人无数次，最终却没能救了自己的儿媳妇，他深深地自责，整个人痛苦至极，看着儿子柳顺痛哭流涕的样子，他更是痛上加痛。儿媳妇袁爱红进棺材的一刹那，柳儒对柳志说道："兄弟啊，医生不自医啊！我是白发人送黑发人，要我这个医生何用啊！我自此绝医，不再医人了。"

柳志宽慰他道："你是大秀才，最明事理，可不能这样想啊！柳家大湾几千的老少爷们都记着你的好呢！你绝医后，那我们柳家大湾咋办哟！千万不能绝医啊！"

付元武带着四个兄弟给袁爱红抬唱的几天，天天下着雨，雨时大时小的，闹得村部仓库内外到处是泥巴，湿漉漉的一片，走路都打滑放溜。抬唱期间，爱红的六个娃娃都齐齐地跪在地上痛哭，年仅五岁的柳阳哭得最厉害，不停地撕心裂肺地大声哭喊着："妈妈嘞！妈妈嘞！妈妈嘞！我的妈妈嘞……"柳儒在一旁看着更加伤心不已。

办理爱红的丧事，大家伙都忙着，谁也没有关注到柳儒老爷子的变化，这几天他都没有好好吃过一顿饭。在爱红下葬的前一天晚上，付元武抬唱完毕，收工回家歇息后，下半夜时分，只有柳顺一个人守在袁爱红的棺材旁。柳儒半夜起床，来到停放袁爱红棺木的仓库外面，看着儿子柳顺憔悴的面容，他心痛地说道："顺娃娃，你要坚持住啊！我老了，你的六个娃娃以后都靠你了！"

柳顺点着一袋水烟，红着眼睛流着泪说道："伯，你看我咋这么命苦啊！从小没了干干，现在临近中年了，又没了媳妇，你说我以后该嘛办啊！"

"儿呀，你莫急坏了身子啊！你的萍娃娃、晶娃娃、莹娃娃三个姑娘都大了，萍娃娃可以操持家务了，洗衣做饭是没有问题的，过两年，她就能相个婆家了，到时你的压力就会轻点。再说，岸娃娃、忠娃娃，都是我带着长大的，他们从小就跟我睡在一张床上，他们兄弟俩都是好孩子，长大了会有出息的。最小的阳娃娃脑袋瓜子最灵泛，长大后，估计会有大出息，会光宗耀祖的！他们都大了，就该你享福了，你有后福啊！我是看不到那一天了！"柳儒深情地说道。

"伯，这个家里以后还少不了你来主持啊！爱红没了，你就是我的主心骨啊！"

"儿呀，我老了，不中用了，行了大半辈子医，柳家大湾的人，基本上，我都给他们免费看过病调过药。我是救了不少人，可到头来，竟然没能救活自个儿的儿媳妇，我惭愧啊！儿呀，我这一辈子，没给你留下什么财产，只给你留下了几百本医书，这些医书啊，很多都是古籍，都是我想方设法从前辈老中医那里淘来的，这些古医书既是国家的宝贵遗产，更是我们中医行医治病的法宝啊！我把这些医书都放在我住的仓库中的檀木书柜子里，那个檀木书柜还是你的爷爷留给我的，你的爷爷供我上过民国的国立大学，他是个了不起的父亲！我希望你也要做个了不起的父亲，把读书的几个娃娃都培养出来，要让他们读书啊！娃娃一定要读书！老话说了：三代不读书，不如一头猪啊！你没有读出书来，都怪我这个做父亲的不称职啊！令我欣慰的是你讲孝心重情义，是个厚道的好孩子，我希望你把这种优良的品德传给你的娃娃们！你要告诫你的娃娃们从小就要讲正气，人活于天地间，就得正气浩然、感恩前行、不懈奋斗！"柳儒语重心长地对儿子柳顺说道。

"伯，我都知道的！爱红走了，晶娃娃、莹娃娃两个女娃娃尽力供养，我也尽力把岸娃娃、忠娃娃、阳娃娃三个男娃娃培养出来，让他们读书读到自己不想读为止，只要他们能读得进去，我哪怕砸锅卖铁卖血也要供他们读书！"柳顺斩钉截铁地说道。

"那就好，那就好，这样我就放心了！我有点累了，我要回床上再躺一会儿了。"柳儒边起身边说道。

这天夜里，外面的雨一直没有停过，下的雨如柳顺的眼泪一样，一直流个不停……

第二天清晨，天色刚刚发亮，柳家大湾的男男女女纷纷冒雨来到了村部仓库，准备送袁爱红最后一程。柳刚安排了八个壮实的柳家汉子抬棺材，在起棺之前，依照立山当地丧葬习俗，几个后生抬着犁具围绕着袁爱红的棺木转了一圈，几个妇女牵着柳顺的六个娃娃的手，弓着身子依次从袁爱红的棺材头上走过，并用手抓盆里的饭放在嘴里吃。为亡人举办犁具礼、抓饭礼是立山当地传承了千百年的丧葬习俗，犁具礼意在告诫亡人的子孙后代不能忘了务农的根本，也意在度化亡人早日转世投胎再次来到阳间；抓饭礼意在祈祷亡人要保佑自己的子孙后代年年有饭吃有钱用，不为生活发愁。犁具礼、抓饭礼完毕后，付元武大声唱道："起棺嘞！送亡人嘞！开路嘞！"

八个壮实的汉子稳稳地抬起了袁爱红的棺木，两个中年男子负责一人拿一条板凳开路，随时准备为抬棺的人歇脚。为亡人抬棺的人是要走走停停的，这既是对亡人的尊重，让亡人再看看这人世间，也是为了节省体力。抬棺的人停下来就必须放下棺材歇脚，歇脚前，两个拿板凳的人都会找个平地，提前把板凳放好，棺材搁置在板凳上后，乐号手就会唱唱打打，鞭炮也会燃起来。安葬袁爱红的小山场离村部仓库有三四里路的样子，且都是山间小路，又在下小雨，抬棺的人一路抬过去，前后歇了十来次脚。

袁爱红的棺木终于抬到了她的安葬之处，只见付元武从长袍的衣袖里拿出几张黄纸、一张白纸，口中念念有词唱道："大道安亡人，亡人柳袁氏今得此宝地安息嘞……"

柳顺的大儿子柳岸头盖白色的孝布，双手捧着妈妈袁爱红的灵位，跪在泥巴地上，难过地哭泣道："妈妈嘞！妈妈嘞！妈妈嘞……"

柳萍、柳晶、柳莹、柳忠、柳阳也跪在泥巴地上痛哭流涕，哭天喊地叫着"妈妈"。柳家大湾送葬的人们看此情景，都忍不住流下了悲悯的泪水。柳顺眼看着爱妻的棺木被放入井穴中，他顿感五内俱焚、伤心欲绝！付元武口中念完，便点火把黄纸、白纸烧了丢进置放袁爱红棺木的井穴里，然后他拿着罗盘吆喝抬棺的人调整棺木的方位。棺木的穴向调整好后，付元武拿起身旁别人为他准备好的米升，他边向井穴前后左右撒米，边唱道："亡人柳袁氏安息嘞！柳家子孙人财两旺嘞！亡人柳袁氏积福嘞……"

付元武撒完米，抬头看了看天，雨点不停地打在他的身上，他便唱道："众人填土盖棺嘞！"

柳家大湾的男人们听到付元武说盖棺，便纷纷拿着农具，把土推向井穴，不一会儿袁爱红的棺木便被覆盖了。柳家大湾的男人们冒雨盖完棺木，垒起了坟包，便跟着送葬的人们一起回了村部仓库。

回到村部仓库，柳刚大声吆喝着说："大家都利索点，把头发擦干，回去换身干净衣服，然后都过来吃饭，吃饭算村里的。"

柳刚才说完这句话，正要回去换衣服，只见柳顺的大儿子柳岸大哭着跑到柳刚面前，急急地说道："柳刚叔叔，我的爷爷好像没气了，他直直地、硬硬地仰卧在床上。我早上起来就感觉不对劲，叫了爷爷好几声，他都没有答应我，我还以为他睡得太着了。刚叔叔，你赶紧过去看看我的爷爷……"

众人听完，顾不得换衣服了，都急匆匆地冲向柳儒的房间。柳儒已安详、平和地走了。此时，柳家大湾在场的人纷纷下跪，对着柳儒的遗体不停地叩头，大家伙伤心地哭道："柳大儒老爷子嘞！你咋这个时候走了哟！柳老爷子嘞，你走了，我们柳家大湾以后嘛办嘞……"

从袁爱红意外而亡，到柳儒老爷子猝然而逝，天都没有放晴过，一直雨纷纷的。柳家大湾的农人们，都叹着气说道："唉！这天空阴雨连连的，农忙时节，误了农事该嘛办嘞！明年的小满时节祭祀车神谁来主持呢？"

第九章

追授老中医

　　柳儒在儿媳袁爱红下葬之日猝然而逝，这无疑又给了柳顺一个晴天霹雳。柳顺在父亲柳儒遗体前长跪不起，悲恸地哭喊道："老天爷啊！不公啊！为何我家屋漏偏逢连夜雨啊？我这是得罪了什么啊？如此的厄运叫我如何过活啊？苍天啊！你们瞎了眼吗？大地啊！你们没了道理啊……"

　　众人扶起柳顺，劝慰着他，柳顺依旧号啕大哭着，直至哭晕了过去。爱红死后，柳顺已是三天三夜没有合眼了，也没有好生吃过一顿饭，这个壮硕的鄂东农人，经此接连的打击，已是万分憔悴，极度虚弱。无论是身体上的，还是心灵上的，此时此刻的他都已难以主持一件事情了。特别是父亲柳儒的猝逝，显然，他更是无力也无心操办这件天大的丧事。那么，这个大丧事又该怎么办呢？

　　柳刚，身为柳家大湾村里的书记，又与柳顺同为柳家大湾大房头的男人，这个不到四十岁的壮年农人，再一次担起了丧事的主持人。同辈的柳传声望着柳刚意味深长地说道："刚弟呀，江山代有才人出！如今柳儒大叔走了，也算寿终正寝走的，他的福分修得好啊！虽然他走得突然，但是没有遭罪，这都是他积德行善修来的福报啊！俗话说得好：赖活没有好死的福大。柳儒大叔走了，往后你就是我们柳家大湾的主事人了，这红白事的主持人非你莫属了，你要挑起这个担子哟！"

此时此刻此地的柳刚，听着年长自己几十岁的柳传声如此说道，他在心里想：这是上天给我的好机会啊！我能当上柳家大湾的村支书很不容易，柳家大湾人口众多，人心不齐，大家伙对我并不看好，许多人明里暗里给我使绊子，我要趁着给柳顺家连着主持两次丧事的机会，为自己树立威信，也借此机会立功树德！柳传声大哥说得对，走了柳儒大叔，以后柳家大湾的大事小事就得我来主持。我堂堂的村支书，即将成为柳家大湾的主事人，就让那些不服气的人看看我的魄力与手段！我会让他们无话可说、无理可挑！

"传声哥，你年长些，大事还是要你拿主意！柳儒大叔一辈子积德行善，为柳家大湾的人免费治病问诊，救了不少的人，他一辈子精通学问，专注治病救人，在我们柳家大湾真正是前无古人后无来者啊！我提议他的丧事大家伙一起办，不要顺哥出一分钱，一定要把柳儒大叔的丧事办得体体面面、风风光光！为柳儒大叔守夜守灵，我来安排人轮流守，让顺哥好好歇歇。"柳刚大声招呼着说道。

"你这个提法好！我举双手赞成！不过，我还要补充一句。柳儒大叔作为我们柳家大湾一个划时代的人物，他如今去世了，我们柳家大湾六个大房头年长的人都要通知下去，让在外面打工的人，能回来的都回来送送柳儒大叔，特别是我们大房头的人必须全部到场送柳儒大叔最后一程。"柳传声有点激动地说道。

"传声这家当得好！就得这么办。我的几个儿子发再大的财，当再大的官，做再大的学问，这次我都会要求他们回柳家大湾送柳儒兄弟最后一程。大家伙都知道，柳儒兄弟与我同辈同年，但他比我强，他也是我家的恩人！我的婆娘前几年得了个怪病，都是他给免费治好的，后面给他钱，他都不收。柳儒兄弟自六十年代至今，行医几十年，免费治病救人无数，他对咱们柳家大湾家家有恩，他的白事，必须办得热热闹闹、风风光光！不然，就对不起天地良心，对不起行善积德的人。"柳志在一旁接话说道。

"你们大房的人都表态了，我们其他房头的人能回来送柳儒兄弟的，一定都会回来的。我在此号召柳家大湾所有的老少爷们，不分亲疏远近，家家出钱出力，一定要把柳儒兄弟的丧事办得妥妥帖帖的，让十里八乡的人们看看我们柳家大湾是如何尊崇行善积德的人的！我豁出这张老脸，还要去请镇里主事的人过来褒奖柳儒兄弟。"柳家大湾的老书记柳国胜喘着气说道。

柳国胜抽了一辈子的水烟。抽水烟多了，便患上了哮喘的毛病。柳儒在世时，为治疗柳国胜的哮喘病，可谓是翻山越岭地去采挖中草药，免费为他调理，还多次劝他戒烟。柳国胜虽然没有把烟戒掉，但在柳儒配制的中草药调理下，也算是控制住了他的哮喘。就在柳儒去世的前一个月里，柳儒还免费为柳国胜配制了几十服治疗哮喘的中草药。为这事，柳国胜对柳儒心生了许多敬意。柳国胜与柳儒是同辈分的人，他比柳儒要小几岁，属柳家大湾二房的年长者，加之他在柳家大湾当过几十年的村支书，有很高的威望，他虽然已不再任村支书了，但大家伙并不在意，都还服他。柳志的三儿子柳刚当初参军入伍，小儿子柳强在恢复高考后考大学，柳国胜都出了不少的力，是帮了大忙的，所以柳志家里一直记着他的好。

"国胜老弟，你这态表得好！站得高，看得远，不愧是当了几十年老书记的人，我们柳家大湾的人为你骄傲！我们的柳儒兄弟学中医钻中医，用中医治病救人，望闻问切诊疗，他样样精通，是个难得的中医传承人与发扬人，我们应该申请镇里对他进行褒奖，这样，才对得起他的在天之灵啊！"柳志高昂地说道。

"是啊！是啊！镇里应该褒奖褒奖柳儒老爷子！他不仅是我们柳家大湾的骄傲，也是整个立山的骄傲啊！他一辈子研究学问，一辈子治病救人不图回报，这是积了大德、行了大善啊！我们都得好好地送送他，把他的丧事办得热热闹闹的……"柳家大湾的老少爷们热议着。

最后，在柳刚的牵头主持下，在柳国胜的奔走呐喊下，在柳家大湾所有老少爷们的齐心协力下，柳儒的丧事被办得隆重而热烈，他的棺材是柳家大湾的人集资出钱买的红木棺材，下葬当天，有数不清的人为柳儒扶棺，为他哭泣。立山镇之外的很多人，曾得到柳儒免费救治的人，也都从四面八方赶过来为他送葬，并送钱送米送油给他的儿子柳顺。立山镇里也派出了谢主任与卫生院的副院长一行三人前来吊丧，并代表镇里送上了挽联。当天，立山镇卫生院副院长代表立山镇卫生系统给柳儒颁发了一个赤脚医生的荣誉证书，证书上写着：

兹追授柳家大湾村柳立钰同志为立山镇优秀赤脚医生，特发此证，以兹褒奖。

立山县立山镇立山卫生院

一九九二年六月

村里为柳儒举办的丧事，其隆重程度，在柳家大湾是史无前例的，在立山镇当地也是屈指可数的。柳儒生前曾交代儿子柳顺，自己百年后，要与其妻杨氏合葬在一起，并要求儿子柳顺在自己去世满三年后，要为其两人共立一块墓碑。杨氏坠井而亡后，被安排下葬在柳家大湾祖坟林中的一小块空地上，依照立山当地亡人下葬的习俗，先生当时为杨氏安穴时，特意点在空地的西边，把空地上靠东的穴位留给了柳儒，这样在柳儒去世后，夫妻并葬才符合男左女右的丧葬习俗。柳家大湾的农人们也特别讲究一点：如果夫妻中有一人先去世，那么就会在先去世的人的墓地旁为其丈夫或者其妻子留下一个穴位，湾里其他人去世后，是绝对不会占这个特意空下的穴位的。葬完柳儒，柳志便说道："我的柳大儒兄弟有福啊！他是最后一位葬进柳家大湾祖坟林的人了。我们百年后，都只能葬在旁边的小山场了，祖坟林是再也不能葬人了，都给占满了！柳家大湾祖坟林真是有六百年的坟，葬了几十代人啊！从今而后，咱柳家大湾的历史也要改写了。"

因袁爱红与柳儒死于农忙季节，农人们忙碌起来后，很快就忘掉了湾子里的这档事。柳顺在下葬父亲柳儒后，不得不打起十二分的精神更加卖力地干活，毕竟他的身后还有六个孩子，他是一家之主，是这个家里唯一的壮实劳力，他不干活，就没了道理，活是推不掉的。柳家大湾年长的农人经常劝慰柳顺："咱农人一辈子都是面朝黄土背朝天，只要不死，就得往死里做活，这是咱农人的精神，也是咱农人的命。"

柳顺在心里呐喊：是啊！咱伯说过，千百年来，农人的命就是要干活，我柳顺不死，就要为了这个家、为了孩子们，往死里奋斗！前路漫漫，不管是荆棘，还是坎坷，不管是刀山，还是火海，我都得咬牙走下去、干下去，直到死去为止！

一九九二年的芒种很快也过去了，柳家大湾的麦子收割后都堆放在湾西头的打谷场上，这个打谷场既平整，又宽广，有八百多平方米的样子。打谷场的四周被划成了大大小小几百个谷基，一个谷基代表了一户人家。柳家大湾的农人们抓阄分好谷基，麦子收割了，就把麦子堆放在自家的谷基上，收割多的话，还要在谷基上做好方子，把麦子堆成高高的麦堆。麦堆底盘大，顶端尖小，越往上堆越尖，垒好的麦堆就如一个坟堆，透视出了粮食作物就是为人的生死服务的。农人们垒好了麦堆，就等着排队打麦子了。先收割麦子的农人，可以不用垒麦堆，直接把麦子捆成草头挑到打谷场均匀地铺开，然后，人牵上黄牛或水牛，套上石磙，一圈又一圈地碾轧麦子。碾轧一会儿，把铺开的麦子翻个面接着碾轧，来来回回翻几个面，来来回回碾轧几次，麦粒全部碾轧掉落到地上后，就可以把麦秆捆起来挑回家当柴火烧。清理完麦秆，剩下的就是把麦粒均匀展开晒一晒，晒上半天，再把麦粒拢成一堆，顺着风向，拿起扬锹一锹一锹地顺风扬麦粒了。扬完麦粒，就可以把干净的麦子装进蛇皮袋子里，挑回家里存储了。柳家大湾的打谷场上有十几个石磙，十几家人可以同时牵着牛，套上石磙碾轧麦子，那种场面热闹非凡，火爆得不得了。柳家大湾田地少的人家，收获的农作物也少，一般都是用牛与石碌轧麦子，这样只是人累点，但不用出钱请村里的拖拉机过来。田地多，收获也多的人家，用牛与石碌碾轧麦子速度太慢了，就不得不请来村里的拖拉机，花钱请师傅开拖拉机碾轧麦子。水稻收割后，也是如此。

柳顺家的田地不是很多，每年都是牵着家里的黄牛套上石碌自己碾轧麦子与水稻。那时，农村实行家庭联产承包责任制后，农人们单独一家是喂不起牛的，一头牛往往是两家或者三家合伙供养的，你家养几天，我家养几天，他家养几天，合理分配供养牛的日子，大家既节省了成本，又有了耕作的马力。合伙养牛的几家人，必须各方面都能合得来，在农忙碾轧麦子、水稻时能换位思考、彼此成就的人才行。在青黄不接的时候，合伙养牛的几家人为了保存牛的精神与体力，还要凑一些黄豆、豌豆之类的豆制品就着干草喂给牛吃，这样开春后，牛才有力气犁田耕地。柳顺家与柳文龙家合伙喂了一头黄牛，两家人相处融洽，极少因为用牛养牛闹矛盾。黄牛轮到柳顺家供养时，柳顺一般都安排柳岸与柳忠轮流牵着放牛。两家人把黄牛看得很珍贵，不仅养得好，也从未让黄牛过于劳累，因而这头黄牛喂了七八年，耕作起农活来，还是个好马力。

第十章
柳萍嫁人

一九九五年，柳萍二十岁了。女大十八变，她已长得亭亭玉立，她的皮肤黄里透着健康的黑色，腰粗臀圆，脸色红润，双眼炯炯有神，十分耐看。母亲袁爱红与爷爷柳儒去世后，她协助父亲柳顺挑起了家里的重担，经过几年农事的洗礼，她已锤炼成了一个标准的农村姑娘，家务与农活样样都会，柳顺家里家外，都少不了这个大女儿的操心把持。那时，在立山当地的农村，女孩到了二十岁就该说婆家了。柳萍的健康、能干、孝顺，引起了柳家大湾几个媒婆的注意，她们都在寻找合适的人家与机会，把柳萍介绍给自己的亲戚家。柳萍小学没有毕业就跟随父亲务农，她传承了父亲憨厚与忠诚的性格特点，到了这个年龄，对于选择对象，她基本上没有自己的主见，一切唯父是从。

一天中午，柳志的婆娘梁氏叫上了自家房头的侄媳妇梁琴到家里吃饭，说是要拉拉家常，谈点正经事。柳志婆娘梁氏与梁琴同是管上村梁家楼的人，梁氏长梁琴一辈，梁琴叫她姑妈。梁琴的男人柳康是柳志的亲侄子，柳康是家中独子，父母早逝，他是伯父柳志看着长大的，与其妻子梁琴的姻缘是柳志婆娘梁氏一手牵线搭桥促成的。因而柳康在父母去世、娶妻梁琴后，就一直把柳志夫妇当成自己的再生父母、对他们十分孝敬。在柳猛、柳勇组建立山联建，业务扩展到省城后，柳康便到立山联建在省城的工地上干起了木匠的活，他吃苦耐劳，更舍得吃亏，干了一段时间，便被柳猛提成了一个木匠组的工头。柳康在工地上当了头头，梁琴便一人在家里带着两个孩子守着几亩田地，家里的日子倒是过得有声有色、有滋有味。

这顿中饭，梁氏特意做了八菜一汤，叫来三儿子柳刚、三儿媳许荣云一起陪梁琴吃饭，一桌五个人，柳志与儿子柳刚喝着自家酿造的小米酒，其他人边吃边说笑。吃着吃着，柳志先开口对梁氏说道："你这个人，当着孩子面，我叫你老婆娘也不好，但是你做顿饭是有目的性的，你就别磨叽了，就跟侄媳妇梁琴明白说出来吧！柳康与梁琴就像我们的亲儿子亲媳妇，见外个啥子哟！再说，梁琴还是你娘家那边的侄姑娘呢！"

"琴闺女啊，照理说呢，我都过了七十岁的人了，不该管后人的事，更不该多嘴的。今天有个事，还真得说出来，要劳烦你去玉成，不晓得你乐意不乐意？"梁氏有点为难地对梁琴说道。

"姑妈，你说嘛，都是一家人，莫搞得这么客气，弄得我都不好意思了。"梁琴腼腆地说道。

"是这样的，今天你刚哥也在，荣云嫂子也在，你也知道，我们梁家楼的梁盼都三十几岁的人了，还没有找着媳妇，再不结婚就成老光棍了。梁盼是我的亲侄孙，也算是你的侄子，只因我的侄子死得早，他的妈妈后来抛弃他改嫁到了外地。他从小就是我的大哥一手带大的，性格有点孤僻，长得有点胖，看起来有点傻乎乎的，我的大哥这几年托人说了不少的媒，就是一个都没有成功。前几天，我回梁家楼走动了一下，大哥一把鼻涕一把泪地让我回来想想办法，帮梁盼找个媳妇，他说梁盼不结婚不生子，他是死不瞑目的。我的大哥八十多岁的人了，这是他的一个心病，我这做妹妹的听了，也是心酸不已啊！"梁氏动情地说道。

"姑妈，你是让我做媒帮梁盼找个媳妇吗？我可从来没有做过媒婆啊！梁盼的情况，我也知道一些，他长得胖，智力差了些，又过了三十岁，在农村，男的过了三十岁是不好找媳妇的啊！你也知道，农村过了三十岁的男的，即使找到了媳妇，大多找的也都是半路女人。"梁琴有些吃惊地说道。

"琴闺女啊，我是黄土要盖身的人了，知道自个儿一大把年纪了，不该在后生姻缘上瞎操心。但梁盼是我的嫡亲侄孙，没爸没妈的，怪可怜的，我的大哥一死，他就真成了孤人一个了啊！他智力是有些问题，但身体好，有的是力气，他要是成了家，我就让柳猛把他带到省城工地上去做事，相信他养活一家人还是没有问题的。"梁氏坚定地说道。

"那姑妈，你心中可有给梁盼相中的对象？"梁琴问道。

"有的，就是要难为你去做一下思想工作。"梁氏答道。

"是我们柳家大湾的吗？哪个？"梁琴又问道。

"就是柳顺的大姑娘柳萍啊！让你去说媒，肯定为难，但只有你去说最合适啊！"梁氏说道。

"啊？柳萍虽说家里条件差了点，文化低了点，但她可是我们柳家大湾十里挑一的好姑娘啊！她如花一样绽放的年龄，既俊俏又能干，姑妈真是好眼光。"梁琴说道。

"是啊！是啊！你姑妈就是看中了柳萍这些，才想让你去促成这桩姻缘的啊！男的岁数大些不要紧的，你促成了这事，也算是积了大德嘛！当初你姑妈促成你与柳康的姻缘不也是积大德来着嘛！你看你们现在过得多好啊！那梁盼跟柳康情况差不多，到时我让猛娃娃带着梁盼去省城工地做事，柳萍嫁过去的日子不会难过的。"柳志边喝酒边对梁琴说道。

"伯父说得在理，我可以尝试着去找柳萍先说一下，就是怕她不答应啊！还有，对于柳顺，我与他很少打交道，也不知道他好不好说话。柳萍毕竟是他的闺女，处对象嫁人是大事，也怕他不同意啊！现在婚姻自由、恋爱自由，这个事只能尝试一下。"梁琴有些无奈地说道。

"柳顺这人不用你操心，我让刚娃娃去说服他。他家爱红病了死了都是刚娃娃一手料理的，他伯柳儒的后事办得那么风光，也亏了我家刚娃娃主持，相信柳顺一定会给刚娃娃面子的。你做过妇联主任，能说会道的，相信你一定能做通柳萍的思想工作，女娃娃嘛，迟早要嫁人的，她嫁给梁盼还是她的福分，嫁过去了就是一家之主，多好啊！"柳志放下筷子对梁琴说道。

"伯，这事，你让我这个做村支书的去说，不好吧？"柳刚有点为难地说道。

"有什么不好？村支书怎么了？村支书不是人吗？操心柳顺大姑娘嫁人的事，你这个村支书去说最合适不过，你这叫关心群众生活、解决群众实际困难嘛！再说了，柳萍出嫁了，柳顺家里不还有柳晶、柳莹两个女娃娃操持吗？她们两个女娃娃早就都没有读书了嘛！柳顺家里田地又不多，放着那么多人在家里干吗？柳萍早点出嫁，柳顺家就会少个吃饭的人，多个干活的姑爷，多好的事嘛！你咋还顾忌个么事？"柳志愤愤地对柳刚说道。

"爸、妈，我看这事要尽快落实，湾里有好几个媒婆在给柳萍相对象呢！搞迟了，柳顺要是先答应了别人家，那就没戏了。"许荣云淡淡地说道。

"荣云说得对！琴闺女啊，你辛苦一趟，等会儿吃完饭，你就去找柳萍说一下，一定要想办法说通她！刚娃娃，吃完饭，你编个理由，单独把柳顺带出去说一下这个事，要尽快。"梁氏着急地说道。

"姑妈，说媒不是只能上午去说的吗？下午去说不吉利吧？"梁琴问道。

"你这还不叫说媒，是先去通气做个思想工作，做好了思想工作，到时提亲时再上午去，就没问题。时间不等人啊！要抓紧办。"梁氏有些焦急地说道。

"好吧，我吃完饭就过去找找柳萍。"

"这就好嘛！当过妇联主任的人，善于做思想工作，这事非你莫属，一定能办好。"柳志大声说道。

柳刚看了看父亲，又看了看母亲与许荣云，他放下酒杯，自己去盛了一碗饭，匆匆扒着吃完了，说了一句："我先回村部去了，一会儿就找顺哥谈这事。"

柳刚出门后，梁琴打过招呼，也跟着出了门。梁琴叫住柳刚问道："刚哥，你有把握不？"

"没把握也要办成啊！这事是好事。再说，父母之命不可违啊！我大哥二哥发财了，四弟在政府当官了，都得听咱伯与咱干的话，我虽说是村里的书记，其实就是个农民，哪敢不听父母的话？父母发话了，办不成也得办成，还一定要办好，办漂亮！"柳刚笑着对梁琴说道。

"好吧，刚哥书记都这么说了，看你信心十足的，我的心中也就有数了，我就厚着脸去当一回媒人了。"梁琴叹着气说。

"琴妹子，莫叹气，这真是好事！把柳萍说给你们梁家楼的人做媳妇，也算是为你们梁家做了件好事！万事开头难，你这次当好了媒人，说不定以后你就成了专业的媒人呢！以后柳家大湾的光棍找媳妇，女娃娃找好婆家，都靠你了呢！"柳刚嬉笑着说。

"我可没那本事哈！办这事只能尽人事听天命了。"

梁琴找到柳萍时，柳萍与柳晶正在地里种花生。梁琴喊住柳萍说："萍娃娃，歇息一会儿，我找你谈点事，你让晶娃娃先回去忙家务，一会儿我来帮你种花生。"

头戴草帽的柳萍听到梁琴喊她，便回应道："琴干娘，哪能要你来帮忙哟！这块地，我们姊妹两个一会儿就种完了。"

"你这女娃娃，先歇息一会儿，我们谈点事，让晶娃娃先回去。放心，我做干娘的，说帮你就帮你，等一会儿再种花生，要种完很快的。"梁琴又大声说道。

柳萍见梁琴真有事要谈的样子，便放下锄头，吩咐柳晶先去割一些猪草带回家给喂养的母猪吃，便自己走到地边上与梁琴挨着坐下了。

"干娘今天来是问你个事的：你爸把你许配给别人没有？"梁琴单刀直入地问道。

"干娘，配什么呀？"柳萍红着脸说道。

"你这女娃娃，也不小了，都二十岁的人了，我这么大的时候都结婚了，那时肚子里都怀了一个，你还害羞啊？害个什么羞啊！"梁琴笑着说。

"干娘，没呢。"柳萍红着脸轻声答道。

"那真是好啊！干娘今天来，就是给你介绍个对象的。"

"干娘，你又不是媒婆，怎么做起这事了？"柳萍有些惊讶地问道。

"没有谁天生就是媒婆啊！我做媒婆就从你萍娃娃这里开头了！俗话说了：促成一桩姻缘胜过烧十炷香！再说，你这么优秀的萍娃娃，我得给你找个好的主儿啊！"梁琴风趣地说道。

"我爸知道不？"柳萍又问道。

"婚姻自由恋爱自由，我做过妇联主任的人，这些我都晓得。你爸那边没问题的，柳刚书记这会儿肯定在找你爸谈这事，我先来跟你说着。你都二十岁了，你爸肯定也希望你能找个好人家、好男人嫁了嘛！"

"对方是谁？哪个地方的人？"柳萍弱弱地问道。

"我娘家的侄子梁盼，长得富态，跟你爸一样憨厚忠诚，人品杠杠的，绝对没问题！你嫁过去后，肯定享福，他有的是力气，等你们成家了，他就去你柳猛大伯的工地上做事，他是你柳猛大伯舅爷家的亲孙子，肯定会照顾他的，凭他的力气，也能挣着大钱，到时你们的小日子会过得顶呱呱的！"梁琴有些兴奋地说道。

"瞧干娘说的，人都没见过！"柳萍脸色红润地说道。

"人嘛，柳刚书记跟你爸说好后，我们商量个好日子，把他带到柳家大湾来看看，到时你也要去梁家楼看看他的家嘛！这叫瞧家，是相亲结婚少不了的礼数。你们结婚后，日子过好了，可不要把我这个媒婆忘了哈！"梁琴打趣着说道。

"等我爸跟我讲了再说。"柳萍面无表情地说道。

"行啦，干娘先帮你把这块地的花生种完。"梁琴边起身边指着地上的花生粒说道。

当天下午，柳刚把柳顺喊到村部小会议室里喝茶，把自己母亲的想法向柳顺如实说了出来。柳顺听完，抽了一会儿水烟，慢慢地说道："梁婶看好的侄孙肯定没得问题的！萍娃娃也是到了成婚的年纪了，她妈妈不在，我做父亲的，知道自己的家底，知道自己的孩子品行，不希望她大富大贵，只希望她找的人家能好好待她，萍娃娃是不会给人家败家的，她会持家的。"

"是啊，顺哥，萍娃娃是个好女子，所以我的干干才一心想把她说给娘家的亲侄孙，这样你也放心，那梁盼没爸没妈的，但老实可靠，为人勤快，舍得吃亏，人品也过硬，萍娃娃嫁过去后，你也就多了个帮手。"柳刚平和地说道。

"好吧，这事就这样，你与梁琴做媒，梁婶做担保，我放心。你们选个日子，哪天把他带过来跟萍娃娃会个面再说，这事还要看他们彼此能不能成。"柳顺边喝着柳刚倒的茶边抽着水烟说道。

柳顺晚上回到村部仓库的家，吃完大女儿柳萍做的饭后，就把柳萍单独叫了过来说道："萍娃，村里刚书记给你相了一门亲，你也老大不小了，做爸的不能老把你留在家里，等几天那个男孩子来柳家大湾后，你们先见见再说吧！"

"嗯，爸，今天下午种花生时，琴干娘过来跟我说过。"柳萍答道。

"哦，那估计刚书记与你的琴干娘说的都是一个男孩子吧！家里有晶娃娃、莹娃娃照料着，到时你要是相中了，就答应下来，别驳了刚书记的面子！柳刚这几年在村里当书记，处处照顾着我们家，你妈妈你爷爷去世时，多亏了他，咱虽然穷，但不能忘了人家的好，有机会就得报答人家，免得欠太多的人情。"柳顺抽着水烟说道。

"嗯，爸，我晓得的，就是放心不下三个弟弟。"柳萍小声地说道。

"岸娃娃都十几岁了，忠娃娃也十岁了，我看他们都不是读书的料，只要他们好好读书，我就是砸锅卖铁、卖血叩头都会让他们读下去的，就怕他们自己读不进去啊！你爷爷临终前一天晚上跟我交代时，说过只有阳娃娃是块读书的料。"柳顺皱着眉狠狠地抽着水烟说道。

"岸弟忠弟是有点贪玩，不过，他们还小，读几年再看看，他们到时要是真的读不进去，就得让他们去拜师学个手艺，我看湾里现在很多人都在柳猛伯伯工地上学手艺，应该都挣了不少钱了。"柳萍轻声说道。

"是啊，你大些，还是你有见识！现在的男孩子就得学门手艺，一技藏身好养家嘛！现在女娃娃相对象都是找手艺人，听你刚叔说，他们给你相的对象以后也要去柳猛工地上干活，要是那样的话，他养活一家人应该没问题的。"柳顺平和地说道。

"嗯，我知道的，听琴干娘说过。"

"那就行。你收拾一下，烧点水给三个弟弟洗一下脚，早点休息，明天还要赶着把花生地种完，后面还要培育中稻苗。"

"好的，爸，你也早点歇息。"

自改革开放以来，农村实行家庭联产承包责任制后，柳家大湾村里的干部跟大家一样，都要干农活，平时没有特别的任务与事情，村委班子成员很少在村部待，有时一个月除了开党员会议外，他们基本都在自己的田地里忙活。袁爱红与柳儒去世后，柳顺一家仍然住在村部旁边的几间仓库里，没有搬过家。这样一来，原来热闹的村部及仓库，就剩下柳顺一家人居住了，村部离村里小学与柳家大湾都有段距离，加之平时湾里来串门的人也少，所以柳顺一家人住在村部仓库倒是显得很安静。

过了四五天光景的一天清晨，柳刚走进了村部仓库柳顺的家里，进门便笑着说："刚哥，今天一早，我的干干就让我来请你与萍娃娃中午到我家吃中饭，那个梁盼今天上午来我们柳家大湾，到时你让萍娃娃先过来一趟哈！"

"好的，今天上午不让萍娃娃去田里干活了，吃完早饭，我让她收拾一下就过去。"柳顺抽着水烟说道。

"你家中午的饭就让晶娃娃做一下，你到时也来早点哈！我们中午吃饭时喝几杯自家酿造的米酒，你先忙，我把村部的会议室打开带点东西回去用一下。"柳刚边说边往仓库外面走。

"晓得了，你去吧！"柳顺吧嗒吧嗒地抽着水烟答道。

柳顺吃完早饭，便交代柳萍说道："女子呀，不管那男孩子怎样，你都要打扮得体面点过去，没有新衣服穿不要紧，但一定要打扮得干净整洁点，不能让人家小看了！咱穷点，但得有骨气点！不能辱没了你爷爷行善积德一辈子的英名，你爷爷可是获得过立山镇卫生院颁发的荣誉证书的！你爷爷、你妈妈在天有灵，都望着你好呢！"

"嗯，爸，我知道的。你先去忙，也别累着了，我喂完猪，收拾一下就去梁婆家里。"柳萍答道。

柳萍喂完家里的母猪，就开始装扮自己了。她找来找去，就只找到了母亲留下的一件的确良外套，这件外套还算好点的，其他的衣服要么太旧，要么打着补丁，穿着去相亲，显然是不合适的。柳萍上身里面穿着一件旧衣服，外面穿上了母亲留下的这件的确良外套，正合她的身子，裤子穿的是蓝色帆布料的，虽然有点旧，但没有补丁，穿上后，整个人倒也显得大方纯朴。柳萍对着挂在墙上的一面圆镜子照了照，梳了一下头，扎了两尾辫子，害羞地笑了笑。墙上挂着的圆镜子是袁爱红嫁给柳顺时带过来的嫁妆，此时的柳萍站在镜子前，若有所思地想：我的妈妈当初跟爸爸相亲时会是个什么模样呢？虽然从未听爸爸说过，但是估计妈妈那时也是又好奇又紧张吧！妈妈因为太爱爸爸了，不想拖累爸爸，才在自己得了绝症后走了绝路的！想到这里，柳萍的眼角流出了泪水。

妹妹柳晶看着姐姐柳萍对着镜子发呆流泪的样子，走过来笑着说道："姐姐，你都快嫁人了，还发什么呆啊！是不是激动得都哭了？哈哈！"

"你个小女子家家的，知道个什么！人都没见过，嫁你的个大头呀！"柳萍瞪着眼睛数落柳晶。

"大姐害羞了，不好意思了。"柳莹也笑着对柳萍说道。

"你们莫凑热闹了，赶紧把家里收拾一下，一会儿到田里帮爸爸干活去，莫让爸爸一个人累着了。"柳萍温和地说道。

"晓得了，大姐，你放心地去会你的情人吧！哈哈哈哈……"柳晶、柳莹几乎同时笑着说。

柳萍来到柳志家时，梁家楼的梁盼正在帮梁氏烧水，梁氏看到柳萍进来了，满脸笑容，十分热情地招呼着说："萍孙女，来了啊！真是越长越漂亮越结实了！快坐，快坐。"

柳萍满脸通红，不好意思地笑着说："婆婆，有什么事情需要帮忙不？"

"你来了就是客，一会儿你的琴干娘也来。这个就是梁盼，我娘家的嫡亲侄孙，蛮好的个后生，他一来就帮我挑水烧水的，勤快得很，是个顾家做活的好男人。"梁氏指着梁盼对柳萍说道。

柳萍抬头望了梁盼一下，就迅即低下了头，脸色红润一片，害羞得不知说什么好。

梁盼两眼眯成了一条缝，憨憨地笑着，盯着柳萍不放，更是把柳萍看得害羞不已。

忽然，梁盼傻笑着对梁氏冒出一声："姑婆，这媳妇真漂亮，我要了！"

梁氏听完侄孙这句话，愣了一下，赔笑着对柳萍说道："你看这盼娃娃，偌大个后生，说话就是太爽直了，也不考虑你的感受！你莫怪哈，他是看着你就喜欢上了，看来你们还真有缘分呢！"

柳萍听着梁氏如此一说，一时半会儿竟然不知如何接话了，只得又抬头望了一下梁盼。梁盼看柳萍望了自己，又傻笑着说："你做了我媳妇，我一辈子都对你好，什么事也不让你做的。"

柳萍羞得更是满脸通红，着急地朝着梁氏说道："婆婆，我去帮你拿些柴火去。"

"不用，不用，柴火够用，你柳志爷爷前几天劈了一大堆呢！你坐会儿，要不你先带着梁盼到门前转转，我把菜准备一下，一会儿喊你进来炒菜，听你爸说你炒的菜蛮好吃的，我老了，不会炒菜了，炒出来，怕你们年轻人吃不惯。"梁氏笑着说道。

梁氏刚说完，梁琴就走了进来，见着柳萍、梁盼便说道："你们两个男才女貌的，先到外面转转去，一会儿饭好了，我来喊你们，今天我是特意来给姑妈家炒菜烧火的。"

柳萍无奈地看了看梁氏，不得不低头走出了柳志的家门，朝着柳家大湾老井方向走去。柳萍刚出门，梁氏便推了梁盼一下，让他跟着。梁盼笑嘻嘻地跟在柳萍后面，乐呵呵地说："妹妹，你真漂亮！我要你做我媳妇，你嫁到我家后，我真的不让你干活，家里的活我都包了，我以后还去省城挣钱钱给你花，真的！只要你做我媳妇，我真的会一辈子对你好的。"

柳萍低着头，红着脸，轻声地说了一句："你话真多！"

两人走到老井旁边，梁盼看柳萍不怎么搭理自己，便指着老井说道："妹妹你要是不信，我现在就跳下这口老井给你看，我是真心地要你做我媳妇的。"

梁盼说完这句话，便试图跳下老井，柳萍见状，顾不得矜持，双手一把拉住了梁盼，梁盼高兴地流着泪傻笑着说道："妹妹让我跳嘛，我就是要证明给你看：我喜欢你！"

柳萍红着眼睛说道："我答应你就是了，干吗好好的要跳井啊！我的奶奶就是坠下这口老井后没了的，这口井深得很。"

"我没爸没妈的，就只有一个爷爷跟我一起生活，你嫁给我后，你就是我家唯一的女人了，咱一家人都听你的。"梁盼依旧傻笑着说。

柳萍轻声回道："结婚后再说，事情还没来，你就说那么多。"

"妹妹答应做我媳妇咯！妹妹答应做我媳妇咯……"梁盼手舞足蹈地在老井旁边喊道。

柳萍羞红着脸，疾步离开老井，走向柳志家里，梁盼便也跟了上去。梁盼进门便对梁氏与梁琴傻笑着说道："萍妹妹答应做我媳妇了！我好高兴啊！我要一辈子对她好好的。"

梁氏与梁琴听完后，看着柳萍红着脸低头不语，手不停地拉着自己的衣角，两人高兴得合不拢嘴，齐声说道："这就是命与缘分啊！缘分到了，就是快！我们这是做了好事嘞！"

当天中午，柳志、柳刚、柳顺喝着米酒，在饭桌上就把柳萍与梁盼的亲事定了下来。柳志对柳顺说道："梁盼虽然没有爸妈，但定亲结婚该有的礼数，我们会同他的爷爷一起商量办好，一定不会亏了萍娃娃的！还有，我家这隔壁的房子是你家的老房子，柳萍结婚后，我让猛娃娃到时帮你家重新在原址上盖几间平房，到时把门向与老井错开就行了，这是你祖上的老宅，不能丢啊！你们住的村部仓库始终不是自己的窝，金窝银窝不如自己的狗窝，这里盖好后，你们搬回来住，我们又可以做邻居了，多好啊！以后有什么事，大家都方便照顾一下。再说，你家岸娃娃大了，要是不想读书了，也可以跟我家柳猛柳勇一起做事嘛！"

柳刚接住父亲柳志的话说道："是啊，顺哥，你家这老宅重新立向盖好后，我们做邻居多好啊！以后你家有什么事尽管说，我们都尽全力帮忙。"

"你们一家人都是我们家的恩人啊！"柳顺感激地说道。

"咱都是柳家大湾大房头的人，一个祖人传下来的，不要客气，我们都唯愿你家过得好，你家过得越好，我们就越高兴！"柳志笑着说道。

柳萍的亲事就这样简单、直接地定了下来。梁盼回到梁家楼后，他的爷爷很快便一一按定亲的礼数送来了年命八字、彩礼等套头。梁氏也给柳萍做了好几身新衣服，还拿出五千块钱的私房钱给了柳顺，让他给柳萍再置办点嫁妆。柳顺接过钱，感激地说道："这钱算我家借的哈！"

梁氏平和地说道："算个什么借呀！这是我给萍娃娃的份子钱！萍娃娃嫁给我娘家的侄孙后，也算我家双重的亲戚了啊！这就当是礼钱，你莫放心里，拿去给萍娃娃办嫁妆，萍娃娃妈妈不在，也得把嫁妆办得风风光光的！绝不能亏了她，正好给晶娃娃莹娃娃带个好头！"

"那就听婶娘你的！"柳顺感激地说道。

柳顺花了三千块钱请木匠师傅给柳萍制作了两个木箱子、十把木椅子、一个木制梳妆台、一个木制洗脸架、一张木桌子、一个木火盆、一个木地柜、一台木制电视柜，木匠师傅做完这些，便给所有的木制品都涂上了大红的油漆，一片喜色。柳顺把剩下的两千块钱全部交了柳萍，让她自己去立山镇集镇上买些被套、衣服之类的陪嫁品。柳萍长这么大，除了每年跟着父亲柳顺去集镇粮站缴提留粮外，平时极少去立山集镇，柳晶、柳莹也是很少去。于是，柳萍便在结婚前带着妹妹柳晶、柳莹一起去了一趟立山镇的集镇选陪嫁品。

立山镇是立山县最大的乡镇，东西南北，纵横交错，主街道有三条，辅助的小街道有五六条，集镇上常住人口有两万多人。立山镇集镇的市场分冷热两集，逢农历单日子为"热集"，逢农历双日子为"冷集"。每逢"热集"时，商铺、地摊全开，所有街道都被琳琅满目的商品占满了，有卖衣服的，有卖鞭炮土纸的，有卖花草的，有卖农药的，有卖鱼肉的，有卖菜的，其中数卖菜的最多。卖菜的大多为附近的农民，他们把自家种的多余的菜，挑到集镇上摆地摊售卖变钱用。立山镇集镇上有猪行、肉行、种子行、家具行等行当，每个行当各有特色，也各有行规，吸引了立山镇南来北往的客商们来做生意，因而，立山镇便成了立山县商业最繁华的乡镇。

柳萍她们姊妹三人挑了一个"热集"的日子来到立山镇集镇上买陪嫁品。到了集镇，她们东逛逛西看看，走了不少店铺。最后花了大几百块钱在一家纺织品店铺里买了几床被子、被单、被套，在一家服装店里买了一些内衣内裤，在一家鞋品店里买了几双鞋子，买这些下来，柳萍花了不到一千块钱。买完东西，柳萍拿出六百块钱，给柳晶、柳莹一人三百，她说道："我给你们这些钱，你们自己留好，回去不要跟任何人提起。大姐出嫁后，你们手上总得有点钱，女孩子不能光靠男的，以后有机会，你们自己找个好婆家，自己做好事做好人。"

柳晶、柳莹推辞不要，都说道："大姐，这是你的嫁妆钱，我们怎么能要？以后有机会，我们也跟别人一样出门打工挣钱去。"

"拿着，听姐的话！"柳萍强硬地说道。

柳晶、柳莹不得不收下了钱。

三人办完事，便请了一辆三轮车拖着行李带着她们回了柳家大湾。

几天后，柳萍便在梁家楼迎亲的喇叭声与锣鼓声中，坐上四人抬的木轿子嫁到了梁家楼。柳萍出嫁，一切都是按立山当地最古老的婚礼仪式办的。跟梁盼拜完堂，吃过喜饭，柳萍便正式成为梁盼的媳妇，他们正式地结成了夫妻。

洞房当晚，梁盼迫不及待地关上房门，傻乎乎地直盯着柳萍说道："媳妇儿，你好漂亮啊！哥今晚要跟你睡觉了！"

柳萍被梁盼盯得后背发凉，有点恐惧地说道："咱都是夫妻了，你要信守你的承诺，要对我好好的……"

还没等柳萍说完话，梁盼胖胖墩墩的身体便压了上去。梁盼急急地脱光了自己的衣服，解开了柳萍的衣服，喘着粗气着急地说道："别人都说我傻，我可一点都不傻，我今晚就要你了！从今天晚上开始，你就是我的女人了，以后不许任何男人碰你了。"

这个夜晚，注定是个难熬的黑夜。

梁盼在房事上的确不傻，新婚这晚，他不顾柳萍的告饶，一晚上折腾了柳萍七八次。

经历了这个难熬的夜晚，经历了房事的兴奋与折腾，智力有点问题的梁盼成了男人，能干的柳萍成了女人，一个新婚家庭由此组成。

第十一章

农人与联建

柳志这辈子虽然没有大的造化，扎根鄂东立山之下的农村一辈子，但改革开放后，临老了，他却成了柳家大湾最有福分的人。他生养的四个儿子柳猛、柳勇、柳刚、柳强个个有出息，柳猛、柳勇两个儿子带着立山联建一路披荆斩棘，在省城建筑市场上做得风生水起，赫赫有名。三儿子柳刚是种田种地的好把式，当村支部书记也是个好的带头人，漂亮地主持完几件事后，村民们几乎个个服他。

柳强读书聪明，高考恢复后，第一年便考上了省城大学的中文系，大学毕业后，遇到了国家包分配的好政策，幸运地被分配到了县委县政府办公室上班，从办事员做到科长只用了六年的时间。柳志的儿子们出息后，更听他的话，更加孝顺他与梁氏。柳家大湾的人很是羡慕柳志，老一辈的人羡慕他晚年有福，不愁吃、不愁穿、不愁钱花，后人孝顺又能干；中年人羡慕他有权威、有魄力、有精神；后生羡慕他持家有方、待人有礼、对人有情；妇孺则羡慕梁氏好眼光、好生养、好福气！柳家大湾的人坐在一起聊天，便时常会说柳志家真是"上阵父子兵，打虎亲兄弟"！柳家大湾的老人、中年人、后生、妇孺之间，时常以柳志的四个儿子为典型为样板来说事，时常能听到人家说："你要是能，就要像柳志老爷子一样能！就要像他的四个儿子一样能！"

柳猛、柳勇两兄弟在付端强的关照下，着实把立山联建做大做强了，也把立山联建这块招牌在省城彻底响了。立山联建成立之后，从二十世纪八十年代中后期发展到九十年代中后期，由十几个工人发展到了几百个工人，这几百个工人中，有管理人员、大工师傅、小工人员、杂勤人员。

在立山联建这支队伍里，最吃香及赚钱最多的便是管理人员与大工师傅，最辛苦及赚钱比较少的便是小工人员与杂勤人员。管理人员按梯级负责制，划分成了九个等级，从上至下分为总经理、副总经理、安全与质量管理总监、施工大队长、施工中队长、施工小队长、采购员、物料管理员、专业班长；其中柳猛出任总经理，负总责，是立山联建的掌舵人与实际老板，所有大事与敏感事宜，必须经他的手；柳勇是副总经理，是立山联建的二把手，负责联建所有事务的日常管理与精细化管理，具有一定的决策权；付端生从立山联建的安检员一路做到了安全与质量管理总监，他吸取了当医生时的教训，极少给人开后门，对施工安全与建设质量把关非常严格，得到了柳猛的极大信任；施工的大小队长有十几个人，一般都是由立山联建成立之初便跟随柳猛创业的人担任，这些人大多与柳猛、柳勇有着亲戚关系；采购员则由柳贵海担任，采购员虽然在管理人员中处于第七级，但其直接对总经理与副总经理负责，具有相当的便利权。

柳贵海的儿子柳章在立山联建学了几年粉刷匠后，手艺精进了不少，后来便被提拔成了粉刷匠带班的专业班长，一年能挣不少钱；物料管理员则由柳勇的小舅子杜宏力担任着，物料管理员对立山联建的成本控制具有十分重要的作用，其地位不容小觑。

在二十世纪八九十年代，加入立山联建做事的人基本上都是从立山县各地的农村里走出来的，其中以立山镇农村走出来的人最多。这些人中，管理人员一般都比较稳定，极少更换。大工师傅、小工与杂勤人员则更换比较多，因为这些人从农村走出来打工，第一目的就是挣钱，哪个工地开的工价高些，哪个工地赚钱多些，他们就会选择在哪个工地干活，他们挣钱凭的是手艺与力气，只要老板讲信誉，开的工价合理，他们就会拼命地做事。

对于从立山农村走出来打工的农人来说，立山联建就是个大学校。他们到工地上打工，首先都会选择在立山联建做事，因为毕竟立山联建是立山的招牌，老乡顾老乡，柳猛也好，柳勇也罢，各个施工队长也好，专业班长也罢，他们都会给立山县本地的人一个打工与学习的机会。立山农人们做事的勤劳与憨厚，也使他们在立山联建扎住了根，学到了建筑手艺，挣到了养家糊口的钱。可以说，在二十世纪八九十年代，立山当地家里稍微过得好点的人家，大多家里都有在立山联建做活的人，这些人，家里种着田地，农忙时便回家干活，农闲时便到立山联建做工，种田种地与做工两不误。

二十世纪八九十年代，农人们单单靠种田种地是难以支撑一个家庭的生存与开销的，甚至连温饱都解决不了，因为那时田地少，种地的人多，产量也不高，但上缴给集体的提留款却是一分也少不了的，有的家庭累死累活一年到头种田种地，收割庄稼后，交完提留款，最后剩下的粮食仅够吃几个月的，这种现象在当时比比皆是。因而，立山联建便成了那个时代立山农人们引以为傲的做事之处，也是他们为了减轻家庭负担，不得不拼命往里钻的最重要的去处。

在立山联建做活的农人们大多为中年人，他们在立山联建做活，付出的是体力与血汗，他们的身体是累的，精神却是饱满的，他们知道他们想要什么，想要的是让日子越过越好、越过越红火，想要的是拼命赚钱培养好孩子，让孩子通过读书跳出"农门"，做城里人！改革开放前的立山农人们经历了没有书读、读不好书的苦痛，改革了，开放了，日子好过了，他们就会把自己没读书没走出农门的遗憾，弥补在自己的子女身上，因为他们当中的大多人骨子里都信奉：万般皆下品，唯有读书高！

柳猛、柳勇也是农人出身，他们领导立山联建四处接活，自己也发了不小的财，发财后，他们更是特别重视培养自己的子女。柳猛与付紫芳结婚较晚，育有两个儿子，分别是柳新、柳奇，柳新与柳顺的三女儿柳莹同年，生于一九八〇年，柳奇生于一九八二年。

一九九三年，立山联建在省城已完全站住了脚，柳猛便把两个儿子从老家接了出来，送到了省城的一所寄宿学校读书，为的就是让自己的儿子们从小接受大城市的教育。

柳勇与媳妇杜秀比他们的大哥大嫂晚结婚两年，他们生有一儿一女，儿子柳文生于一九八二年，与柳奇同年，女儿柳丽生于一九八五年，与柳顺的第二个儿子柳忠同年。柳文、柳丽与柳新、柳奇是一起被送进省城寄宿学校读书的。这四个孩子在省城一直从小学读到大学，长大后，在各自父亲的资助下，远赴新加坡、美国、澳大利亚、新西兰等国留学深造。与他们同时代出生的柳莹、柳岸、柳忠是没有那么幸运的。农人们的家庭环境不同，赚钱多少不一，直接决定了出生于二十世纪八九十年代的孩子们命运的各不相同。

那年代那岁月，立山农人成就了立山联建，立山联建也成就了立山农人，立山联建是立山农人们挥之不去的历史记忆，也由此在他们心中扎下了深深的根子。这些情感因素，也是立山农人爱之切在先，后面则因各种缘故，拉开了立山农人痛之深的戏剧帷幕。当然，这是后话。

第十二章
贵海的享乐

在立山联建做事的农人之中，也有异类的，他们赚钱不仅仅是为了改善家里的经济状况，更多的是为了自己的享受与享乐。这种人在改革开放的潮流中容易受到一些不好的社会风气的影响，从而迷失了自己，他们赚到钱后，原有的人生观与世界观便发生了扭曲。柳贵海便是这样的典型。

柳贵海的妻子杜凤与柳勇的妻子杜秀都是下边村杜家桥的人，她们也算堂姐妹的关系，柳勇就是看重这层关系，加之柳贵海当过柳家大湾的村支部书记，他们又同为大房头的后人，所以柳勇在立山联建中一直比较照顾柳贵海。柳贵海刚到立山联建时，柳勇便建议大哥柳猛把立山联建队中最重要的材料采购的事宜交给柳贵海负责，那时立山联建还没有做大做强，在省城还没有站住脚。

一九九三年前，柳贵海在立山联建做采购员，还算尽心尽责，极少吃回扣与贪黑，做事也让人放心。一九九三年后，柳贵海的儿子柳章结了婚得了娃，这个不到五十岁的人便成了爷爷级的人了，看着柳猛、柳勇兄弟日进斗金，工程越接越多，摊子越来越大，心理便失衡了。他总在想：同样是一个时代的人，我结婚比他们还早，生儿子比他们早，我还当过村支部书记，我咋就只能给他们兄弟二人打工呢？我这么兢兢业业地干采购，不贪不吃，也没见他们多给我一分钱，我傻呀！我再这样傻下去，人家就把我当成了二百五与半吊子了！不吃白不吃，不贪的人才是鬼！况且立山联建里头，一些小玩意儿的施工队长都黑着钱，在外面包养着女人乐呢！我柳贵海啥也不比别人差，我的媳妇杜凤那婆娘连半老徐娘都比不上，我也得捞点钱在外面相个女人乐乐。

柳贵海邪念一起，便开始付诸行动了。一九九五年柳萍结婚时，柳猛、柳勇两兄弟把立山联建暂时交与付端生、柳贵海共同管理几天，他们兄弟二人应父亲柳志的要求，回家参加了梁盼的婚礼，算是给母亲梁氏娘家的大哥装下面子。柳贵海看兄弟俩一走，便感觉赚黑钱的机会来了。

那时，立山联建在省城汉区的一个工地上要盖一个连片的小区，需要大量采进一批红砖，供应红砖的厂家有五家，这五家红砖厂家烧制的红砖大同小异，供价也差不多，但各自规模与势力有所不同。柳猛当初把立山联建带到省城接活，为了货比三家及不受人制约，从一开始，他便在建筑做活中最重要的红砖采购上，找了三家不同的红砖厂家同时供应红砖给自己的工地，后来随着建筑工程越接越多，地产事业越做越大，他又亲自选定了两家供应红砖的厂家。对于这五家红砖厂家的供应采购，柳猛一直比较谨慎，比较公平地让他们均衡发展，除非红砖厂家延误交期，他极少偏重哪一家供应商。之前对于红砖的采购，柳贵海跟着柳猛大多是执行采购指令，即使有厂家业务人员主动给他好处，让他暗中多采购一些红砖，他也不敢轻易操作，因为他知道建筑上使用红砖数量庞大，涉及采购金额也很大，是最为敏感的采购项目之一，柳猛一般都直接掌控，不会让他定夺。

这次，柳猛、柳勇两兄弟都抽身回家了，把采购大权直接放给了他，工地上使用红砖一天得大几万块。此时，有三家红砖厂家供应不上规定的量，无形之中耽误了工人们做活，另外两家红砖厂家砖量充足，却不敢轻易加量供应，毕竟他们与柳猛都签订了定量供应合同的。

柳贵海见此情状，便找到付端生，表情苦闷地说道："付总监啊，你看柳猛、柳勇两位兄弟一走，工地上三家红砖商供应都不配合了，说好一天供应一万块砖，却是一天供应不到五千块砖，这样下去会耽误工期啊！他们兄弟俩是老板，我们都是打工的，他们既然要回家办事耽搁一段时间，又把责任压给我们了，我们得想办法解决这些红砖的供应问题啊！"

"我的柳大书记，你是当过书记的人啊！你又是联建的采购，这供应问题你自己想办法解决嘛！我只负责工程安全与建筑质量把关，这事我帮不了你。"付端生谨慎地说道。

"呵呵，瞧你付总说的，好像不关你的事！你不管，我自己解决去！总之，不能让柳猛、柳勇两位兄弟回来后骂我们的娘！我跟他们是同辈，我可不想被他们骂娘。"柳贵海感叹地说道。

"你不想被他们骂娘，我就想了？按辈分来讲的话，我是你们柳家大湾柳国胜老书记的小舅子，柳国胜长你一辈，我就长两位老板一辈，我平时被他们骂娘才亏大了呢！"付端生有些愤怒地说道。

"你这货，敢说长我一辈？你跟付端强是堂兄弟，也就是跟柳猛的媳妇付紫芳是堂姊妹，按这层关系讲，你只能跟我是同辈。"柳贵海也有些愤怒地回应道。

"行啦，行啦，我不跟你嚼嘴筋，各随各叫，我跟你既不是亲戚，又不是一个姓的，一个姓的还要分宗谱，我们不分长晚，各负其责，各尽其心，采购供应的事，我不会插手的，你自己看着办，只要两位老板回来满意就行。"付端生边摆手边说道。

"那行吧，我自个儿解决！只要不耽误工期，不影响安全与质量，两位老板就会满意的。"柳贵海边走边摇着头说道。

柳贵海找付端生商量红砖供应的问题，本来就是虚晃一枪，付端生不插手，是他巴不得的事，这样，他才能全心按自己的想法操纵一下这几天红砖的供应。

跟付端生谈完后，柳贵海便迫不及待地主动上门去找了一家红砖量供应充足的何姓老板。到了何姓老板的砖厂，只见偌大的厂房空地上到处码的都是红砖，估摸着有好几十万块，柳贵海感叹地说道："这砖真是多啊！这都是钱啊！"

何姓老板见柳贵海如此感叹，便赔笑着说道："这么多砖，都需要柳总们照顾啊！柳总让我们定量供应，我们也不敢多送，别的工地效益又没有柳总的立山联建的工地效益好，可是急死我们了，工人烧了这么多砖，卖不出去，工资都发不了啊！你看看，你回去后，能不能跟柳总们说一下，让我们每天多供应一万块砖？要是你能说成这事，我给你三个点的返利，这事，我绝对不会让柳总他们知道的。"

"柳总他们回家了，估计得七八天才能回到省城，这些天红砖供应的事，他们委托我全权负责，由我做主。现在我们工地工期极其紧张，有三家红砖厂商供应不足，耽误了工人们做活。你们几家的红砖质量都差不多，另外几家的供价比你家的都要便宜点，我让你家从明天开始，连续五天每天供应五万块红砖怎样？我把另外三家的供应先停下来，等他们的产量够了，再让他们恢复供应，你看如何？"柳贵海皮笑肉不笑地眯着眼睛说道。

"哎呀！你真是我的大柳总啊！这样，每块砖，我让价两分钱供应给你们立山联建，我们砖厂连续七天，每天供应七万块砖给你们立山联建工地，你把那三家红砖厂家先停七天。七七四十九万块红砖，一块砖，我给你两分的返利，先给你一半返利，七天供应完成后，把另外一半再给你，你看怎样？"何姓老板依旧赔笑着说道。

"两分啊？那就让你供应个整数，五十万块红砖吧！明天先供应二十万块红砖过去，后面六天，一天送五万块砖，两分三怎样？"柳贵海问道。

"行，也不两分三了，就两分五返利给你！今晚，我先请柳总去做个桑拿再按摩一下。"何姓老板乐呵呵地说道。

"何总爽快！以后有的是机会，咱俩合作共享，合作共赢！"柳贵海奸诈地笑道。

"对对对！合作共赢！"何姓老板也满脸堆笑地说道。

当晚，这家砖厂的何姓老板花了大几百块钱请柳贵海吃喝了一顿，又花了大几百块钱请他去做了桑拿，叫按摩小妹给他按摩了一个多小时。

在按摩过程中，柳贵海双眼色眯眯的，不停地盯着按摩小妹上下看。何姓老板很是会意，在按摩结束后，在一个高档宾馆给柳贵海单独开了一个房间，安排了一个二十岁出头的非常靓丽性感的按摩女给他包夜了。柳贵海这晚没有回工地宿舍，完全沉醉在温柔乡里，与年轻漂亮的按摩女几番快乐后，他疲惫地抱着按摩女说道："妹子，你叫啥名字哟？"

"干我们这行的，不问人名字的。"按摩女淡淡地答道。

"老子要是想长期包养你呢？"柳贵海有些愤怒地问道。

"你想包养我？一个月给我八千块钱，舍得吗？"按摩女问道。

"八千块钱算个屁！我一个月给你一万块钱的现金！但要你一个月至少陪我睡二十天，不准再陪别的男人睡。"柳贵海边亲吻着按摩女边狠狠地说道。

"大哥你真行！房子你租，你搞好了，先给我五千，我就搬过去，只要你一万块钱月月准时给我，我保证不让别的男人再碰我。"按摩女不屑地答道。

"那你现在可以告诉我了，你叫什么名字？"柳贵海又问道。

"李月。"按摩女答道。

"好的，老子明天就去租个房子，你以后就是我的月儿了。"柳贵海边说边翻过身压向按摩女李月。

这一晚，为了不放过这么好的艳福机会，柳贵海几乎整晚没睡觉，一直对李月动作不停，上下其手。

第二天一早，天色刚刚发亮，砖厂的何姓老板就过来敲宾馆的房门，问道："柳总，睡好没有？该起床办正事了。"

柳贵海听到敲门声，猛地惊醒，左手揉着眼屎，急急地回应道："何总，几点了啊？"

"快六点了，你们立山联建快上工了。"何姓老板大声说道。

"哦！起来了，马上。"柳贵海答道。

"柳总，起这么早干吗？再睡会儿嘛！"陪睡女李月打着哈欠说道。

"你个小女人，今天办完正事，我就去租个房子，晚上还要跟你好好亲热一下。"柳贵海边狠狠地亲吻着李月边说道。

"那你今晚要先付定金给我哈！"李月满脸堆笑地说道。

"放心，少不了你个小娘们的！你多睡会儿，晚上好好跟我乐乐！"柳贵海奸笑着答道。

柳贵海临出宾馆房间的门时，又返回床边，用手狠狠地在李月的大腿上掐了一下，疼得李月尖叫说道："你个老男人真狠啊！疼死我了！"

何姓老板见柳贵海开门出来，便把准备好的红包塞给他，说道："柳总，这是六千八百块钱，一路发，五十万块红砖供应完后，另外的一半立马兑现！今天二十万块红砖麻烦你尽快去工地安排一下，我已安排好了几个大车，八点半左右就能拉着红砖到你们立山联建工地上。"

"何总，这事你尽管放心！床上睡的那个妹子不错！这样吧，另外的一半钱，我只要两千块，其余的你帮我办件事吧！今天拉完二十万块红砖后，你帮我去租个一房一厅的房子，晚上把床上的那个妹子送过来，那个妹子以后我包了！你家以后的红砖供应，我想办法解决。"柳贵海眯着眼说道。

"这是小事，下午就帮你搞定，那个小妹你想乐多久就乐多久！以后，只要每月让我们砖厂多供应五十万块红砖就行！"何姓老板爽快地答道。

说完这话，二人会意地相对笑了笑，一路没再说什么。

柳贵海回到立山联建工地后，用工地的电话，给三家供应红砖不足量的供应商分别打了电话，让他们即日起，暂停七天供应，等通知再供应，三家供应商理亏，也就不得不暂停了供应。这样，何姓老板与柳贵海达成的私下协议便顺利实行了，柳贵海通过这次小试牛刀，尝到了自己梦寐已久的"性福"与虚荣。

柳猛、柳勇二人给足了大舅父梁标的面子，参加完舅父的孙子梁盼的婚礼后，在柳家大湾又多陪了父母几天，并依照父亲柳志的吩咐，答应无偿为柳顺家在他家老宅的基地上建三间平房，并答应安排梁盼到立山联建做事，他们说这也算报答柳儒老爷子行善积德的一生了。

柳萍回门后，过了三天，柳志老婆梁氏的大哥梁标请柳志一家、柳顺一家到梁家楼吃中午饭。席间，梁标深沉地说道："柳猛、柳勇、柳刚、柳强几个外甥都有出息了！我做舅爷的看着也高兴，你们与柳顺也是一个房头的，你们先富起来的人一定要带带后面的人啊！我老了，不中用了，说话也没轻重，希望你们能帮带一下梁盼，帮带一下柳顺的几个娃娃，这样大家以后才都有奔头嘛！"

"舅爷，你老就放心好了，你是我们干干的亲大哥，梁盼也是我们的亲表侄，打断骨头连着筋，我们亲戚是断不了的！再说，我们也都是农民出身，不管到什么时候，不管发多大的财，我们都不会忘了根本的！柳顺是我们一个房头的人，他家孩子多，只要他开口，他家孩子读书缺钱，我们就给钱，能帮的，我们义不容辞地都会帮忙。"柳猛大声地说道。

"你猛娃娃年龄大些，见识也多些，知道的老道理自然比别人多些！我这个做舅爷的虽然年龄大了，但我不糊涂，我爱说直话，你们莫不爱听就好。从古至今，老话都说了的：人无千日好，花无百日红。水满则溢，人满则危。我的妹子生了你们猛勇刚强四个娃娃，个个有出息，真可谓是四大金刚，四面开花啊！但我希望你们的好运一定要长久，好运要长久，就要记住根脉，记住自己从哪里来，要去干什么。不能富厚了，就不知所以了，就为富不仁了！凡是为富不仁的人，最终都没有好结果，最后家道都会败落。我真心希望你们能打破富不过三代的魔咒啊！要代代有出息才好。你们从现在开始，一定要多积德，多帮助比自己弱的人，帮助别人就是帮助自己啊！"梁标语重心长地说道。

"舅父，你站得高、看得远，我们知道的，放心好了。"柳勇插话道。

"你们舅父说得非常有道理，他说的，也是我想说的，希望你们兄弟都要记好。"柳志抽着水烟说道。

"我这辈子就这样了，我的几个娃娃，以后还真要你们兄弟几个牵扯牵扯啊！"柳顺也抽着水烟闷闷地说道。

"顺兄弟，你放心，你的女婿梁盼，这次我们就开车把他带下去做事，到时安排他在工地上先看看场子，当下监工，做段时间后，搞顺了，看他想学哪样手艺，我们再安排师傅带他。你家三个儿子，只要愿意读书考学，没钱用，你随时说，我们随时支援。"柳猛笑着说道。

"那就太感谢你们兄弟了！"柳顺感激地说道。

"这样就好，这样就好，这样我就放心了！"梁标感慨地说道。

在梁家楼吃的这顿饭，大家倒也和和美美的，呈现出了一片安宁与祥和的气氛，柳猛、柳勇二兄弟也非常享受这种被人推崇的感觉。

柳猛、柳勇开着越野车带着梁盼到了省城的立山联建工地后，亲自安排付端生带着梁盼做事，让梁盼给他打下手。他们知道梁盼智力确实有一些问题，是不适合学做手艺活的，只能安排他做做这可有可无的监工，给他一份工资，算是照顾一下这个表侄，照顾一下柳顺的这个女婿。梁盼在工地上，一天到晚傻乎乎的，倒是非常乐意接这事，闲得无聊时，他便会东逛逛西看看，几乎玩遍了工地的每个角落。工地上的管理者与工人，都知道他是老板的傻表侄，没人说他，也没人叫他做事，任凭他玩闹。

柳猛、柳勇回省城汉区的立山联建工地后，他们在省城城建局的熟人，很快又给他们在省城昌区、阳区、甸区等地介绍了几个工程，他们也不嫌多，一一拿了下来。盘子做大后，他们一时忽略了砖厂供应量的事，任由柳贵海安排采购。柳贵海得到了暂时的采购实权，便利用一切可以利用的机会往自己兜里捞钱。他是白天捞钱，晚上回到何姓老板给他租的住房里搂着李月睡觉，这个老男人好不快活，小日子过得倍倍香！自从包养了李月，柳贵海便极少回老家，也很少住工地，一到工地晚上放了工，他便急匆匆打的回到出租房，连儿子柳章想见他一面都难！时间久了，儿子柳章终于觉察到了父亲柳贵海的异样。

一天中午，在工地食堂吃午饭时，柳章拉住父亲柳贵海轻声说道："爸，我听柳猛、柳勇两个叔叔说他们开给你四五千块钱一个月的工资，你一个月的工资顶在老家种两年的田地了，可以缴三年的提留款，你一年就能挣四五万块，你该知足啊！但我前几天回老家看自个儿的老婆孩子，妈妈说你已经好几个月没给她一分钱了，你的钱都去哪儿了啊？你又不赌博又不干啥的。"

"你个娃娃家的，咋还清起老子的账来了？我的钱，年底回去时一次性交给你妈。"柳贵海有点不耐烦地说道。

"爸，你都快五十岁的人了，工地上你也干不了多少年了，你要存点钱啊！老了有钱多好！还有，我这段时间好几次晚上去你的宿舍找你，都没有看到你的人，你是不是有什么事瞒着我呀？"柳章依旧小声地问道。

"老子能有什么事瞒你？你做好你的活，带好你的班就行了，别的莫管。这大的工地，我负责采购那么多东西，哪能不忙？没你干的活单纯。"柳贵海气呼呼地说道。

"爸爸，我也是为了你好，再忙，你也要注意身体啊！你的孙子都快三岁了，现在养娃娃太费精力了，不然我们还要生一个，到时让你回家带孙子去，免得你在工地上这么忙，责任又大！"柳章感叹地说道。

"你跟你媳妇，要想生就再生一个，怕什么？柳顺家生了六个，也养大了。"柳贵海说道。

"顺叔家情况不一样。"

"柳顺家穷得叮当响，只剩下几个娃，你又怕什么？你在立山联建带班，一年也能挣三四万块钱，你再生两个都养得活。"柳贵海表情轻松地说道。

　　"那行，下个月，我把媳妇与妈妈都接到省城来，在省城租个两室一厅，我们一家人住在一起，我让媳妇在省城备孕，到时我买个摩托车，天天骑车带你上班。"柳章轻松地说道。

　　"带省城来搞什么？瞎花钱！就在家里备孕。我不怕，你怕什么？"柳贵海生气地说道。

　　"可挣钱就是为了让家里人享福啊，在省城备孕，在省城生下孩子，省城生活条件和医疗条件都好些，媳妇过来住着也舒心。"柳章无奈地说道。

　　"这事以后再说，老子先吃饭。"柳贵海边走开边说道。

　　"爸，等一会儿！这事不能以后再说啊！我在立山联建搞好了，赚到钱了，我还要带着一家人在省城安家呢！"

　　"就你能！在省城安家得买房子，那不是老子的事。"

　　"我挣钱在省城买房子，你与妈到时负责带孙子孙女就行了。"

　　"你娃娃算盘打得好，想得真美！老子有事，先走了。"

　　"不打算盘怎么搞，还不是为了你，爸！"

　　"老子不要你管，走了！管好你自个儿老婆娃娃。"

第十三章
别样热闹

立山联建因工程越接越多，需要的工人也就越来越多了。柳猛为了解决立山联建的建筑工人短缺的问题，开始突破地域限制，尝试吸收一些外县，甚至是外省到省城谋事的建筑工人到立山联建打工。其中河南省到省城来找事做的建筑工人，因舍得吃苦，又能干重活，工钱还比立山本地人要得少，便受到了柳猛、柳勇兄弟的青睐。立山联建因此分成了两大阵营，一个工地一个阵营。也就是立山县出来在立山联建做事的人承建一个工地，河南省与外县到立山联建做事的人单独承建一个工地。为了管理好非立山本地出来的人，柳猛、柳勇便派柳章去当了施工大队长，专门管理河南人做活，派杜宏力做采购，专门负责外地人所在工地的采购事宜，柳贵海仍然留在立山本地人所在工地上做采购。柳猛与柳勇也做了分工，柳猛还是负责管理立山本地人所在立山联建的一切事宜，柳勇则负责管理外地人所在立山联建的一切事宜。

在二十世纪九十年代中后期，立山联建发展形势一片大好，四面开花，立山县众多走出来的人在里面摸爬滚打，造福了家庭，也成就了一批人，立山联建的名片，因此也越打越响了！随着立山联建如火如荼地发展，越来越多的立山青壮男子找各种熟人，走出立山农村大地，扛着行李包裹奔向立山联建的各处工地，靠着力气与手艺挣钱养家，把家里的田地留给父母与妻子耕种。也正是如此，打破了以往立山农村男耕女织的农业生产模式，逐步形成了老弱妇孺耕种的留守模式。随着时间的推移，立山的农村悄悄地发生着深刻的变化。

一九九八年小满这天，柳家大湾异常热闹，用柳传声的话说：这可能是柳家大湾在传统的小满节气里最后一次祭祀车神了！柳家大湾自柳儒一九九二年去世后，偌大的一个湾里，硬是找不出一个像样的人主持每年的小满节祭祀车神的事了。柳刚身为柳家大湾村里的书记，是不能主持类似这样祭祀的事情的。祭祀嘛，多少带有封建与迷信的色彩，农人们不是唯物主义者，在没有强制干预的情况下，他们没有什么顾忌，只相信传统与习俗，在一种约定俗成或者别样的气氛下寻找心理安慰，从而产生精神寄托。

祭祀车神一时半会儿找不到合适的人。在一九九三年小满节前一个月，柳家大湾六个房头的头人齐聚一起，坐下来合计着这事，大家都说祭祀车神的仪式，事关重大，关系到柳家大湾农作物每年的丰收，必须找一个德高望重的人来主持，这个人最好是大房头的人。头人们合计了半天也没有一个结果，最后，柳家大湾六房的头人柳华倡议说道："按理说呢，我们六房是幺房，是最小的一个房头，对祭祀车神这么重大的事，我们应该听你们五个房头的主意。但我们六房有五百多人，是柳家大湾六个房头中人口最多的一个房头，我今天就代表六房发表两点意见，供你们参考一下：第一，长子为大，这是自古以来的规矩，我建议祭祀车神的主持人由大房头的柳传声大哥主持，他虽然年龄大了些，但身体还硬朗，柳儒伯父去世后，数他是资格最老的老把式了，他熟悉农事，为人厚道讲究，又与人为善，他也能服众；第二，我们合计好后，需要报请柳刚书记最终定夺，柳刚书记正当壮年，是我们这辈人中的佼佼者，他是书记，不便主持祭祀这类事，但他毕竟是柳家大湾的人，又是地道的农人，从情感上来说，他理应参加这类事，最起码要出力，出出主意，我们还要请他在年轻一辈中培养一个能办事的人出来，这也是为柳家大湾的百年大计着想！我的意见就是这样的，大家看看怎么样？"

"你这两点建议说到点子上了，我看行，没问题！柳刚虽然是书记，但这事必须经过他，让他也参加进来。"二房头人柳明说道。

"好的，好的，柳华不愧是立山镇信用社的办事员，说话就是一语中的！就按他说的办，我们现在就去找柳刚书记定夺！"其他四个房头的头人也纷纷附和道。

头人们找到柳刚，柳刚听完他们的陈述，笑着说道："我虽说是村支书，但我更是柳家大湾的一分子，你们都认可了柳传声大哥担任祭祀车神的主持，我是没有意见的，我尊重大家的意见。至于培养年轻人接班主持人的事，这个事不能急，好事多磨，先让传声大哥辛苦主持几年再说，后面有合适的人，就让他带着培养。江山代有才人出，我坚信我们柳家大湾会出主持人才的！"

"既然刚书记通过了，大家都没意见，我们就一起去传声大哥家里请他出山！"柳华激昂地说道。

在柳家大湾六个房头的头人们极力劝说下，经过柳刚的鼓励，柳传声勉强答应了先暂代每年祭祀车神的主持，他说："等培养出合适的人后，我就让位！毕竟我的年龄大了，岁月不饶人，精力不济啊！"

一九九三年小满节开始，柳传声便正式成了柳家大湾祭祀车神的主持人了。不过，从他接手主持祭祀车神开始，柳家大湾就一年比一年变化快，变化最快的便是柳家大湾在家务农的人少了，出门打工的人多了。柳家大湾出门的农人们随着市场经济的大潮，奋斗在各行各业中，他们出门的首选地是省城，他们到省城，主要从事三种职业：一是到立山联建或者其他工地当建筑工人，二是到省城租门面收废品或者租房子住下来捡废品卖，三是当搬运工。到省城务工也罢，经商也好，这样便于他们顾家与回家，农忙时节或者过重大节日时，他们从省城乘车回到立山，也就一个多小时的事。柳家大湾出门在外的人，也有少数人凭借一些朋友或熟人的帮带关系，远赴珠三角或长三角等经济发达的地区做事，出门远了，平时没有特别的事，他们是极少回家的，有的人甚至过年都不回家，在外面一待就是三年五年的。柳家大湾出门的农人们在外面赚钱尝到了甜头，便把家里的田地都留给父母或者妻子耕种，这样一来，留在湾里的农人少了，以往祭祀车神的热闹场面就一年不如一年了。一九九五年至一九九七年，三年间，每次祭祀车神，聚在柳家河边上的农人们都不到一千人了。

如柳传声所言，一九九八年小满节祭祀车神，也许就是柳家大湾最后一次举办此类活动了，这也注定了一九九八年是一个不平凡的年头。柳家大湾外出打工与经商的农人们，在一九九八年小满节前纷纷赶回柳家大湾，只为一件重要的事情，那就是柳家大湾要重新分配田地，重新签订家庭联产责任制的承包合同了。正因如此，一九九八年小满节祭祀车神，柳家大湾办得有声有色，规模空前，热闹非凡，一时间聚集在柳家河边的人又有数千人了。这是自柳传声接手主持祭祀车神以来参加人数最多的一年，反常的景象，无形之中让他感到不安与困惑。

第十四章

重分田地

一九九八年春节前夕，立山镇党委根据上级安排，组织全镇村干部召开了关于做好"农村家庭联产承包责任制三十年不变"的工作会议，要求各村春节后迅速动员村民实行田地重分与承包的工作，重分田地由村组干部组织人员丈量、划分，以家庭为单位，按人头平分田地，不论老少，不偏不倚。

一九九八年春节时，柳家大湾在外的人，大多都回来过年了。正月初一当天，柳刚书记通过村部的广播，先给柳家大湾的老少爷们拜年，然后宣读了立山镇关于农村重分田地的相关文件，他在广播里说等开春后，村里将召开具体会议，商讨柳家大湾村重分田地的时间节点事宜。柳家大湾的农人们听到柳刚书记的广播通告后，有的人很兴奋，他们庆幸自家终于有机会摆脱"差田"的命运了；有的人却很苦闷，他们害怕自家的"好田"在这次重分田地时分给了别人；有的人很失落，他们怀念改革开放前的集体生活集体劳动，不习惯单干；也有的人无所谓，他们认为在如今市场经济大热的环境下，耕田种地已经不是农人们的唯一出路，农人甚至可以不种田地，可以舍家弃业走出去，到外面去闯荡一番，也许能发大财呢！柳家大湾农人们复杂的心理，也注定了这次重分田地的不平凡……

柳刚组织村委班子召开了数次会议，认真研讨了柳家大湾村里重分田地的具体时间表，他们一致决定重分田地分三步走：第一步，小满节过后组织人员丈量土地，丈量土地在芒种前完成，由村书记、村主任、民兵连长带队监督与协助丈量，村部会计、出纳、妇联主任负责汇总与细化丈量土地的面积，做好重分田地规划，丈量土地具体参加人员含柳家大湾六个小组的组长、六个房头各出老者一名（老者懂得柳家大湾土地各处的历史渊源），共计十二人；第二步，土地丈量完成后，召开村民代表大会，民主协商确定重分田地的细化方案，细化方案的确定实行民主集中制，村里拍板细化方案后，由村民举手投票表决，表决通过后，在入伏前由各小组组长按照最终规划好的方案，召集各家户主以抓阄形式重分田地，分田地时，全程由村干部监督实施，田地分好，各家户主现场签订家庭联产承包责任制新合同，新合同土地承包三十年不变；第三步，秋收过后，在冬小麦播种前，各组各户便按重新分好的田地实行耕种，各组各户不得扯皮拖拉，必须如期按重分的田地实行农业操作，由村干部及各组组长监督落实到位。

柳家大湾村里这次分田地，依据各房头老者的建议，结合大多村民的意见，田按水田、旱田两类丈量划分，地按土质不同丈量划分为三类，分别称一类地、二类地、三类地。水田土质以黄泥或黑泥为主，土壤肥沃，为上等好田，水田能装住水，适宜种植各类稻谷，稻谷产量较高。旱田土质以黄泥沙为主，半泥半沙的，旱田留不住水，容易漏水，车水频率高，一般只能种一季稻谷，加种一季小麦或大麦，种稻谷产量较低，种麦子产量还可以。一类地为黄土、黑土地，适宜种花生、油菜、大豆等油类作物，产量高；二类地为半沙半土的土质地，种植油类作物遇着雨水好的年头，产量还可以，遇着干旱年，种植的作物容易瘪壳，产量就没有保证了；三类地是白沙地与山坡地，不适宜种植油类作物，只能种植一些适应其土壤生存环境的经济作物或者特殊作物，比如烟草、药材之类的。田地因土质不同，作物种植产量不一，故而在丈量划分田地时，一般都是搭配着分，基本上家家都能均分一点，好的田地、差的田地，都不会让一家占尽的，这也就相对保证了重分田地的公平性。当然，不管好的田地，还是差的田地，里面又有好坏之分，农人们往往把离打谷场近的好田地称为上上田地，因为在二十世纪八九十年代，农人们收割稻谷、麦子、油类等作物，基本上都是靠肩挑背扛，离打谷场近，自然是要省去很多时间与力气的。在分田地中，谁家要是抓阄分到了上上田地，就会欣喜异常，高兴万分，种着这上上田地，整个人基本上天天都是神采奕奕的。运气差的家庭，抓阄分到了离打谷场最远的田地，即使是上好土质的田地，也会犯一百个愁心，因为种植这种田地就意味着收割庄稼时，自家要比别人家付出更多的时间与力气了。

缘于农人们对丈量田地的争议性不大，重分田地第一步进展顺利，不到十天，柳家大湾的所有田地便丈量成功，村部也完成了登记造册的工作。到了第二步，一切却变得复杂起来了。田地丈量完成后，柳刚书记先召集全村党员开了一次组织会议，会议上宣讲了党的组织纪律与原则，提倡党员在重分田地时要充分起到带头作用。会上宣布了两条纪律：一是凡是家庭有党员的，在重分田地抓阄时，一律最后再抓，抓阄实行群众家庭在先、党员家庭在后；二是党员家庭分到再差的田地也一律不得怨天尤人，不得散播负能量，分到再好的田地，也一律不得喜气洋洋，到处炫耀，否则，将受到党纪处分。开完党的会议，柳刚接着又召集村干部、组长、柳家大湾的六个房头的头人及部分老者商讨重分田地的细化实施方案。在会上，柳刚发言：

"按照改革开放后第一次分田地的经验，我代表村部建议：第一，重分田地，以家庭为单位，使每家都能分到好坏田地；第二，重分田地要尊重历史渊源与农业种植特点，已成形的整块田地要单拎出来，不能再建界线划分，这类田地不论好坏，与水田一起放在第一轮抓阄之中分出去，旱田、一类地、二类地、三类地以家庭为单位，分别抓阄，让每家每户都能均沾好坏田地；第三，各组组长、各房头人，要尽快全面地做好各家各户的思想工作，通知下去在夏至前三天召开村民大会，村部将在村民大会中提出重分田地的细化方案，村民举手投票进行表决。我说的以上几点，请各位讨论一下，有不同意见的请在会上及时提出来，大家讨论协商一致后，村部将尽快根据本次会议的协商结果制订重分田地的细化方案。"

"我个人完全赞同柳刚书记的意见，但我这里有个小小的建议，希望各位考虑一下：对于缺乏劳动力的家庭，我们是否考虑一下尽量把靠近打谷场的田地分给他们？这样也算照顾一下特殊家庭，比如说大房的柳顺大哥家，家里就他一个纯劳力，养着一群孩子实在不容易，最小的孩子柳阳也就十岁多点。"六房头人柳华发言道。

"华兄弟，你这个建议好是好，但对其他家庭不公啊，我们农民哪一家的劳动力不辛苦？我看还是要公平公正地抓阄分田地，抓阄分到什么田地，那都是命，怨不得人！"二房头人柳明发言道。

"华兄弟，你在立山镇信用社工作，你的户口迟早会转为城镇户口的，你到时就不会种田地了，你走出农门，脱离苦海，倒想留个好口碑哈。你这建议不行，行不通！"三房头人柳镜发言道。

"镜兄弟，我可没有这种想法哈！我是就事论事，大家要是不同意就算了，柳顺大哥是大房的人，又不是我们六房的人，我就是提一个合理的建议，就像我们信用社贷款一样，扶弱济贫嘛！"柳华有点恼火地发言道。

"华叔的好意，我们都晓得，关键是咱柳家大湾数百户人家几千人，六个房头六个小组，重分田地涉及家庭多、人口多，不搞公平公正，怕到时分不下去。"柳家大湾村一组组长柳文龙边看着柳华边发言道。

"你们放心，我们大房是老大，不占那个便宜！我相信柳顺再苦再难，也不会占那个便宜。还是抓阄分田地，抓到哪一块就是哪一块。"大房头人柳志边抽着水烟边说道。

"对对对，要公平公正地分好类，按抓阄重分田地，不能给任何家庭搞特殊。"其他房头的头人及各小组的组长也纷纷发言道。

"那就这样的，大家都不同意闹任何特殊，我们村部就按这次会议的精神，根据大家协商一致的意见，把重分田地的细化方案在近几天做好，请各组的组长散会后，迅速通知到各家各户，在夏至前三天到村部召开村民大会。请各房头人要做好本房头各家各户的思想工作，希望重分田地取得圆满成功！"柳刚大声发言道。

两个会议召开完毕后，柳刚亲自坐镇，带着村委班子成员加班加点，制作了一套详细而实用的重分田地方案，他们把这套方案定名为"三十年不变法"。方案以柳刚在会上的发言总结为指导，把水田、旱田、一类地、二类地、三类地均细化为六大板块，各写六个阄，阄以数字代替板块，六大板块由六个小组的组长抓阄，组长抓阄后，根据各自所抓板块，现场用同样大小的纸写好板块里的好坏田地，然后把写好的纸裹好置于脸盆内摇匀，由本组内各家户主上前抓阄定田地。户主抓阄完毕后，按照村部提供的人均面积表与家庭田地面积汇总表，根据板块面积，现场划出界线确定各家应得田地的具体方位与界线，方位与界线一旦确定好，就按分田地的老方法打桩定线，只待秋收后按线重新培埂耕种，这样重分田地才算完成。这种"三十年不变法"的分田地方案，既实用，又最大程度地体现了公平公正，在立山当地重分田地时也算一大创新。

柳家大湾的农人们接到通知，在夏至前三天就要正式召开村民大会确定重分田地的方案，便纷纷通知自家在外面打工与经商的人回来参加这一盛会。在外的农人们小满前已回来了一趟，也参加了小满节当天祭祀车神的仪式，这次接到家里人通知回来参加村民大会，倒是没有显现出太大的热情，他们在外面时间长了，已深深地感觉到外面挣钱比农村家里种田种地要容易些。于是在外面挣钱起劲的人，这次就没有回来几个，他们让家里人参加大会表决就行了，对于能不能分到自己心仪的田地，似乎不是很在意。在立山联建的柳贵海因为心里有疙瘩，不想看到重分田地的一幕，他让儿子柳章代表自己回来了。在家里的农人们却是特别重视这次村民大会与重分田地的事情，会议前几天，他们农闲之际，已经在到处联络，到处打探分田地的具体方案。

　　夏至前三天的上午，柳家大湾的村民们从家里纷纷赶到村部参加重分田地的村民代表大会，柳刚在会上宣布重分田地的细化方案后，村民们在举手表决时，几乎所有的人都举手了，大家对村里做的重分田地细化方案还是很认同的。村民们都期盼自家在这次重分田地时能分到好点的田地，大家都期盼抓阄分到离打谷场近的田地。这次的村民代表大会，在柳家大湾村的会议历史中，算是一次和谐的会议，没有出现大的波澜。柳家大湾重分田地的村民代表大会平平常常地就结束了。很多村民在撤离会场前，纷纷向村里干部建议尽快落实好抓阄分田地的事情，也好让大家心里的石头早日落地。柳刚听完大家伙的建议，在散会前发言保证会尽快安排，这倒也显示了村里书记与群众的融洽关系。

　　夏至过后几天，离入伏还有二十多天的样子，柳家大湾的农人们逐渐忙完了农事，各小组的组长便报请村里过来监督实施重分田地的事情。村委班子成员按照事前的决议与部署，让各小组的组长通知村民们第二天统一到柳家大湾的打谷场集合。第二天吃完早饭，柳家大湾的农人们便带上小凳子，早早地来到了打谷场等着抓阄分田地。各小组的组长清点完本组的人数，向村干部报了数，柳刚便大声宣布道："柳家大湾的老少爷们，今天是我们柳家大湾村里大喜的日子，我们要重新分田地嘞！重新分田地后，家庭联产承包责任制实行三十年不变，分好的田地，三十年的种植权、经营权都归各自家庭了！这是国家的好政策啊！希望大家伙分好了田地后，要按时足数上缴提留款给国家，村里小学的民办教师、各级政府的开销，都需要我们农民贡献提留款啊！按时足数上缴提留款是光荣的！我现在宣布：柳家大湾重新分田地现在开始！首先，有请六位组长代表本组家庭来抓大板块的阄！"

"我看重新分田地也就那个样哦！咱湾子大，人口多，到手的田地没有几分几亩的，种出的粮食真是不够缴提留款的！"汤世英坐在凳子上与人聊天说道。

"你家还好哦，你的儿子柳文龙好歹是个组长，组长的职务一年能抵销一点提留款，最起码你家种出的粮食够一年吃的，哪像我们，谷子还没有黄，就断粮了，就得到处借粮食吃哟！"一位老太婆接着汤世英的话说道。

"是啊，这年头种田种地是发不了财的，要想家里日子过好，就得让当家的男人去外面打工。"梁琴插话说道。

"你家好了喔，你家柳康一年能在立山联建赚不少的钱，数你家的小日子过得好！"汤世英感叹着说道。

"今年雨水太大了，省城工地下雨就不能干活，柳康说今年到现在出工还不到一百天，他们在工地上是做一天才有一天的钱，不出工的话，还得自己掏生活费。不过呢，再怎么着，都比在家里种田种地要强点！"梁琴回应道。

"听我家老头子说今年是九龙出海，九龙行水，今年要发大水啊！电视里的天气预报，老是叫防洪呢！"汤世英漫不经心地说道。

"但愿不要发大水哦！要是发大水，立山会滑坡，柳家河的河埂会溃口，会直接影响我们柳家大湾的稻田的！"一位中年农人插话说道。

群众在下面你一句我一句他一句地闲聊着，六个组长依照村里做好的阄，很快便抓好了水田、旱田、一类地、二类地、三类地几大板块的阄。柳文龙拆开写好数字的纸，一看水田是数字六，一类地也是数字六，他便急得跺脚说道："我的个手真是臭！咋抓的好田好地的板块都是离打谷场最远的呢？这下一组的人都要埋怨我了！"

汤世英一听儿子如此说，也着急说道："我的个乖乖哟，你咋抓了这么远的田地啊！这以后得多出多少力气哟！"

站在柳文龙旁边的柳顺听着他们母子俩的谈话，凑近柳文龙手里拿的字条看了看，满脸凝重地问道："文龙啊，我们一组抓到的好田好地果真都是离打谷场最远的板块？"

"是啊，叔，都怪我手气不好！"柳文龙答道。

"唉，抓都抓到了，这都是命吧！看来我得让我家岸娃娃、忠娃娃早点辍学回来种田种地了，不然家里没得劳力，这远的田地怎么搞哟！"柳顺叹着气说道。

"叔啊，岸弟与忠弟要是读得进书，你还是要让他们读书啊！农村娃，只有靠读书才能跳出农门啊！"柳文龙叹气说道。

"他们兄弟俩都不是读书的料，只有阳娃娃读书还行。先不说这个了，你赶紧招呼我们一组的人把田地抓阄分了吧！"

"好的，先分田地，其他的事再说吧！"柳文龙答道。

　　柳顺家除去已出嫁的大女儿柳萍外，一共六口人，这次分得水田一亩五，旱田两亩三，一类地七十平方米，二类地九十平方米，三类地两百平方米。抓阄分好田地后，柳顺现场签了家庭联产承包责任制的合同，合同里规定柳顺家每年向国家缴提留款项目为稻谷、花生，其中稻谷上缴平均亩产的百分之四十五，花生上缴均产的百分之三十。柳顺家分得的田地除了二类地离打谷场较近外，其他田地都离打谷场有近三里的路程，这么远的田地，对于只有柳顺一个主劳力的家庭来说，种起来肯定是十分辛苦的。分完田地，柳顺便不得不考虑让柳岸、柳忠两个男孩回家帮忙种田种地了，柳晶、柳莹都成人了，也得找婆家出嫁了，家里的事得让两个大点的男孩开始分担了。

　　柳顺有了这样的想法，便在心里下了一个决定：就让柳岸读完今年这个学期，暑假开始就让他干农活，今年秋季就不让他上学了，柳忠再读两年也不让他读了。

第十五章

洪水伴着传说

自柳儒老爷子去世后，柳传声算得上是柳家大湾的一个能主持点事的人了，在农人中，他也算半个老学究。柳传声平日喜欢看老皇历，他种了一辈子的田地，犁田耕地、培苗育种、插秧灌水、收割存储等农活，他都是依照老皇历上的二十四节气，结合作物的生长周期、土壤的变化、天气的阴晴与风雨变幻等来务农，在农事方面，他算是一个有讲究与成功的农人。

这一九九八年发大水的事，还真被他预料到了。

重分田地后，不到几天，天色连日来便阴沉沉的，闷雷与响雷交叉流转，立山之顶的黑云一层压一层，把整个立山装饰成了一片黑色的帝国，让人顿生恐慌，农人们惶惶不安之中异常压抑。一日晚间，柳家大湾的农人们正准备歇息时，天空忽然电闪雷鸣，一道道炫目刺眼的闪电把各家各户的堂屋上下、房间内外都照得亮堂堂的。突然，倾盆大雨如瀑布般狠狠地砸了下来，整个柳家大湾很快就被浸泡在如海似洋的泽国之中。

柳家大湾很多人家住的房子都是二十世纪七八十年代用泥巴砖（俗称土坯砖）砌成的瓦房，这些泥巴瓦房根本经不起这种暴风骤雨肆无忌惮的侵袭。一时间，大多人家的老少爷们都顾不得睡觉，纷纷拿着脸盆、木桶等能装水的什具火急火燎地接着漏水，瓦房年份稍微久远点的，屋里漏雨跟外面铺天盖地下的暴雨没有任何区别。很多人家漏了一屋子的水，家中的衣服、鞋子、农具等什物随雨水四处漂着。

柳顺家在这场暴雨中算是幸运的了，他家在一九九七年搬回了柳志家旁边的老宅子。柳猛、柳勇两兄弟在一九九六年合着出资三万多块钱，让柳贵海的儿子柳章负责把柳顺家的老宅子推倒，用红砖盖了三间平房，房顶上面盖的是预制板，预制板上面倒了水泥加固。因而，这场罕见的暴雨并没有让柳顺家里漏水。那时，整个柳家大湾，只有柳志一家盖的是楼房，有二十几家盖的是平房，大多数人家都是泥巴瓦房。在暴雨之下，只有楼房与平房免遭漏雨了。

这雷，打了整整一夜，闪电到天亮才稍微稀了点。这暴雨，也是下了整整一夜，天亮后接着下，只是稍微小了那么一点。柳家大湾的农人们夜里都忙于接漏水，鲜少有人关注到立山在暴雨之下的情况。天亮后，只见柳刚带着二房头人柳明、三房头人柳镜敲着锣一路疾走着大声呼喊道："柳家大湾村里的各家各户注意了，立山反龙了！立山反龙了！立山反龙了！请各家各户尽快撤离到打谷场待命！立山镇政府马上会派人过来查看灾情救急的！"

柳家大湾的农人们一听"立山反龙了"，各家各户迅速地携老带幼，打着雨伞的、穿着雨衣的、戴着斗笠的、挽着裤腿的……纷纷跑向打谷场，此情此景，比前几天重分田地还忙乱，只是此时的农人们在忙乱中带着恐惧与不安！

"反龙"在立山当地、在柳家大湾都是特别大的事。老人们说，"反龙"就是潜修在水中的龙忽然腾空而起，不是顺水进海，而是逆冲高山，这种龙打破了天条天规，将会给人世间带来巨大的灾难，最大的灾难就是洪灾。最先发现"立山反龙"的就是二房的头人柳明，柳明家住的是泥巴瓦房，他接了一晚上的漏水，整晚没合眼。天刚刚发亮，柳明就带着家人用各种工具把屋子里的积水往外赶，他赶着积水走到屋外，抬头看屋后的立山，只见立山的山顶到山腰的中间白花花地趟成了一条大路，他大惊失色，声音颤抖地对家里人说："不好了，龙起来了，反了！立山反龙了！立山要崩了！"

　　柳明说完这句话，也来不及嘱咐家里人，便火急火燎地拿着家传的响锣，一路敲打着奔向柳刚家里，柳刚一看真的"反龙"了，便着急地说道："反龙逆冲高山，这是要闹泥石流啊！赶紧叫上三房头人柳镜一起敲锣通知各家各户到打谷场避难！打谷场宽广，四面没有障碍物，安全！我马上联系镇政府来查看灾情救急！"

　　柳家大湾的农人们纷纷跑到了打谷场，个个吃惊地看着立山中间一夜之间直开出一条坑来，只觉大事不妙。老人们神情凝重，心情沉闷，纷纷说道："反龙这事百年不遇啊！这暴雨就是这反龙给带来的啊！看来今年风不调雨不顺的，五谷难丰收啊！人人要遭殃了！"

　　"哎呀，我的个天嘞！大家伙快看啊！早稻结穗才没多久，这暴雨一夜之间就把早稻全都打倒了！中稻苗也遭殃了！这可嘛办啊！今年稻谷肯定歉收，提留款该怎么缴啊！"人群中忽然有人朝着打谷场前面的稻田发出沉痛的哀号。

柳家大湾的农人们听到有人如此哀号，都顾不得淋雨，纷纷奔向稻田，齐齐地跪在地上，痛哭流涕地哀号道："老天爷嘞！你行行好啊！咋一夜之间就把我们的生计给断了嘞！这可嘛办嘞！才重新分了田地，喜庆的劲还没有过，我们咋就这么命苦嘞，遭这么大的难嘞……"

一大把年纪的柳传声跪在正中间，悲号道："老天爷嘞！车神嘞！你们要是怪我小满节没有祭祀好，你们就把罪过让我一个人承担嘞！咱柳家大湾的老少爷们无过啊！咱柳家大湾的老少爷们只想过小满的日子，从来没有奢望大满的日子，你们开开眼嘞！我今天就以死明志，让我一个人的死换来全湾的福气嘞……"

农人们跪在地上，人人心里五味杂陈，翻江倒海似的，没有几个人知道柳传声哭号的意思。柳传声哭着，说着，抬头望了望立山，看了看跪着的人们，止不住地老泪横流，他趁人不注意，猛然起身，踉踉跄跄冲进柳家河里，只听"扑通"一声，随着暴雨之下滚滚的河流，消失得无影无踪。

柳家大湾跪在湿地上的农人们终于反应过来了，齐齐地奔向柳家河，大声喊着："传声伯！"

"传声哥！"

"传声嘞！"

柳文龙悲戚地大声疾呼："我的伯嘞！"

汤世英恸哭到倒地不起，嘴里叫着："我的个可怜的老头子嘞！"

唉！重分田地的喜悦，被一场暴雨给彻底地淹没了……

柳传声跳下柳家河的一刹那，柳家大湾的农人们刚刚奔向柳家河时，忽然间，天空上电闪雷鸣，暴雨倾盆，立山反龙的位置滚下一堆堆泥石，径直地砸向了柳家大湾，靠近立山脚下的几排房子都遭了殃，瞬间被泥石覆盖。随着人群中有人大声疾呼："快看啊！立山反龙下山了！砸房子了！"立山脚下的房子被砸中的人家，立马大呼小叫地冲向泥石滚落处，柳家大湾顿时乱成了一锅粥……

柳家河发源于立山半山腰老庙的黑龙潭，"立山反龙"直接导致了黑龙潭的溃口。黑龙潭一溃口，深不见底的潭水如瀑布般一泻千里，滔天的洪水径直汇入柳家河，致使柳家河两边的河埂被涨破，河水漫入稻田，一排排的早稻瞬间被大水冲倒，中稻苗也被大水覆盖得不见了踪影。

关于立山半山腰的黑龙潭，有一个神奇的传说。据说立山这个山名的来历也与黑龙潭有关。相传明朝初年，一位在开国科举考试中得进士的官员李德道，为官几年后，因受"蓝玉案"的牵连，他在锦衣卫好友的暗中帮助下，逃离了任职地，一路奔波至如今的立山老庙之地。到达老庙后，他极度困乏，不得不停下来找个地方休息。他左看右看，忽然看到山腰中间有一棵高十余丈的参天银杏树，只见这棵银杏树枝繁叶茂，犹如一把铺天盖地的遮阳伞。他便一瘸一拐地走到银杏树下，跪下叩了九个头，虔诚地说道："银杏树啊，我看您长在这里至少有千岁的年纪了，今天我大难不死，落难至此，想在您的庇荫下歇息一晚，我知道您有好生之德，请您务必成全我啊！您成全我在此安心安神地歇息一晚后，我以后一定吃斋念佛一辈子来报答您！"

李德道刚说完这句话，天色顿时黑了下来，他就晕乎乎地睡了过去。他这一睡，便睡了九天九夜，第十天，他醒来时，他的两个眼睛什么也看不到了，只觉四周一片漆黑。此时的李德道心慌意乱，不知如何是好！他摸着银杏树的树干哭着哀求道："银杏树爷爷啊，您显显灵啊！我怎么睡了一觉两眼就一抹黑，什么也看不见了啊？看不到东西，看不到路，我该怎么办啊！莫非您要我葬身于此处吗？"

"你这厮，我好心好意地让你安心无忧地在此休息，你却叽叽喳喳个不停！我乃昆仑山下来的十二龙之一黑龙爷爷是也！"漆黑之中，一个浑厚的声音刺破了四周的宁静。

李德道被这个浑厚的声音惊得不知所措，他跪在地上不停地作揖道："黑龙爷爷，您在哪儿啊？莫吓我啊！"

"你这厮，我就在你身旁，你摸的树干就是我！我吓你干甚？"

"啊？您不是说您是昆仑山下来的黑龙吗？怎么是树干？难道这高大的银杏树就是您的化身吗？"李德道惊恐地问道。

"你这厮，你莫怕，我来告诉你：泱泱中华，聚天地灵气之处皆在昆仑山中，昆仑山藏有四海之龙脉，共计十二条龙，十二条龙在每年雪化之时，随雪水游走于中华各地。六十年前，我与赤龙一起游走于大别山之中，谁知一日，大别山中心之地天崩地裂，闹了地震，赤龙掉入凤阳转世为人，才生就了大明如今的开国之君！我掉入此地，被此山活活压了六十年不得动弹！时日一长，便化成了这参天银杏树的模样！十年之前，昆仑天神传信于我，说十年之后，有得道高人经过此山，必在我的庇荫下睡上九天九夜不醒！今天看来，想必你就是那得道高人了。凡人睡上三天三夜不醒的话就会丧命，你这厮睡了九天九夜，醒过来了，还活着，证明你是凡夫俗子比不了的人！"黑龙对李德道娓娓道来。

"我哪里算得道高人啊！我就是一个落难的凡夫俗子罢了。只是我的名字叫李德道。您在此六十年，怪可惜的啊！"李德道叹声说道。

"你这厮，叹个甚气？我还指望你助我脱离苦海，翻身回昆仑山呢！"黑龙生气地说道。

"黑龙爷爷，我都这样了，我能帮上您吗？可我什么也看不见啊！"李德道着急地说道。

"你那双眼是暂时失明，你只要按我说的去做，不仅能恢复光明，还能真正地得道成佛，不枉你这个李德道的名字！如此一来，你也能帮我返回昆仑山！"黑龙说道。

"那我该怎么做呢？"李德道问道。

"很简单的！你即刻闭上双眼，我教你三句佛语，你在心中默念九百九十九遍，念完后，此地就会天朗地阔，你的双眼就会立马恢复光明，我就会腾空而起返回昆仑山！你助我返回昆仑山后，此地会形成一大潭池，其水深不见底，此潭常年不干，潭水顺山而下，汇聚成河，可滋养一方生灵，这便是你的大功德！你便可在此潭池旁边建寺兴佛，从而悟道修道、传道授业了。不久之后，你必然得道升天，圆满成仙，真正地得道矣！"黑龙意味深长地说道。

"黑龙爷爷，只要能助您顺利返回昆仑山，我肝脑涂地，在所不辞！"李德道慷慨地答道。

"好啊！你附耳过来，听好佛语，佛语只能说一遍，我说完，你要立马在心中默念九百九十九遍，此事方可成功！"黑龙郑重地说道。

李德道把耳朵贴住银杏树干，记住了黑龙所言佛语，佛语印在脑里，他用心默念了九百九十九遍。刚念完最后一遍，只见天空电闪雷鸣，一时狂风骤雨大作，参天银杏树拔地而起，瞬间化成一条黑色的巨龙往西北方向直冲而去！暴雨过后，天空呈现出五颜六色的彩虹，李德道的双眼猛然恢复了光明，他的身子不由自主地被人推了一把，他看见生长银杏树之地，已然变成了一口深不见底的潭池，他对着潭池跪着说道："黑龙爷爷您走好！此潭就是您的化身，此潭就是黑龙潭啊！"

李德道刚说完这句话，一块巨石从山顶滚落而下，直接插在黑龙潭流水的旁边，只见巨石正反两面皆刻有"黑龙潭"三个大字。这便是黑龙潭的神奇传说。

后来，李德道依照黑龙嘱托，剃度出家，在黑龙潭旁边建寺兴佛，他把建好的寺庙取名黑龙寺。他在黑龙寺当住持悟道修道数十年，自号立山和尚。

立山和尚广收僧徒，弘扬佛法，据说他活到了九十九岁终得大法，圆寂升天，位列仙班。立山和尚成仙后，他的徒弟们为了缅怀师父，便依照师父的法号，把此山定名为立山，以此纪念他功德无量的一生。从此，这座大山便有了这个正式的大名，立山定名，与佛有缘，灵性十足。

黑龙潭与立山的传说，一代传一代，越传越神，致使黑龙潭与立山在当地人的心目中成了神一般的存在。黑龙潭造就了河流，立山成就了县域，这山这河已然成了立山周围人民的精神象征。立山反龙，柳家河涨堤，无疑会给立山当地的人造成巨大的心理阴影以及经济损失。

传说毕竟是传说。再好再美的传说，都解救不了人间的疾苦。这不，突如其来的立山反龙，也就是暴雨之后的泥石流，压垮了农人们的房子，农人们没地方住了，在洪水的肆虐下，此时的传说就是扯淡，解决不了任何问题！能解决问题的，最终只能靠我们人，一个个活生生的人！

　　人嘛，柳家大湾嘛，总会往前发展的。往前发展了，人们自然就会辨别是非，不会再沉迷于传说，更不会迷信，这也是人类进步的一个重大意义。

　　洪水伴随着传说，农人哟，最终是要过日子的……

第十六章

人死众人埋

　　柳传声跳下柳家河太突然了，柳家大湾的农人根本来不及下河去抢救他。随着暴雨狂流，柳传声的尸体顺河而下，最终停摆在柳家河下游靠近立山镇的石桥下，他的尸体被桥墩下的芦苇挡住了去向。雨势渐小后，柳传声的尸体便浮出了水面，被石桥湾到石桥下捕鱼的谢光远发现了。这座石桥是一座古桥，立山县已把这座石桥标为重点文物保护单位。

　　据一九八三年版的《立山县地名志》记载：立山镇柳家河下游有石桥一座，桥长五百米，宽两米，桥墩坚固，桥身呈弯月形状，全桥用岩石造成，坚固耐用，不易腐蚀，经历史学者与文物专家鉴定，此桥建于明朝初年，是重点文物保护单位；石桥湾距古石桥三百米，以此古石桥命湾名，全湾以谢姓为主，均为汉族，世代以耕作为生；此石桥沟通南北，对立山镇的商业发展有着重要贡献。为保护古石桥，留住历史文化印迹，一九七九年期间，立山镇在距古石桥下方八百米处新建立山镇大桥一座，以此作车辆通行之用，现今，此古石桥仅供行人来往，严禁通车。

第一个发现柳传声尸体的谢光远，一辈子以捕鱼为生。他根据时令与鱼儿习性的变化，春夏两季用撒网与围网捕鱼，秋冬两季用拖网捕鱼。谢光远四十岁左右的样子，头小脸长，两腮无肉，唇厚齿黄，喉结突出，双眼外凸，大而无神，一年到头一副愁容，一身疲惫之相。谢光远是柳家大湾的女婿，其妻为柳海花，是二房头人柳明的亲妹妹，柳明的妻子谢荷香是谢光远的亲姐姐，也就是说他们之间是换亲结婚的。换亲结婚与定娃娃亲一样，在二十世纪八十年代之前的立山当地，还是很正常的现象与习俗，那时似乎也没有明确规定不得换亲结婚与近亲结婚。谢光远、柳海花、柳明、谢荷香四人换亲结婚，一是因为他们各自的父母是老亲，也就是近亲结婚的，谢光远的父亲与柳明的父亲是嫡亲老表的关系，他们各自的母亲又是亲姐妹的关系；二是在二十世纪七十年代，两家的成分都不好，家里又穷得叮当响，两个男孩找别人家的闺女做媳妇不好找，双方大人便按老习俗，促成了他们之间的姻缘。按照双方老人的说法，那就是换亲与近亲结婚是亲上加亲，双方结婚是加人不加席。谢、柳两家的娃娃换亲结婚后，并没有改变两家贫穷的命运，唯一改变的就是两家都延续了香火，传了宗接了代，谢荷香为柳明生了两个儿子，柳海花为谢光远生了一儿一女。

谢光远在石桥下用撒网捕鱼时，猛然看到桥墩下的芦苇旁边浮起来一具尸体，可把他吓坏了，这是他捕鱼数十年以来，头次遇到这种事。他看到尸体，第一反应就是拖着撒网快步跑向古石桥上面，对着石桥湾的方向一个劲地大声喊道："快来人啊！石桥下死人了！"

谢光远一个劲地大声喊着，听到喊声的人迅速朝着石桥湾四面八方地呼喊道：

"快来人啊！石桥下死人了！"

"快来人啊！石桥下死人了！"

"快来人啊！石桥下死人了！"

……

人死众人抬，人死众人埋。在立山当地，只要死人了，那就是天大的事！在家的，不在家的，都会赶过来为死者奔丧。所以，谢光远扯破嗓子喊"快来人啊！石桥下死人了！"自然而然地就引起了石桥湾的群体反应。这古石桥下发现死人，对于石桥湾来说，可不是小事。

石桥湾的老少爷们应着呼喊声纷纷奔向古石桥，不一会儿，便围了一大堆人过来。几个老者吩咐着后生，火急火燎地说道："人死为大，不管死的是谁，不管死的是哪个湾的人，你们赶紧把死人给捞上来，然后派个人到立山镇派出所报一下案。"

石桥湾的后生们听完老者们的吩咐，不管三七二十一，四五个会游泳的后生便纷纷跳到古石桥下，游到桥墩的芦苇旁边，他们像为死人抬棺时一样，嘴里齐声地喊着"一二三！一二三！一二三！"

他们慢慢地把尸体拖上了岸。

柳传声的尸体被石桥湾的后生们拖上岸后，一位七十多岁的老者看到浮肿得变了形的尸体说道："光远啊！你是柳家大湾的女婿，你家与柳家大湾有老亲的关系，你来看看，这是不是柳家大湾大房头的老大柳传声啊？他咋的个死在我们石桥湾古石桥下了？你结婚那会儿，柳传声到我们石桥湾喝过酒的，这尸体应该是他。"

"啊？不会吧？是传声大哥吗？他家可与我的舅子柳明家关系非同一般呢！"谢光远惊讶地回答道。

"你赶紧过来看看！我看就是他！"又一名老者说道。

谢光远分开人群，急急地冲了过来，仔细端详了一下尸体，带着哭腔说道："这真是柳传声大哥啊！他都八十来岁的人了，咋落个淹死的下场呢？柳家大湾这是怎么了？"

"既然认出了人，你又是柳家大湾的女婿，等会儿派出所的人来后，就辛苦你一趟，跟着派出所的人一起把柳传声送回柳家大湾吧！"一名老者说道。

"是啊！是啊！这人淹死在我们石桥湾古石桥下面，得报警让派出所的人把他送走！这人毕竟是死在我们石桥湾的古石桥下面，等人送走后，我们得在石桥上给他烧点纸钱，还得挑个日子，请人到石桥下来做个抬唱啊！"石桥湾的农人们你一言我一语地说道。

"抬唱是肯定要做的，不做抬唱，我们石桥湾就不干净！这古石桥有灵性，出了这事，做一场抬唱，也是对古石桥的尊重与保护！我看到时就请管上村付家湾的付元武五兄弟过来做场抬唱吧！他们名气大，也会做这样的抬唱。"石桥湾一名老者激昂地说道。

"是啊！是啊！这场抬唱一定要做！还要做好！做抬唱的钱，我们每家每户均摊！古石桥下死了人，不做抬唱，我们石桥湾以后就不会好过，这场抬唱一定要尽快尽早地做！"石桥湾的农人们你一言我一语地说道。

立山镇派出所的公安开着两辆警车过来了，他们打开车门，迅速走到古石桥下面，分开人群，他们仔细检查了柳传声的尸体及周围环境，现场询问了谢光远发现尸体的经过，详细地做了笔录。一个年纪三十岁左右的公安对所长轻声地说道："这尸体，应该是柳家大湾的人，记得前段时间镇上信用社的办事员柳华带他到我们派出所办过身份证。"

立山镇派出所所长熊泽成听完身旁的警务人员如此汇报，他便大声问谢光远："这人是柳家大湾的？你也认识？"

"是的，是柳家大湾大房头的老大柳传声！他家与我的舅子柳明关系特好，我去柳家大湾办事时，经常看到他。"谢光远小心翼翼地答道。

"那这样的，你回家去拿床被子被单过来，把他包起来，跟我们一起把他送回柳家大湾！人死为大，要尽快！"熊泽成所长以命令的口气对谢光远说道。

"啊？我家穷家苦业的，没有多余的被子被单啊！"谢光远惶恐地说道。

"你这货，刚还说跟人家熟悉！你们好歹还算亲戚，他人都死了，用你家一床被子被单怎么了？别扯没用的，赶紧回去拿来！"

谢光远、柳海花回到家里后，两人难过地抱着哭了一场。谢光远哭丧着说道："你说我咋就这么倒霉呢？鱼儿没捕到几个，倒是让我发现了个死人！家里还要贴上一床被子被单！咱家这房子都住了几十年，土坯砌的，下大雨就到处漏，家里只有两床被子，有一床被子昨天还被漏下来的雨水打湿了，这下要是拿出去一床被子被单给柳传声用，我们与孩子晚上睡觉咋弄哦！"

"当家的，你看熊所长那个凶巴巴的样子，就是他年年跟着村里干部到我家催收提留款，每次来催收提留款都像催命一样！他吩咐我家出一床被子被单，我们要是不出，到时催收提留款，他肯定要来硬的！我们就把那床打湿的被子被单送过去吧，也算积个德。毕竟我是柳家大湾的，死的人又是我们柳家大湾的大房老大。"柳海花也哭丧着说道。

"唉，那行吧！今年发大水，年成肯定不会好，咱家田地本来就少，又贫瘠，我只有抓紧时间多捕些鱼，你拿到集镇上去多卖点钱回来，这样在缴提留款时才能顶过去，不然，到时又得吃亏。"谢光远愁闷地说道。

"当家的，我们还是快点把被子被单送到古石桥下吧！一会儿你跟着派出所去柳家大湾，在车上不要跟他们理论啊！咱斗不过也说不过他们，为了家里孩子们，都忍忍吧！孩子再大点就好了。"柳海花噙着泪说道。

"好吧，你就别过去了，我一个人过去，你等会儿还要做饭给孩子吃！我一会儿跟着派出所送完柳传声后，就会回来的。"谢光远叹着气说道。

"好的，当家的，路上小心点。"柳海花嘱咐道。

谢光远背着一床被子被单送到了古石桥下边，派出所的几个警员用这床被子被单把柳传声裹了起来抬到车上，叫上谢光远，开车把柳传声的尸体送到了柳家大湾的村部。熊泽成叫来了柳刚书记，把情况说明了一下，又现场了解清楚了柳传声跳河之事，便安排警员做了笔录，让柳家大湾几个村干部都签字画押了。办完这些，熊泽成带着警员与谢光远，开着车呼啸而去。

派出所的人走后，柳刚便吩咐着几个村干部分头去通知柳家大湾的人来村部送柳传声回家。他独自守在柳传声尸体旁边，暗自神伤，自言自语说道："传声老大啊！你说你一辈子都过来了，怎么老了，临到头了，闹这么一出啊？你说你让我情何以堪啊？唉！你死了，我们这柳家大湾以后的小满节再也没有人主持祭祀车神了！柳儒老爷子走了，你也走了，都走了！老一行的人没有几个了。"

汤世英听到村干部说柳传声老头子的尸体被派出所送到了村部，她心里一急，两眼泛白，往上一翻，还没有哭出声来就晕死过去了。柳文龙看到母亲汤世英晕死过去了，万分着急地大声喊道："干干嘞！你莫吓我啊！伯跳河走了，尸体还没有运回家，你可不能再有事啊！"

柳志听闻柳传声尸体运到了村部，他先赶到了柳文龙家里，正巧碰到汤世英晕死过去了。他大声对柳文龙说道："文龙呀！你的干干是火急攻心，一时晕死过去了，你赶快掐掐她的人中，多掐几下就醒过来了。以前柳儒在的时候，救晕死的人都是这样做的。"

柳文龙听柳志这么一说，立马回过神来，猛地掐着母亲汤世英的人中，掐了十几下，汤世英两眼睁开了，看着儿子柳文龙在身旁，她"哇"的一声，泪水如瀑布般流了下来，边大哭着边说道："文龙儿呀！你还在家里干什么？赶快去村部把你的伯接回来啊……"

柳文龙深一脚浅一脚地赶着路，到了村部，看见打湿的被子被单裹着满脸浮肿而变形的父亲柳传声，他跪在地上，情不自禁地不停地叩着头，他哭得稀里哗啦的，眼泪鼻涕流了一地，最后额头都叩出了血，鲜血也就止不住地往脸上流。柳刚扶起柳文龙，沉痛地说道："文龙啊，人死不能复生，你的伯已在外面放了那么长时间，你现在要把他请回去进棺材啊！不能让他这样冷冰冰地躺着。"

"刚叔呀！你说这立山反龙，咋就先把我的伯反死了啊？老天无眼啊！"柳文龙伤心地哭道。

"文龙啊，立山反龙百年难得一遇，这都是命，人死为大，还是赶紧把传声接回去吧！"柳志在一旁说道。

"是啊，文龙，我们一起先把传声哥送回去。"柳顺接话说道。

"文龙，坚强点，先送传声老爷子回家。"柳家大湾的农人们纷纷说道。

柳传声跳河而死，死在外面，装他的棺材只能停在屋外。棺材在柳文龙家门前停了七天，付家湾的付元武五兄弟为他抬唱了七天，算是尽到了丧葬礼仪。七天抬唱过后，柳传声葬在柳家大湾祖坟林旁边的小山场上，与袁爱红的坟地隔着一排，袁爱红的坟地在后，柳传声的坟地在前。坟地的这种布局，也是有讲究的，只因柳传声、袁爱红都是柳家大湾大房头的人，柳传声又是大房头的老大，所以，他的坟地要单独起一排，且要靠前安葬，这也就符合当地的习俗了。当初柳志建议把袁爱红安葬在靠近祖坟林的小山场上，也算为如今安葬柳传声铺好了路，柳志的功劳就是为柳家大湾解决了人死后的埋葬之地，因而，柳家大湾的人都记着他的好，说他是善莫大焉，功莫大焉！

第十七章

石桥湾的渔人

　　石桥湾这边，在柳传声下葬后，满了"五七"，便由几名老者组织各家各户出钱，请了付家湾的付元武五兄弟过来在古石桥上下抬唱了三天，也算是做了三天功德。石桥湾二十几户人家，一百来口人，为请付元武五兄弟过来做抬唱，一家均摊了二十元钱，这二十元钱，对大多农户来说，不是个小数字，因为他们一年到头种田种地所得收入都不会超过一千块钱。

　　谢光远与柳海花咬着牙挤出了二十元钱交上去后，柳海花便满脸愁容地对谢光远说道："当家的，家里边欠着我娘家哥哥好几百块钱，现在里里外外就剩下五十块钱了，交了二十块钱给他们做抬唱，女儿亚梅明年初中毕业，今年下半年上了初三交的费用就会多起来，儿子亚福后年初中毕业，平时也要交七的八的杂费，你捕鱼也不多，你说这日子嘛过哦！今年到处发大水，我们种的庄稼也遭了殃，到时怎么上缴款项啊？"

　　"我看今年口粮都不够！早稻还没收割，家里粮食都快跟不上了，日子难过啊！"谢光远有些沮丧地说道。

　　"当家的，要不我哪天去趟娘家，跟我哥哥说一下，让他去找找柳志老头子，把你弄去立山联建做活，可以吗？"柳海花低声问道。

"唉！我们石桥湾还没有人去过立山联建做活，你说我捕鱼半生，又没有别的手艺，去立山联建能做什么呢？"谢光远反问道。

"这夏天捕的鱼不值钱啊！你常年捕鱼为生，落下了一身的风湿病，到了冬天脚痛手裂的，我看着就难受，捕鱼也不是长久的事。再说，柳家大湾好多人家事可以，就是因为在立山联建打工得来的啊！"柳海花说道。

"你说得在理，我都晓得！我又不是三岁小孩，谁不想日子过好点？立山联建要是那么好，你的哥哥柳明怎么不去？他家不也是穷得叮当响？我姐跟着柳明，一搞就是几年换不上一件像样的新衣服，他都不去立山联建做活，他会替我求人？"谢光远边抽着水烟边反问着柳海花。

"唉！那嘛办哟？最头疼的是不到三个月就要上缴款项了，今年被大水搞得更难哟！"柳海花长长地叹气说道。

一九九八年的秋天，本来是个收获的季节，可立山的农人们一点也高兴不起来，因为受梅雨季节异常而来的洪水影响，早稻结穗时被洪水冲没，几乎绝收；中稻苗被淹没后，虽然补种了不少，却因补种太晚，遭了病虫害，在收割时大幅度减产。如此一来，立山农人们不得不把唯一的收割希望全部寄托在晚稻上了。

秋收过后，村干部便列好了各家要上缴的数目，通知农人们要按期上缴了。上缴给集体的款项都是按田地亩数来核算的，田地分给你了，不管你如何种植，种或不种，款项都是必须上缴的，只要是农民，就必须上缴这些给集体。

农人们在二十世纪九十年代中后期，家里有人在外打工或者经商的，家事自然就好点，他们在上缴款项时，一般直接让村干部折算成钱款上缴。家里没人在外做事挣钱的，家事又不好的家庭，缴提留款时，就不得不推着一车又一车种出来的粮食送到粮站冲抵提留款。用自己种出来的粮食交给粮站冲抵提留款的家庭，既劳累又无奈，粮站收粮食要求极高，要求农户把新收割的粮食晒得干干的，不能有沙子与石子，瘪谷不能超过百分之一，否则，粮站就会拒收。农户要是碰到粮站拒收冲抵提留款的粮食，就会非常伤心，就不得不推回家，重新挑选，重新晒干，然后带着家里的烟叶或者土产送给村干部与粮站的人品尝，请求他们酌情收下冲抵款项的粮食。以粮抵款的农人们辛苦异常，在收割、打粮、选粮、晒粮、挑粮、推粮、排队、人情关系等环节上，他们一项也不敢马虎，生活的艰难直把这些面朝黄土背朝天的农人们搅苦了。

石桥湾土地贫瘠，湾小，土地也少，遇着一九九八年的大洪水肆虐，以种田种地为生的石桥湾农人，在这次上缴款项时，很是为难。村里干部一而再、再而三地催他们，农人们实在缴不够，就请求村干部们宽限一下，村干部们就会说：“都是一样的人，都是一样遭了洪水，别的村别的湾都能按时上缴，就你们石桥湾这个小湾缴不了？还真是奇怪了！你们石桥湾的人都是懒惯了，都不愿出去打工，种田种地又次，导致年年都拖欠，今年必须如数上缴！”

这些村干部为了尽快完成石桥湾的征收工作，不至于拖了村里后腿，决定寻找一个突破口做出表率，促使大家伙尽快缴齐。石桥湾这个自然的村落靠近立山镇政府驻地，属于立山村管辖。立山村书记胡进松五十岁上下，一脸横肉，做了十多年的村支部书记，他与立山镇历届书记及镇长的关系都搞得很好，是个厉害的村干部。胡进松为了及早把石桥湾的款项要上来，他吩咐在村里跑腿的吴生联系立山镇派出所熊泽成所长，让所里面派人协助村里吴生一起先去石桥湾谢光远家里收款，因为谢光远家里穷，几乎年年都会延误征收工作，拖村里湾里后腿。

胡进松的想法是：只要把石桥湾上缴提留款拖拖拉拉的谢光远家的征收上来了，其他家就没有理由不及时上缴了！胡进松吩咐吴生说道："你带上派出所派的人去谢光远家催款时，方法要灵活点，态度要强势点，要想方设法让他家及早缴上款项！他的舅子在柳家大湾村里能借着钱来帮他的！今年柳家大湾村里的提留款又是最先收完的，柳家大湾有个立山联建撑着，他们就是有钱！"

"好的，书记，您放心，我一定想方设法让谢光远家这次尽早地缴上款项！"吴生斩钉截铁地说道。

"那就好。我是书记，不能轻易出面，你办事，我放心，以后我退了，就把你推上去！"胡进松奸笑着说道。

这个三十多岁的吴生极度听话，胡进松刚刚吩咐完，他便马不停蹄地跑到立山镇派出所，拉大虎皮伸张，请上两个年轻人开上车径直冲到谢光远家的门前。

谢光远家的土坯房子，住了几十年，堂屋后面的山墙经过今年夏天暴雨的侵袭，到了这秋天，还有一道道的深印子，看着就寒酸无比。

车开到谢光远屋门口后，停了下来，吴生与两个年轻人下车，"轰"的一下关上车门，走到谢光远堂屋里，环顾了一下四周的土坯墙，他们各自用力上下拍了拍自己身上穿的衣服。

吴生望着迎上来的柳海花，大声问道："你家今年的款项今天下午能不能缴上来？"

柳海花看着吴生与两个年轻人的架势，心想：来者不善，善者不来，这几个人今天是有备而来的，我也不能心软了！

柳海花答道："今年发那么大的洪水，大家都遭了灾难，庄稼都没收成，你们不晓得吗？口粮都不多，娃儿读书的费用都没有钱交上去，款项就不能缓缓吗？"

"缓缓？你家年年缓缓！我看你家就是拖拉惯了！办事拖拖拉拉的！你家的款项今天必须缴完！不缴完，我们就介绍谢光远去所里帮几天忙抵扣款项！"吴生厉声说道。

"你们还讲不讲理哟？家里要是有钱有粮，谁会故意拖拉？这没得缴哟！你们不要动不动拿些狠话唬我们！"柳海花有点生气地回应道。

"哟呵！你们拖拉惯了，还有理了？真是邪门了！"吴生用中指点着柳海花的头大声吼道。

"谁邪了？你才邪了！你不为老百姓着想，还专门要横！你们才真是邪了！没有我们农民一年到头辛辛苦苦地种田种地，你们吃啥喝啥？真是邪了！"柳海花反击说道。

"啪！啪！啪！啪……"吴生气急败坏地冲到柳海花跟前，连着扇了柳海花几个耳光。

这下，柳海花彻底爆发了，连哭带骂地说道："活不下去了！你什么都不是，你敢打我，我跟你拼了！"

柳海花边哭着边跳上去要打吴生，吴生迅速躲开，两个年轻人拉住柳海花，厉声对她说道："你再这样疯闹，我们就把你带回去！"

吴生、柳海花正闹得不可开交，石桥湾的人听到风声后，迅速围到了谢光远家门口，人群中有人大声喊："不许亏待咱农民！不许动人！"

出门捕鱼的谢光远在此时挑着拖网回到家里，见到自家屋门前围了一湾人，他顿感大事不妙，扔下肩上的拖网，分开人群，冲到屋子里，看着自己的媳妇柳海花哭得稀里哗啦，他大声吼道："哪个龟孙子欺负我屋的人（媳妇）了？"

吴生转身看到谢光远，听着他骂人，便跟两个年轻人说道："他家今天肯定是缴不了款项，正好谢光远这货回来了，他还辱骂村干部，真是目中无人！你们现在就把他带回所里做几天事！"

两个年轻人为了尽快完事，他们把谢光远架出屋外，准备打开车门带走。石桥湾的老少爷们便纷纷围拢了过来，质问两个年轻人道："你们凭什么带人走？赶紧放手！"

"你们这是在破坏秩序，妨碍执行公务，你们懂吗？赶紧让开！"吴生挡在被架住的谢光远前面大声吼道。

"我犯什么事了？我没有犯事，你们凭什么架住我？"谢光远也大声吼道。

"是啊！是啊！不能随便抓人啊！谢光远是好人，地道的农民，没干什么乱事，连坏事都没干过，抓他没有道理啊！"石桥湾的人纷纷指责两个年轻人。

"他年年拖拉款项，辱骂村干部，妨碍秩序，我们先把他带回所里问一下，没事后就送他回来。你们让让，不要围着挡着，你们要是这样，也算妨碍执行公务！"两个年轻人边强行把谢光远往车门旁边拽，边厉声说道。

吴生见此情况，迅速跑过去打开车门，帮着两个年轻人把谢光远推上了车。石桥湾围在现场的人，见此情景，纷纷挡在车头前面，不让车开走，要求两个年轻人放人。两个年轻人不停地鸣笛，准备硬着头开车了，现场气氛顿时异常紧张。

在人群中，一名老者镇静地对众人说道："我说大家伙，我们先散了！谢光远没犯法没犯事，他们把他带走，我想也不能把他怎样，如果他们到时不让谢光远回石桥湾的话，我们大家伙再一起去找镇政府领导，他们一定会管这事的！他们会向着咱老百姓的，不会不讲道理的！我们要相信他们，我们要相信组织！大家伙先散了吧！免得他们的同志说我们妨碍执行公务了！我是老党员，我相信他们！听我的没错！"

围着的人听完老者的话，不得不让开了路，两个年轻人见状，便迅速启动车子，一脚油门踩下去，一溜烟开走了。柳海花哭天喊地地追着车子，撕心裂肺地说道："不能让他们把我家当家的带走啊！带走了，我就不活了……"

随着车子的远去，柳海花无力地瘫坐在地上，哭晕了过去。石桥湾围着的妇女把她扶了起来，抬到她家土坯房的床上，安慰着说："海花，没事的，兴许他们就是把光远带过去问几句话，一会儿就回来了的！你还要照顾两个孩子吃饭，你可不能倒下啊！"

众人们正安慰着柳海花，忽然门外有人惊讶地喊道："大家伙快出来看啊！起雾了！起雾了！"

"什么，什么，什么？大秋天的起什么雾？哪里来的雾？"有人急切地问道。

"是起雾了！是起雾了！"

"啊？不会吧？这看着不像是雾啊！"

"是啊！这天气不正常啊！夏天发大水，怎么这大秋天的，现在还是下午，就起雾了呢？"

"恐怕不是起雾了，是霾啊！是雾霾啊！雾霾来了！雾霾来了！天狗要吃太阳了！大家伙快回家把屋外的粮食往家里收啊！"

"是雾霾！快遮住太阳了！大家伙赶紧回家收粮食啊！不要让晒干的粮食潮湿了！要缴提留款的啊！"

"是的！是的！赶紧回家收粮食！要缴提留款的啊！"

"快点！快点！天狗来了！太阳马上没有了！"

此时的天，阴沉沉的，能见度极低，像雾，也像霾，像天狗要吃太阳，却又能隐隐约约地见到太阳，真是一个雾霾朦胧的奇怪天气啊！

石桥湾的农人们看着突然而至的雾霾，心中十分恐慌，你一言我一语，乱纷纷的。此时正值晒粮食缴提留款的季节，大多农人家的粮食要么在打谷场晒着，要么在自家门前晒着，面对着突如其来的天气变化，大家伙都顾及着粮食，怕受潮打湿了，要是这样，缴提留款时，粮食必然遭到粮站工作人员的拒收，一旦拒收，就得想方设法重新晒，重新选粮食，还得破人情，大家伙都不想麻烦，所以看着天气突变，就纷纷叫嚷着各回各家收粮食去了，暂时顾不上柳海花家的事了。

石桥湾围在谢光远家的农人们急着散去了，土坯房的床上只剩下柳海花一个人无奈地躺着。石桥湾的农人们走开了一会儿，柳海花的两个孩子谢亚梅、谢亚福就放学回来了，进门后，见母亲柳海花满脸泪水躺在床上，便齐声喊道："妈，怎么了？妈，怎么了？妈嘞！"

"妈，你说话啊！你莫哭了，莫吓我们！"谢亚梅哽咽着说道。

"妈！你怎么了？爸呢？"谢亚福慌张地问道。

"你们的爸被派出所的人带走了！"柳海花哭着说道。

"我的爸那么好的老实人，怎么被带走了？带去哪里了？妈妈，我们去看看！"谢亚梅、谢亚福几乎同时发出深深的感叹。

谢光远不仅是一个地道的农民，更是石桥湾有名的渔人，他一年四季，几乎有三分之二的时间在捕鱼。在石桥湾人心中，谢光远尽管身材瘦小，家庭困难，但他一身正气，富有责任心，是一个好农民，大家伙对他几乎没有差评。

谢光远尽管家庭困难，但他依旧靠着捕鱼与种地养活了一家子，最起码他的两个孩子在他的操劳下，没有一个辍学的。故而，在谢亚梅、谢亚福兄妹心中，谢光远是一个好父亲。如今，这个好父亲被莫名其妙地带走了，兄妹俩如母亲一样不知所措，心中只能一个劲地默念：父亲没事！父亲没事的！可他们不知道的是命运无常，命运的齿轮有时会在一瞬间让人遗憾终生！

第十八章
谁也没想到

　　吴生在立山村并没有实际职位，他就是胡进松临时请来跑腿的，他错误地理解了胡进松的意思，稀里糊涂地与两个年轻人把谢光远带进了所里。到了所里，吴生只得找熊所长了。

　　吴生对熊泽成说道："熊所长，麻烦你这次一定要教育一下谢光远，他家不仅拖拖拉拉，延误款项，说话还凶得很！"

　　"你回去跟你们胡进松书记说好，谢光远留在这里住一晚上，明天送他回去后再说。"熊泽成呵呵地笑着说。

　　"你放心，我这就回去跟胡书记汇报，咱感谢你们办实事！"吴生皮笑肉不笑地说道。

　　吴生屁颠屁颠地回到立山村向胡进松汇报完情况后，胡进松说道："你莫瞎来，方方面面要想好，工作重要，跟农民的关系也很重要，咱不能胡来！"

　　"书记，我明白的，向你学习致敬！"吴生低头哈腰地笑着说道。

　　……

　　这是谢光远第一次被留在所里过夜，他的内心五味杂陈，更充满疑惑。他在心里想：人活着怎么这样难啊？我们这里今年受了这么大的洪灾，怎么款项还是照收不误呢？而且都没有减轻，我家才两亩多田地，却要上缴近千块的款项，这是怎么回事啊？难道所有的人都要我们养活吗？

谢光远真不知道这一切到底是怎么了，他希望有人来告诉他。谢光远被留在这间小屋里，一会儿焦虑，一会儿挣扎，浑身上下不是滋味。他想着家里的老婆孩子，真后悔自己没赚到钱！他想：自己要是能像柳家大湾的农人一样，在农闲时出门打工挣钱多好啊！谢光远正想着，熊泽成走进了小屋。

"谢光远，你今晚就安心在这里住一晚上，明天早上送你回去后就别再拖拖拉拉的了！"熊泽成走近谢光远身边说道。

"熊所长，看在上次我跟你们一起把柳家大湾的柳传声尸体送回去的面子上，给我家缓一段时间吧！秋冬季节好捕鱼，鱼也值钱些，我明天回去后，我一天多捕点鱼，多干几个小时，一定尽早把款项上缴给村里！"谢光远小声说道。

"什么？你明天还是不能按时缴啊？还想等几天？你这样搞得村干部与大家伙都不好做呢！"熊泽成说道。

"今年遭了这么大的洪灾，家里口粮都不多，还有两个娃娃在读书，真的难啊！缓一段时间吧！新闻联播上不是报道说今年要减轻受灾地区的农民负担吗？为什么这么急啊？我相信你们会体谅的！"谢光远感叹地答道。

"不是他们急，这是你们的义务和必须嘛！"熊泽成又说道。

"你们就缓一段时间吧！我回去再想想办法！"谢光远低沉地说。

"你今晚就在所里住一晚上吧！明天一早，我派人送你回去，希望你回去后好好想想办法，尽快缴完，免得都难做！"

熊泽成说完这句话，就独自一人离开了小屋。谢光远看着熊所长离开，他本想开口说点什么，想了想，摇了摇头，最终一言不发地坐在地上。

深夜，小屋里独自一人的谢光远倍感伤心，他深深自责自己的无用，越发觉得对不起家人。想着想着，身体本就虚弱的谢光远，加之一个人面对陌生的环境，突然感到血压冲顶，脑子一轰，倒在了小屋的水泥地上，沉沉地昏睡了过去。

夜里没人再到过小屋，所里并不知此时的谢光远发生了意外。

第二天，立山镇所里的几个人吃完早饭，懒洋洋地坐在所里院子里晒着太阳。熊泽成开着车进了院子，停车走了出来，问一个年轻人，说道："昨天下午来的石桥湾的谢光远今天早上有没有说缴款的事？"

"哎呀，所长，我昨晚听他断断续续地喊了几声，遵照你的吩咐，没有去理会他，一直把他留在二楼没去看呢，这会儿估计还在睡觉。"年轻人漫不经心地答道。

"你们这些家伙，你们早上也不去看看！"熊泽成有点生气地说道。

"所长，你昨晚不让我们搭理他啊！这是怎么了？"另外一个年轻人答道。

"昨晚我喝多了！你们不晓得规矩吗？赶紧去看看！"熊泽成凶巴巴地吼道。

两个年轻人看着熊泽成真生气了，也不敢再说什么，起身走向二楼小屋。

一个手拿钥匙的年轻人打开了小门，另外一个年轻人大声叫道："谢光远，想好没有？一会儿送你回去哈！"

"喂，喂！喂！谢光远，谢光远，谢光远！醒醒，醒醒，醒醒！"手拿钥匙的人走近谢光远推着他喊道。

"哎呀，不对劲啊，他好像没气了，身体都僵硬了！"另外一个年轻人大惊失色地喊道。

"啊？他，他，他好像不行了！这下不得了了！快，快，快下去报告所长去！"手拿钥匙的年轻人连着后退了几步，惊慌地喊道。

熊泽成听到汇报，火急火燎地冲向二楼小屋，他把中指凑近谢光远的鼻孔下，脸色发白地失声说道："赶紧叫救护车，送医院去！"

熊泽成派人把谢光远紧急地送到了立山镇卫生院抢救，经医院检查及合力抢救，谢光远还是不幸离世了。

熊泽成得知谢光远离世的消息后，不得不一路小跑到立山镇政府办公楼，他如实地把情况向立山镇李书记与刘镇长汇报了。李书记与刘镇长听完汇报，气得不行，随即叫人把立山村的胡进松喊了过来……

立山镇的李书记、刘镇长，立山村的胡进松、吴生纷纷来到立山镇卫生院的病房里，看着谢光远的尸体盖着一床白色的被单冷冰冰地躺在病床上，李书记满脸沉重地说道："你们真是胡来啊！谁让你们这么干的？你们怎么一点头脑与意识都没有？真是自作主张，害人害己！"

"李书记，他家年年拖拖拉拉的，今年为了及早完成任务，我们村里实在没有别的办法！"胡进松小声地说道。

"你有什么权力这样对老百姓？还有，你们所是为立山村开的吗？"李书记愤怒地对着胡进松与熊泽成说道。

"李书记，你先消消火，我看这事已经发生了，我们就商量一下，拿出个具体的意见来善后！"刘镇长说道。

"是的，李书记，你消消火，都是我们的错，你说嘛办，我们全力配合。"胡进松、熊泽成几乎同时说道。

"好吧！刘镇长，你先拿个主意吧！"李书记缓缓地说道。

"这样吧，谢光远的不幸离世，我们都很痛心，大家都不希望事情搞成这样。既然事情已经出了，我们就要直面事实，做好家属的安抚工作，妥善为他处理好后事，尽最大努力补偿他们家，帮他家解决好实际困难。"刘镇长平和地说。

"如今只有这样了，一定要搞好老百姓的关系，不能乱来！"李书记叹气说。

"李书记，这个你放心，谢光远的父母就生了他一个儿子与一个女儿，而且他的父母在他结婚后不久，早就死了，现在家里就剩下他的媳妇柳海花与一儿一女了，他的两个孩子都在上初中。"胡进松说道。

"你还在这儿说轻松话！我们要为百姓着想，农民们很不容易！柳海花的娘家没人吗？"李书记生气地说道。

"她的娘家，听说也就一个哥哥，谢光远与她哥哥是换亲结婚的，谢光远的姐姐谢荷香嫁给了柳海花的哥哥，他们两家是老亲关系，又是换亲结婚，家庭都不是很正常，应该问题不大。"胡进松赔笑着说道。

"老百姓的家事，我们不干涉。那好吧，先按刘镇长说的办。大家分头去执行吧，要尽快解决好！不能拖，毕竟是涉及百姓的大事啊！"李书记感叹地说道。

熊泽成开着警车带着胡进松、吴生来到了柳海花家里，他们跟柳海花说要带她一起去接谢光远回家，柳海花并不知道谢光远已出了事，这个纯朴的农妇，为了接回丈夫，只得坐上了车。警车一路疾驰开到了立山镇卫生院，到了卫生院门口停下，熊泽成打开车门，请柳海花下了车。

柳海花下车不解地问道："接我家当家的不是到你们所里吗？怎么到了卫生院？"

"柳海花同志，谢光远今天早上突发疾病，现在在卫生院单人病房住着，你先进去看看再说吧！"熊泽成有些不自然地答道。

柳海花一听谢光远生病了，神色慌张地问道："在哪个病房？快点带我过去！"

熊泽成向胡进松、吴生使了一个眼色，胡进松便对柳海花说道："海花呀，光远兄弟的病情可能不是很好，今天一大早，我们接到光远兄弟突发疾病住进卫生院的通知后，我跟吴生第一时间带了好几千块钱赶到了卫生院，帮光远把治病的钱垫上了。我们知道你家确实不容易，两个孩子读书正用钱，我们垫付的医药费就不用你家还了，但光远的病情你得有个心理准备，我们这就带你过去看他。"

"快带我去见我家当家的！"柳海花急切地喊道。

立山镇卫生院的蒋院长及一个医生早已等在停放谢光远尸

体的单独病房里，谢光远的尸体已用医院的白色单子盖了起来。

柳海花进门见蒋院长与一个女医生站在病房里，一眼望到病床上躺着一个用白单子盖着的人，她腿脚颤抖地冲了上去，揭开白色单子，看到身体僵硬、没了呼吸、两眼向上瞪着的谢光远，她发疯似的大声哭喊着："当家的，当家的，当家的！你怎么了？你说话啊！当家的……"

任凭柳海花怎么呼喊，怎么恸哭，怎么摇晃，谢光远已经永远不能说话了！

"柳海花同志，我们已经尽力抢救了，你家当家的得的是急性心肌梗死，这是急性病，也是重症，就是在立山县人民医院也难以抢救成功，人死不能复生，请你节哀顺变！"蒋院长心情沉重地说道。

"是啊，海花，请你节哀顺变！我也是柳家大湾的人，我们已经尽力了，请你节哀顺变！"站在蒋院长旁边的女医生柳佳无奈地安慰着柳海花。

此时的柳海花已经听不进任何人说话了，她哭得死去活来，泪水加鼻涕直流而下，这种场景一度使在场的人羞愧难当，心惊胆战。熊泽成不停地搓着双手，胡进松、吴生似乎也很难受，两人都低头不语。因为，此时柳海花动情的哭说真是感天动地！相信只要是正常的人，见着这种哭诉死人的场景，谁都会不能自已，谁都会落泪！何况这些心有愧疚的人！

按照刘镇长的事先安排，立山镇卫生院动用了医院里唯一的一辆救护车把谢光远的尸体与柳海花送回了石桥湾，熊泽成、胡进松、吴生并未跟随着去石桥湾，而是各自回了自己的家里。

卫生院的车送完谢光远与柳海花返回后，镇上的刘镇长便安排财政所的会计代表政府送了一万块钱给石桥湾的组长谢光信，让他转交给柳海花用于安葬谢光远。谢光信与谢光远是一个房头的同辈人，他比谢光远年长两岁，他拿到镇上财政所会计送来的一万块钱后，心中甚是疑惑，他在想：这是怎么了？出手怎么如此大方？怎么谢光远得疾病死了，他们还搞起慰问了？这事我得弄清白！

谢光信带上一万块钱，赶到柳海花家里，见屋子里已经挤满了石桥湾的人，大家都在你一言我一语地说谢光远死得太突然了。

其中一名老者对众人说道："我活了七十多岁了，送走了不少的湾里人，给不少的死人穿过寿衣，一般人死后，半个时辰之内穿寿衣是最好的，超过半个时辰，人的尸体会发硬发黑，很难穿上寿衣，我今天给光远穿寿衣时，他全身僵硬，全身发黑，尸臭味道很重，光远应该不是今天早上死的，据我几十年的经验，他应该昨天晚上就死了！我虽然老了，但我得凭良心说话啊！光远的两个眼睛一直瞪着闭不上，我对他的遗体怎么说怎么抹，他都不闭眼，他这是死不瞑目啊！我们石桥湾虽然人不多，但我们都是谢姓后人，不能让我们谢家的人吃亏啊！我们得到镇上去问个究竟！"

"是啊！是啊！我们石桥湾谢家人虽然不多，但我们也不是那么好说话的，我们要相信镇上，去问个究竟，为光远大哥要个说法！"一名年轻的小伙子激动地说道。

谢光信把一万块钱交给柳海花时，柳海花泪眼蒙眬地说道："我不要他们的钱，我要他们还我家当家的！"

谢光信也不敢劝柳海花，只得把一万块钱先自己保管着，他准备把钱全部用于置办谢光远的丧事，有多余的钱，到时再给他的孩子读书用。同时，谢光信也加入了去镇上的队伍，他要为堂兄出一份力。

柳海花在众人抬起谢光远的棺材时，她趁人不注意，偷偷地走到土坯房床下拿了两小瓶农药，她把两瓶农药装进长衣袖子里，一个袖子里放了一瓶。她在心里想：当家的死了，不管怎么死的，终归是死了，他死了，我也要跟着去！

石桥湾的人抬着谢光远的棺材一路喊着，引得途经的村落与街道四面八方的人也一齐拥向镇上，看热闹的、好奇的，镇上顿时围满了人。

谢光远的棺材搁在两条板凳上，停放在镇上路中间，石桥湾的人齐声喊道："请为谢光远做主！请给他说法！"

李书记、刘镇长听到嘈杂声，急忙赶了出来，刘镇长看到谢光信在人群中，便大声问道："谢光信啊，你是组长，这是怎么回事？"

"刘镇长，我是组长，我更是石桥湾谢家的后人！我的堂兄谢光远昨天还好好的，今天就死了，我们石桥湾的人希望镇上给一个真实的说法啊！"

"对的！对的！请给大家一个真实的说法！"石桥湾的人齐呼道。

石桥湾的众人在跟镇上的人交涉着，柳海花在一旁一言不发，她已偷偷地从一个袖子里拿出了一小瓶农药一饮而尽，然后，她迅即拿出另外一个袖子的一瓶农药，拼尽力气冲到路中间，她手里举着打开的农药，双眼大瞪着说道："给我家当家的一个说法！"

还没等众人反应过来，柳海花把举着的一瓶农药也一饮而尽，随即，她瘫倒在地，口吐白沫，不省人事。李书记、刘镇长见状，慌忙叫道："大家伙别闹了，赶紧救人！"

"海花，海花！柳海花！"石桥湾的人纷纷痛苦地叫着柳海花。

柳海花被火速地送往立山镇卫生院后，医生看了一下症状，说道："神仙也救不了她了！她喝的是敌敌畏，剧毒农药啊！"

在石桥湾的人看来，柳海花是毫无征兆地求死，她的死却是因为谢光远的死引起的，故而，石桥湾的人当天便在立山镇凑钱买了一口棺材，把柳海花草草地装了进去，与谢光远的棺材一起停放在镇上。

石桥湾的谢家人派人去了柳家大湾柳明家里报了谢光远、柳海花的死讯，柳明听闻后，只觉天昏地暗，气愤难当。他对妻子谢荷香说道："我们虽然穷，但我们穷得要有骨气、要有志气！我这就带上柳家大湾二房的人去镇上为我那可怜的亲妹妹与你的弟弟要个说法！"

"当家的，我的弟弟死得可怜啊！我要跟你们一起去镇上要说法！"谢荷香哭着说道。

柳家大湾在家的二房头的柳姓农人们，听闻柳明哭诉其妹妹与妹夫的死讯后，个个悲愤难当，纷纷跟着到了镇上。随着人越聚越多，各种声音夹杂在一起，使得整个立山镇街上嘈杂异常，理性与不理性的声音不停地回旋在上空，谁也没想到的事令人既悲愤，又伤感……

第十九章
百姓的新星

　　柳家大湾出嫁到石桥湾的柳海花死难一事，在柳家大湾彻底炸锅了！此时，柳家大湾虽然有不少的人外出经商或务工了，但柳家大湾毕竟是大湾，湾里也有近千人留守，这些留守的柳家大湾农人们大半都参与到了向镇上讨要说法的行列中。

　　柳家大湾的农人们出动到了立山镇，四周其他湾落的人听闻死难了一对夫妻，留下一双可怜的儿女的事情后，也纷纷地拥到了镇上。他们虽然是围观者、旁观者，但他们看到谢光远、柳海花两口子的棺材停放在镇上路中间，看到他们的一双儿女披麻戴孝地跪在两口棺材旁边时，无不纷纷落泪。

　　此时的农人们已是同病相怜了！他们聚在镇上，他们相信镇上会给一个合情合理合法的交代！他们心里在想：对的，这是必须相信的！镇政府就是全心全意为人民服务的！

　　随着事态的扩大，群情激愤，立山镇刘镇长虽然累得瘫坐在地上，但是还在不停地安抚着群众的情绪。李书记在得知石桥湾的人把谢光远的棺材抬进镇政府大门后，就深感事态的严重性，迅即主动向县委县政府汇报了情况，县委县政府回复马上派出专班专人来处置这起突发的事件，给老百姓解决实际问题。

在这个发了洪水的灾年，上面三令五申要求灾区干部想方设法切实减轻农民的负担，维护社会大局的稳定，"稳"字当头之下，立山县委县政府迅速召开紧急会议，组织了由县政府办公室牵头的专班力量赴立山镇处理这起突发事件，专班人员由柳强副县长带队，有县政府办公室正副主任、公安、纪委、民政等部门的人参加，其中立山县公安局为维持社会秩序，防止不法分子借机闹事，抽调了特警与部分公安力量参与维稳。

柳家大湾在政府工作的柳强带领专班人员赴立山镇处理这起突发事件，是立山县委县政府慎重考虑决定的。一是因为柳强是立山镇本地人，熟悉立山镇各方面的情况；二是因为柳强是立山县唯一一名在省委党校深造过的干部，也是新近提拔的最年轻干部，他更加需要经受历练与考验，这次正是锻炼他的机会；三是立山镇是县内大镇，稳定了立山镇就是稳住了立山县，柳强学历高，懂政策，政治过硬，作风优良，能力较强，有能力处置好这起突发事件。

柳强是柳家大湾走出去的人才，是柳家大湾的骄傲，他也是柳志引以为傲的儿子。柳强大学毕业分到县政府工作后，正赶上国家各级政府大力提拔年轻人才、培养年轻领导的大好时机，加之他能力出众，因而他的从政之路十分顺畅，他二十四岁从政，从办事员做到如今的副县级干部，只用了十五年的时间。

柳强当官后，虽然没有给柳家大湾带来什么实际的好处，但因他的父亲柳志乐于助人，他的大哥柳猛、二哥柳勇办的立山联建吸引了立山本地的大批劳动力去务工，养活了一大片人，他的三哥柳刚当柳家大湾村支书也算是个很好的村干部，加之柳强本人人品过硬，每次回到柳家大湾从不摆架子，对湾里人热情打招呼，因而柳家大湾的农人们还是非常认可柳强的。很多柳家大湾的农人们在教育孩子时，常常会对孩子说："你们要好好学习天天向上，你们看我们湾的柳强第一年高考就考上了省城大学，大学毕业就端上了铁饭碗，吃上了公粮，一辈子就是人上人，你们要想成为人上人，就要向柳强学习！世上万般皆下品，唯有读书高！柳强的今天就说明了这一点。"

县委县政府选择柳强来立山镇处理这起事关农人的突发事件，柳强心里五味杂陈，他要面对的将是自己土生土长的家乡人。处置专班到达立山镇附近后，他们的车子根本进不了立山镇，因为立山镇的主街道都围满了人。

柳强下车，带领专班人员步行挤进了立山镇镇政府大门，县公安局特警与公安人员，把车辆停在街道以外，跑步至立山镇政府门口。围观的人群中有人小声地嘀咕道："特警与公安都来了，看来县里很重视这件事了！农人们有希望了！"

"这些特警与公安都是为人民服务的！"人群中有人大声说道。

"我们挤进去看看县里来的头头对这事怎么表态！"人群中有人说完这话，便带头往镇政府门口涌动。

柳强看着立山镇的李书记、刘镇长都累得瘫坐在地上，他轻声地对他们说："你们先进去，把扩音喇叭留给我。"

柳强拿着扩音喇叭，走进人群中，他大声喊道："父老乡亲们，我是立山县的副县长柳强。我也是农民出身，我就是立山镇柳家大湾的人，今天，我代表县委县政府诚恳地向父老乡亲们道歉！是我们的工作没有做好，因为我们的工作没有做好，才导致发生如此令人悲痛的事情！我代表县委县政府真诚地向不幸死亡的农民的家属道歉！真诚地向立山镇所有的父老乡亲们道歉！在这里，我代表县委县政府表态：我们一定彻查事情起因，严肃追究造成谢光远夫妇不幸死亡的相关人员的责任，凡是涉及违法犯罪的人，不管是什么人，也不管是什么头衔，我们一定会依法起诉、依法严惩！请父老乡亲们放心，这件事查清楚后，我们会及时通过电视、报纸、告示等形式公布于众，给父老乡亲们一个满意的交代！"

柳强说完这些，朝着围堵的人群深深鞠躬道歉。柳家大湾二房的头人柳明见着柳强说完话，鞠躬道了歉，他走到柳强身边，大声对柳强说道："强子，柳县长！你是我们柳家大湾的人没错，谢光远是我们柳家大湾的女婿，他的婆娘柳海花是我的亲妹妹！我们不会乱给你们添麻烦的，我们只希望你现在表态：要给谢光远夫妇一个公正公道的正义交代！"

"柳明大哥，你放心，即使不幸死亡的人跟我们柳家大湾没有关系，我们也会公正、严肃地追究责任！人死为大，我派车先把谢光远、柳海花两口子的棺材送回去，也派车把你们送过去，我承诺三天之内一定给大家伙一个满意的答复！谢光远、柳海花不幸死亡，他们的一儿一女已成了孤儿，这些事情，请你们也放心，他们的孩子在成年前，由政府来养！对于立山镇派出所所长、公安人员的问题，县公安局马上会做出决定，并当即公布！对于立山村村干部胡进松和村民吴生的问题，我会责令立山镇政府立即对他们进行停职处理，他们涉嫌违法犯罪的，也会以最快速度移交相关部门立案侦查！"柳强铿锵有力地说道，并拿着扩音喇叭对着人群耐心地重复说道。

"我们相信县委县政府！我们相信柳县长！你们一定会给大家个公道！"人群中有人使劲地喊道。

"今年是洪水灾年，希望政府减少农民上缴提留款的额度！"人群中有人大声呼喊道。

"父老乡亲们，请你们放心，立山县委县政府一定会严格落实上级的相关要求，目前正在研究减轻农民负担的具体办法，我会把父老乡亲们的要求向上反映，一定会让我们的父老乡亲活得有尊严，干得有奔头！下面请立山县公安局曹局长宣布对立山镇派出所相关人员的处理！"柳强边大声对着人群喊，边让公安局曹局长过来。

曹局长接过柳强副县长的扩音喇叭，对着围堵的人群大声说道："父老乡亲们！经过我们县公安局的初步调查与研判，立山镇派出所所长及相关公安人员对石桥湾谢光远的死亡负有不可推卸的重大责任，我们县公安局已对立山镇派出所熊泽成所长及其他公安人员采取了强制措施，立山镇派出所暂由县公安局直接接管。后续，我们将会根据调查的事实情况，依法严肃处理他们，请父老乡亲们放心回去等公示！"

"局长都发话了，这熊所长跑不了！"人群中有人高兴地说道。

在柳强副县长强有力的保证下，在专班人员耐心的劝说下，围堵在镇上的人群逐渐散去了，农人们从县委县政府派过来的专班中看到了正义，看到了希望，他们边走边纷纷地说道："政府全心全意为人民服务是不会假的！我们要相信正义，自古就是邪不压正！"

柳强副县长现场兑现承诺，派了几乘车辆把石桥湾、柳家大湾的人都送回去了。

谢光远、柳海花的棺材是派的专车送回石桥湾土坯房的堂屋，柳强带领专班人员跟随专车来到了石桥湾，对石桥湾谢姓全体人员进行了慰问。同时，柳强让立山镇财政所紧急拨款三万元交给了谢光信，让他全程办理好谢光远、柳海花的丧事，并要求他暂时照顾好谢亚梅、谢亚福两个孩子的生活，柳强说政府会对这两个孩子的事进行认真研究，负责到底的。

石桥湾谢姓人家对柳强副县长亲自带队来慰问，心里很是感动，纷纷对他倾吐农民的苦水。有年老的农民说道："农民种田种地给国家缴提留款，这是理所应当的，但遇着这么大的洪水灾年，镇上应该减免受灾地区农民的税款啊！在古代，农民受灾了，皇帝都会减免农民的赋税呢！我们坚信你们更会考虑减免受灾地区农民的负担的！"

"老大爷，谢谢你对我们的信任，你说得好！处理完这件事后，我们会尽快给出减免农民负担的具体时间与方法。在这里，我可以负责任地跟大家保证：今年缴提留款困难的家庭，现在一律可以停缴、缓缴，已经缴了提留款的家庭，如果后续政府减免的政策下来后，可以把已缴的提留款退回给户主。请你们放心，我们就是人民的公仆，一切为人民服务的！这一点永远不会变！我们也永远不会褪色！"

"柳县长说得好！我们相信你们！"

"柳县长说得好！我们相信你们！"

石桥湾的人听柳强副县长说完，纷纷回应道，并使劲地鼓着掌……

经过县公安局、纪委等部门的深入调查，报请县委县政府批示，三天后，一纸公告如期贴到了立山镇政府大门外的公告栏里，立山镇的农人们奔走相告，大家看到公告后如释重负。公告是这样写的：

立山县人民政府关于谢光远、柳海花夫妻死亡事件的公告

经过立山县公安局缜密调查与检察院提前介入，立山镇立山村石桥湾居民谢光远死亡系非正常死亡事件。经查，立山村村支书胡进松、农民吴生伙同立山镇派出所所长熊泽成及其他公安人员，非法抓人，致使谢光远在所内突发疾病死亡，涉嫌犯罪，报请县委县政府同意，现决定开除熊泽成党籍、公职，涉嫌犯罪的问题移交检察院起诉；立山村村支书胡进松、农民吴生进行勾连非法抓人，特开除胡进松党籍，撤销其村内的一切职务，二人涉嫌犯罪问题移交检察院起诉。鉴于立山镇立山村石桥湾居民谢光远、柳海花非正常死亡的事实，其留下的一双儿女已成孤儿，经县委县政府慎重研究决定：立山镇政府负责谢亚梅、谢亚福成年前的所有学习、生活开销，补助其姐弟二人每人每月人民币五百元整，其姐弟二人的监护问题，政府将派专员与其嫡亲协商，一定妥善安排好谢亚梅、谢亚福的相关事宜。

特此公告。

立山县人民政府

一九九八年十月十一日

立山镇的农人们看到县委县政府的这则公告，无不欢欣鼓舞，立山集镇的街道，一时间有很多人燃放起鞭炮，石桥湾与柳家大湾的农人们更是敲锣打鼓表达内心的舒坦！立山镇立山村谢光远、柳海花死难一事至此告一段落。

立山镇的农人们对立山县政府对此事的处理，总体是满意的，公告里虽然没有说如何减轻农民负担的问题，但农人们已从公告的真诚中看到了希望。

柳家大湾的柳强副县长在处理这起事件中，迅速地稳定了人心，维护了大局，他的优异表现，县委县政府很是满意，决定对他进行重点培养，很快就把他送去省里的中青干部培训班进行深造。柳家大湾的人，从此对他也是更加刮目相看。柳强，这一颗年轻的新星扎根在立山，升起在立山，农人们都说这是立山县这片红色沃土的福气，也是农人们的福气，农人们希望这样的新星越多越好。

第二十章
辍学后的转折

一九九八年的秋季开学季，还想接着读书的柳岸，最终没有拗过父亲柳顺，不得不在离初中毕业还有一年的时间回家务农了。截至辍学这年，满打满算，柳岸只读了八年的书。

因家大口阔，人多地少，经济来源极其有限，柳顺的几个孩子进学门的时间普遍比其他同龄的孩子要晚一年，他更是没有办法让前面生的几个子女读太长时间的书。柳萍、柳晶、柳莹三个女儿都是小学没有毕业就辍学在家帮忙务农。柳岸是第四个辍学的孩子，他是一九九〇年秋季进入学门就读小学一年级的，但他还算幸运，尽管初中没有毕业而中止了学业，但最起码进了初中的门槛，比三个姐姐多读了几年的书，多学了一些知识。

其实柳岸读书并不差，从小学到初中，他的成绩虽然不是上等，但绝对是中等偏上，胜过同龄的很多孩子。只是因为家穷，父亲柳顺总是要求他干很多农活。因而，他在读书放学回家后，或者学校放假期间，大多时间都是在帮父亲干农活，或者是放牛。在辍学前，他曾多次尝试说服父亲供他读完初中，好歹让他拿个初中毕业证。但他最终没能说服父亲，却迎来父亲的一顿责骂。

初二学业结束前，柳顺就对柳岸说："我看你读书也就那样，蠢得很，没有任何必要参加初二的期末考试了，给家里省点考试费吧！到时家里缴提留款就宽裕些。你直接跟你们老师说一下，把你读书带去的桌椅板凳自己搬回来，把带去住宿的行李与铺板都搬回来，读书就到此为止吧！"

"爸，我们班主任说我再努力读一年，有很大希望考上县里的一中，你看能不能让我把初中读毕业，明年参加完中考？不管能不能考上县里的一中，我都回家帮你种田种地，你看行吗？求你了！爸！"柳岸哀伤地哭求道。

"你就是个半吊子货！你老子只读了个小学，养了你们一大堆子，你是男孩中的老大，家里这么寒酸，你还接着读？你的脸往哪儿搁？你再读下去，你的两个弟弟都没得学上了！"柳顺气呼呼地吼道。

被父亲柳顺这么一吼，柳岸彻底不敢反抗了，也许他骨子里继承了父亲柳顺的忠厚与逆来顺受。此时的柳顺，也就是在自家孩子面前吼吼，发发脾气，对外，他是一个老好人，柳家大湾的农人们对他的评价就两个字：憨厚！这个憨厚的农人，也实在是被逼得没有任何办法了，只有他自己知道：他一人挑着家里的重担，顶到天，就是自己砸锅卖铁，也只能负担两个孩子读书的费用。那时，培养一个孩子到初中毕业，需要九年时间，每年交给学校杂七杂八的费用加在一起，远远超过了每年要缴的提留款，这对贫困的柳顺来说，无疑是一笔天价的开销。柳顺总是在赶着忙完自家的农活后，去帮别人家干活，因为只有这样，他才能赚点化肥钱与盐钱。他帮忙干活的农人家，相对来说都是比较富裕一点的人家，这些人家大多有人在外打工或经商，不便回来忙农活，便寄一些钱回来给家里请人干活，然后付一些小费给别人。柳顺也正是瞅着这些机会，不仅能在帮忙的农家吃上几顿好点的饭菜，还能收点小费贴补家用，他当然是十分愿意的。所以，柳岸作为家里的大儿子，早点辍学回来，就能早点帮家里干些重体力活，这样一来，柳顺就有更多的时间去别家赚点小费了。

柳岸辍学已是铁板钉钉了，他也不再多想什么了。随着时间一天天过去，看到自己的同学放学回来，从他身边晃过，他也只是低头在田间地头挥洒着汗水，他只想用繁重的体力劳动来麻醉自己，让自己忘却所有的不快。

秋收过后，农人们逐渐闲散了点，可以有更多的时间安排做其他的事了。对于柳顺家，忙完秋收，就要准备过冬的柴火了。从柳岸记事起，家里每年打完中稻与榨完花生油，父亲柳顺就会每天带着几卷稻草绳子，拿着冲担（两头是尖尖的长长的铁刀，中间是一根结实的木棍，铁刀打孔把木棍穿得紧紧的，称之为冲担，冲担主要用于挑草头、柴火之类的，是鄂东地区农人常用的一种农具），带上镰刀到立山附近砍柴，一天差不多能砍四担柴火。柳顺主要砍黄荆条、栗树条、灌木条之类的细柴，因为这些条子容易砍倒，也容易晒干，最主要的是耐烧。柳顺每年秋收后，集中精力砍上一个月的柴火，家里一年的柴火基本就够用了。加之那时的麦秆、松毛等都可以当引火柴与主柴烧，所以，农人们集中精力砍上一个月的条子柴，就能安安心心地忙其他的事了，因为柴火齐了，也就免除了一年的后顾之忧。

一日，柳岸在立山小山场附近砍柴，碰到了柳志老爷子赶着几只羊子在觅草。柳岸主动打招呼说："大爹，你老在放羊啊？要当心路滑啊！"

"是岸岸娃子吗？哎呀！我老了，眼睛有点花了，看着你像顺娃娃家的岸岸。"柳志停住脚，喘着气说。

"大爹，我是岸岸。我爸说了，你跟我爷爷同岁数，所以我要叫你大爹，你的福气比我爷爷要好啊！"柳岸边砍柴边感叹地说道。

"你娃子怎么没有上学？怎么一个人在这里砍柴？"柳志大声问道。

"大爹，我都几个月没有去学校了，我回来当农民了！我不能再读书了，再读下去的话，我的两个弟弟就读不成了！现在回家干活，给我爸减轻负担！"

"你这傻娃娃！这大点，就不读书了？这社会这年头，只有读书才有出息啊！我们两家是隔壁到隔壁，虽然隔着个院子，你没去读书的事，几个月了怎么你爸柳顺都没有跟我们提过？我们看你平时在家干活，还以为你改成走读回来帮家里呢，没想到你竟然辍学了！你家没钱供你读书，怎么你爸也不到我家开口呢？你爸要是来我家开口借钱，你柳猛柳勇两个伯伯再怎么着也会帮你们的！"柳志有点生气地说道。

"大爹，这事不能怪我爸，我自己也不想读了。我爸不好意思说我辍学的事，你也知道的，我爸养活我们兄弟姐妹几个人挺辛苦的，我作为老大，也该先回来帮家里减轻负担了。"柳岸不自然地答道。

"你不想读书，也不能长期在家干农活啊！你这么年轻怎么能行？"

"大爹，我已经满十五岁了。我爸说他小学毕业就回家干活了，他比我还早几年干农活呢，我，没事的。"

"你个傻娃娃，干农活有什么出息？你既然不想读书，就要到外面去学一门手艺活，一技在手好藏身，只有学个手艺，你日后才能成家立业、吃穿不愁啊！"柳志叹着气大声说道。

"大爹，我能去学个什么手艺呢？有没有人带啊？"柳岸放下砍柴的刀，吃惊地问道。

"只要你舍得吃苦，舍得吃亏，你这么年轻精干的小伙子，怎么会没有人带呢！我让你柳猛伯伯带你去省城立山联建寻个手艺师傅带你，当上几年学徒，你就能出师挣钱了。今天晚上我就去你家跟你爸柳顺说一下，你爸的老思想要改改啊！我与你爷爷同年生，我都这么大年纪了，思想都放得开，你们后生更要放开思想，看长远点。这年头，种田种地，也就是饿不死，但富不了，好男儿一定要志在四方，不能老窝在家里过活。"柳志劝慰着柳岸说。

"大爹，你说的是真的吗？"

"你个黑小子，我当你爷爷的人，还能骗你？我又不是帮了你一个人。你看你，年纪轻轻的，晒得跟黑炭一样，手掌粗糙得跟木头一样，真是浪费了这副好身体，一定要去学个手艺活！"柳志老爷子又大声说道。

"大爹！我的好大爹！要是我能去大伯的立山联建学个手艺，我会感恩你们一辈子的！"柳岸有点激动地说道。

"你个傻小子，这才多大点事！放心，我今晚就去你家，做做你爸的思想工作，他肯定听我的，会让你去学手艺的。"

"大爹，你老就是我的恩人嘞！我砍完这担柴就回去，晚上等你来家里啊！"

"好嘞！我先赶着羊子回家嘞！我不缺钱，不缺吃喝，每年喂养几只羊子就是为了锻炼身体，顺便到年底杀了羊子给几个儿子吃。你小子到时去了立山联建学手艺就要好好干，挣到了钱，让你爸柳顺也不种田不种地，每年喂养几只羊子就行了。到时你爸就享福嘞！"

"大爹，借你的好话，我去了一定好好干！"

柳岸被柳志的一番话说得心里美滋滋的，看着柳志赶着羊子远去的身影，他在心里想：这次我一定要抓住机会离开这片土地，跟着柳猛伯伯到外面去闯闯。我辍学了，就知道忙着干农活，怎么就没想起隔壁到隔壁的几个能人伯伯与大爹呢！这脑子浑呢！如今开窍了，就不能收回了。

当晚，柳志拿着两包烟，背着双手来到了柳顺家里。进了门，柳志甩了一包烟给柳顺，对他说道："顺娃娃，别看你四十多岁的人了，你还没有抽过这种烟，这是带过滤嘴的好香烟，今天让你开个荤。"

"大伯，我抽自家烟丝压的水烟习惯了，哪抽得起这好的香烟哟！"柳顺笑着说道。

"你抽不起，让你大儿子岸岸给你买啊！"柳志说道。

"岸岸？他？他还靠我养活呢！"柳顺吃惊地说道。

"唉！你的亲伯柳儒兄弟真是聪明一世，咋养了你这么个糊涂蛋呢！"柳志感叹地说。

"大伯，我咋了？你今天怎么说话怪怪的？是不是我哪里做得不好啊？"柳顺有点焦急地问道。

"你做得好得很哟！家里放着个大宝贝，竟然不晓得用！"柳志轻松地笑着说。

"大伯，你看我家穷家无业的，哪有宝贝呢？我又没有柳猛柳勇二位兄弟的财气，只能种田种地混个肚子，只求一家人不挨饿，平平安安的。"柳顺说道。

"你就这点出息？你就不想以后天天有好的香烟抽？你就一辈子种田种地？"柳志反问道。

"我，我，我……"柳顺被柳志老爷子问得结结巴巴说不出话。

"别我呀你的，我直接说吧！我今天下午在立山旁边放羊，看到你家岸岸，才知道他已辍学不读书了！你隐瞒得够紧的啊！我们隔壁到隔壁，我都不知道，今天不是问岸岸，我还被蒙在鼓里。你家萍娃娃跟梁盼结婚后，你的几个兄弟不是说得好好的，你家有事尽管说嘛！咋有困难也不说呢？太见外了！何况萍娃娃现在是梁家的媳妇，跟我家老婆子还是亲戚呢！"柳志不满地说。

"大伯，我是怕给你们添麻烦啊！爱红与我伯在没有走之前，都已经给你家添了不少的麻烦，欠着你家的钱还一直没有还上，我再怎么好意思开口呢！"柳顺无奈地说道。

"你不开口，你会耽误岸岸一辈子的啊！会耽误他以后成家立业、娶妻生子的啊！"柳志感叹地说道。

"啊？"柳顺睁大眼睛看着柳志。

"你的思想比我的还老！你看看现在的形势，往后的男孩子要是没有手艺没有文化，能讨到媳妇？岸岸辍学也就算了，你还把他困在家里，不想点办法让他出去学个手艺挣钱？"柳志又反问道。

柳志这话一说，柳顺陷入了深深的自责中，沉默一会儿后，他用期盼的眼神望着柳岸，然后对柳志说道："大伯，你的年龄大些，走的路比我吃的盐还多，你看看能不能帮我谋划一下，看看岸岸能去学个什么手艺？你真是一语点醒梦中人啊！我浑蛋，差点耽误了岸岸一辈子。"

"这样吧，等几天你大哥柳猛会回一趟柳家大湾，等他回来了，我让他带上岸岸去省城的立山联建找个好点的大工师傅，教岸岸做手艺活。岸岸在联建干上几年，把手艺学到家后，挣着钱了，你才有香烟抽，他也能在以后娶着媳妇。"柳志深沉地说道。

"要是这样，真的是太感谢大伯了！你老真是我们一家的恩人嘞！"

"恩人不恩人先放一边，冲着你伯柳儒免费给人看病治病一辈子，你家也不该这样穷，我相信你家一定会翻身的。岸岸到时去立山联建学成手艺后，你一定要把柳忠与柳阳两个小娃娃培养出来，不要动不动就让他们辍学，要让他们读书。你看我家柳强，他不就是吃了读书的这口饭？当初要不是省大毕业，他能吃国家的饭？所以啊，你的思想得变变，不能愚昧无知啊！"柳志语重心长地说道。

"是啊！我是得变变……"

"我先回去了，趁柳猛还没有回来，还有几天的时间，你让岸岸好好收拾一下，到时出去了就要好好搞！"柳志边说着话，边朝门外走去，顺手把另外一包香烟也丢给了柳顺。

"大伯，谢谢你啊！你慢点走！"

柳岸看到柳志大爹果然信守承诺到家里说服了父亲，他兴奋得一夜无眠！当夜，他躺在床上，辗转反侧，头脑里都是自己出门后的美好想象。他想着自己在省城立山联建跟着木工师傅一起干活，想着自己跟泥瓦匠一起砌砖，想着自己跟粉刷匠一起刷墙，想着自己跟柳猛大伯一起吃饭，一起……想着想着，鸡公第一次啼叫了，他还睁着两眼睡不着，鸡公第二次、第三次鸣啼了，随着"哥鸡哥，哥鸡哥，哥鸡哥……"的叫声，天亮了，他不得不起床干活了。

第二十一章

谋划三人行

　　这几年，柳猛、柳勇兄弟俩把立山联建操办得风风火火，他们兄弟俩已然成了柳家大湾的顶级人物。富起来的他们，起初倒也没有忘记柳家大湾的农人们，二十世纪九十年代末到二十一世纪初期的那些年月，正是立山联建生意最红火的时候，只要柳家大湾的农人中，有愿意去他们的工地谋生活的，他们兄弟俩都会毫不犹豫地应承下来，并给予适当的安排。一九九八年柳家河发了洪水，柳传声死后，由柳猛牵头，他从立山联建账上拿出了十几万块钱，在柳家河通往柳家大湾与外面马路的地方，修了一座结实的石拱桥。这座桥的桥墩都是山上开采的坚硬石板支撑起来的，桥面倒上了钢筋混凝土，整座桥长两百多米，宽十几米，高度接近五米。柳猛请了省城最好的桥梁建筑师设计并指挥建起了这样一座石拱桥。石拱桥建成后，建筑师对柳家大湾的农人们说："你们湾的柳总功德无量，他出资建起的这座桥真正是功在当代，利在千秋！我可以毫不夸张地说，这座桥用上三百年绝对垮不了！这座桥可以预防百年一遇的大洪水冲击！即使再发九八年这样的大洪水，洪水也漫不了桥，人车照样通过！"

柳家大湾通往外边是必须要经过柳家河的，在这座石拱桥没有建起来之前，柳家河已有两座桥，一座是土桥，这座土桥在古时几经垮塌，又几经修建，都是由柳家大湾的人集资而建的，桥基用的都是结实的古木，桥面建筑多采用碎石和泥土混成，这座土桥方便了柳家大湾一代又一代的人行走，柳家大湾代代农人都对她充满了深厚的感情！另外一座桥，柳家大湾的农人们称之为官桥。之所以称其为官桥，一是这座桥是中华人民共和国成立后政府全额出资建的，且是水泥桥墩水泥桥面；二是这座桥建成后主要是用于各种车辆进出柳家大湾，行人鲜有上去行走的，农人们步行进出柳家大湾还是喜欢走老式的土桥。一九九八年大水过后，土桥被彻底冲垮了，只剩下几根古木歪歪地斜在水中间；官桥虽然没有被冲垮，但车辆在上面跑，着实让人不放心，开车的人老是担心桥会忽然塌掉，毕竟一九九八年的大洪水把这座桥冲击得也是够呛的了。当然，在一九九八年那个年头，柳家大湾几乎只有柳猛、柳勇、柳刚、柳强四兄弟及其亲戚朋友才常开车从官桥上过，其他的农人是极少有买得起车的。也正是这样，柳猛便通过自家书记兄弟柳刚协调，在土桥旁边不远的位置设计建起了一座崭新的石拱桥。

这座石拱桥设计还是很人性化的，桥面中间设计为车辆通行专用，同时并排过两辆车是没有问题的。桥面两旁各建有人行道，人行道在钢筋混凝土的基础上贴有波浪纹的各色砖石，看起来十分养眼，而且桥面的两旁人行道都是三米多宽，人行道高于车行道，这样设计既美观又安全，因而完工后，柳家大湾的农人们人人叫好。柳猛在石拱桥建成后，还特地从外地运回一块三米多高的大理石，在大理石两面刻有"柳家大湾"四个字，四个字下面写有柳猛、柳勇、柳刚、柳强敬立于某年某月某日之类的题款，并让工匠描上了大红色，于是这座石拱桥与这块大理石便成了立山镇首屈一指的杰作。这座石拱桥建成后，远处的官桥便逐渐闲置下来，已经很少有人和车通过那座桥，以致后来裂开了，也没人愿意去过问。

柳猛虽然把立山联建办得红火，在省城的生意也是异常忙碌，工程是一个接一个，但是身为家中长子的他，心里却总是惦记着老家，惦记着生养他的父母柳志与梁氏。柳猛心里的这些惦记，是与他出生的时代息息相关的，他们那个年代出生的人，大多都有着浓浓的乡愁情结。纵使七八十年代改革开放后，人们可以自由创业、自由流动了，但不管他们身在何处，发再大的财，都舍不下老家的根。随着立山联建摊子越来越大，柳猛、柳勇兄弟在里面分得的利润也是越来越高，九十年代末，他们都已身价百万了，并各自在省城买了块地皮，用自己的工人建起了两栋别墅。别墅建好后，他们的家人都搬进去居住了，可任凭两兄弟怎么劝说，柳志与梁氏两老都坚决不去省城居住。柳志经常对柳猛、柳勇两兄弟说："水流万里总有源头，树高千尺总有根子，我们老了，哪里也不去了，就在柳家大湾终老好了！你们有闯劲，比我们几代人都强，你们能干成这样规模的事情，都是遇着了国家的好时候，生而逢时啊！以后啊，不管你们如何发达，如何富有，都不能忘了根，更不能忘了本。你们都是纯农民出身，是柳家大湾的土地与水源滋养了你们，绝不能做为富不仁的事啊！湾里人有困难找你们，你们能帮忙的，就不能拒绝，能拉扯别人一把的，就不能不管！还有啊，你们做生意也好，搞工程也罢，靠的都是国家的好形势，不管到什么时候，你们不仅自己要知法守法，也要教育好自己的子女知法守法，把家风家教要搞好，这样才能长远。"

每当此时，柳勇都点头称是，柳猛都会斩钉截铁地回答道："伯、干，你们放心，我一定掌好舵，定好向，让生意做得长远，让家运行得长远！"

也许，人在发迹之初，善良与豁达是骨子里自带的，这可能也是人的本性。这不，柳猛、柳勇兄弟俩不管立山联建的生意再忙，事情再多，他们都会一个月带着家人回柳家大湾住个几天。一来看看父母，尽一下孝心；二来顺便驱车到立山县城各个单位联络联络，维持好各种关系，特别是城建局的关系必须搞好，毕竟立山联建在形式与明面上是属于县里的城建局领导，而且柳猛还在城建局挂着一个虚职。柳猛在城建局的舅子哥付端强是他事业上的贵人，付端强靠着政策，把立山联建扶持起来了，立山联建每年给局里交钱不少，也为县里纳了税，而且是一年比一年纳得多，立山联建在某方面逐渐成了立山县重要的资金来源地。也正是如此，付端强升为城建局局长后，硬是在局长的位置上干到了退休，各种待遇是别的单位一把手比不了的。也可以说柳猛与舅子哥付端强是互相成就的。

柳猛每月回家几天，基本上都是定期与准时的，所以柳志心里很清楚儿子们回家的日子。每次回家，柳家大湾都有农人找上门，拜托柳志跟他的儿子们说道一下，让他的儿子带他们去立山联建打打工，赚点农事用的肥料钱。柳家大湾虽是个大湾，有几千人，但是富裕的人并不多，也就数柳志家强些。柳志心里也很明白，他时常跟老伴梁氏说："都是乡里乡亲的，大家都一起挨过饿，一起穷苦过，如今自家儿子们出息了，也有能力帮上人家，我们就一定要让儿子们帮帮人家！再者说，别人到儿子工地是去干体力活，挣辛苦钱，儿子们反正也是要有工人支撑才能干成事业，一举两得的事，我们要乐而为之。"

正是有这种朴实的思想，柳志才想让柳猛带上柳岸去立山联建工地学个手艺活。一来他们两家是隔壁邻居，二来他一家人都受过柳顺父亲柳儒治病的恩惠，三来柳萍嫁给了梁氏娘家的侄孙，两家关系就更特殊了。最重要的是柳岸正当年少，好培养，培养好了，说不准以后是柳猛的好帮手呢！

柳猛回到家里，柳志说了要让他带柳岸去工地学手艺的事，柳猛略微迟疑了一下，说道："岸岸这娃子看着人蛮结实的，做事学手艺，肯定都没有问题，关键是还没有成年，不读书可惜了。现在去工地，严格来说算童工。不过，工地上十五六岁学手艺的孩子也不少，大多也是家里条件不好，或者是个人读不进书才选择去工地。特别是柳勇负责的工地，大多是外地人，其中就有很多未成年的孩子在工地上干活，他们大多都是河南来的，这些河南来的孩子不讲究吃穿，干活舍得吃亏，更舍得吃苦，为工地创造了价值。我看岸岸这娃娃有河南人的干劲，是个好苗子。"

"岸岸娃子，错不了。他生养在立山的这片土地，有河南人的体魄，你把他带去工地后，要好生安排他学个中用的手艺，把他培养好，说不定他以后会成为你的得力人才呢！那个梁盼是没有办法的人，他干不了手艺活，你就照顾一下。"柳志边抽着儿子带回来的香烟，边喘气说道。

"伯，你放心好了，把他带去工地后，到时先让他干几天小工的活，再看看他对哪一行手艺感兴趣，他个人选择好了，我这里都能帮他安排好师傅带。"柳猛平淡地说道。

"那就好！我晚上就去给柳顺回个话。"柳志说道。

当晚，柳志刚准备出门，就与准备进门的柳顺撞了个正着。柳顺见着柳志，有点不好意思地说道："大伯，我早看到柳猛大哥回来了，白天怕你们事多，就不好意思登门。"

"你这娃，都四十多岁的人了，还有啥子不好意思的？来，来，进来说。"柳志嗔怪道。

柳顺跟着柳志进门，朝屋子里望了望，并没有看到柳猛，便说道："柳猛大哥没有住在家里吗？"

"他吃完夜饭开车去了立山县城，说要去几个领导家里走动一下。你也知道，他的立山联建摊子搞大了，还是需要县里支持，估计今晚会在他弟弟柳强家里歇一晚。"柳志表情平淡地说。

"几个兄弟都有出息，是我们这个房头的骄傲。"柳顺感叹道。

"再大的出息，都是自家人，有事都会照料的。"柳志边递烟给柳顺，边笑着说。

柳顺坐下来后，望了望梁氏，开口说道："婶，柳萍多亏了你啊，才有了今天，真的得感谢你啊！"

"莫说客气话了，我们要感谢柳萍啊，她为梁家生的那个大胖小子真可爱！我娘家大哥是喜欢得不得了，她与梁盼有福嘞！"梁氏欢喜地说道。

"是啊，你娃娃都当外公了，外甥都几岁了，不容易。咱都是自家人，不说两家话嘛！"柳志也欢喜地对柳顺说道。

"大伯、婶婶，你们看哈，我家还有柳晶、柳莹两个女娃娃，晶娃娃也不小了，估摸着这两年也会出嫁了。她平时在家任劳任怨，做得一手好饭菜！我是这样想的，你们看看能不能让柳猛大哥这次把晶娃娃与岸娃娃一起带去省城的立山联建，让他把晶娃娃安排在联建里煮饭、炒菜都行，把岸娃娃安排学个手艺。这样一来，他们姐弟两人在工地上也好有个照应，晶娃娃也好挣点钱积蓄起来，以后结婚了就有自己的活泛用处。这几年，晶娃娃在家耽误了不少，她去工地挣的钱，我一分也不会要的，全给她当嫁妆。"柳顺慢慢地说道。

"嗯，顺娃娃这想法好。明天猛娃娃回来了，我跟他说，准能。"梁氏赞成地说道。

"我看也行，姐弟俩一起去立山联建是个好事。那你家里就你跟柳莹，忙得过来吗？"柳志问道。

"忙得过来，我打十几岁就开始种田种地，习惯了，没事的，再说，莹娃娃也成人了，能做不少的农活，她也支持晶娃娃与岸娃娃一起去省城。到时他们去省城做好了，我就少种点田地，合适的时候，莹娃娃也可以出去打工的。只要农忙时，他们回来帮帮忙就行。"柳顺说。

"你这顺娃娃思想转变倒是很快嘛！就得这样。"柳志抽着香烟笑着说。

"不改变不行啊，国家都一直在往好的方向发展，不能因为我耽误了孩子们啊！孩子们是得走出去见识见识。我是种田习惯了，不想出远门了，这辈子，土地就是我的命，只要能动，我就要种一辈子的田地。我这辈子注定跟土地过了，我的伯生前就说过，干一行爱一行专一行！当就要当个好的农人。"柳顺若有所思地说道。

"可以，很好嘛！你的观点，我赞同！要是都不种田，都不种地，这天下的人吃什么喝什么？田地总得有人种嘛！儿孙有儿孙的选择，你的选择没有问题。"柳志说。

"对了，老头子，前几天二房的头人柳明说要托猛娃娃把他妹妹家的女娃娃带去联建做事，你也应承下来了，要不明天猛娃娃回来了，就跟他说，让他把晶娃娃与柳明的外甥女一起安排在联建做饭炒菜？"梁氏说道。

"这事，我要听听猛娃娃的意见。柳明妹妹柳海花与妹夫谢光远都不在了，出事后，还是我们的强娃娃出面解决好的，现在要带他们的女娃娃去联建做事，必须听听猛娃娃的意见，等他明天回来再说吧！"柳志说。

"伯、婶，你们说的那个柳明外甥女，我晓得，年龄跟岸娃娃差不多。唉！小小年纪，父母都不在了，怪可怜的。听说她是想出去打工挣钱给她的弟弟读书用。"柳顺叹气说。

"是不容易啊！都成了孤儿，虽说政府每月对他们有照顾，毕竟家庭不完整，很可怜的。"柳志也叹气说道。

"他们三人一起跟着猛娃娃去省城立山联建，我看行。"

第二天，柳猛从县城开着他的越野车回到了柳家大湾，柳志与梁氏便把昨晚三人商量的事说了，柳猛沉默了一下，说道："伯、干，你们都是好心肠，扶弱济贫，这是好事，我答应带着他们一起去！就按你们的意思办。让他们准备一下，这两天就带他们去省城。"

第二十二章
情愫之门

　　谢光远、柳海花夫妇因提留款而亡后，留下了一双孤苦伶仃的儿女，虽然镇里经过协商，把他们寄养在柳家大湾柳明家里，每月都会给他们姐弟俩生活费，但这生活费几乎没有足额发放过，只因镇里财政也确实困难，柳明为这事也找过镇里几次，几乎次次是无功而返。柳明每次因他们姐弟俩生活费的事找完镇里后，回到家都是唉声叹气的，每每此时，其妻子谢荷香都会安慰他说道："一头牛是放，两头牛也是放，十头牛照样放！我弟弟光远与你妹妹海花都不在了，县里镇里都给补了些钱，每月也发了一些生活费给他们的两个娃娃。即使没有这些费用，我们作为他们最亲的人，也必须得把他们照顾好！"

　　"理是这个理，我也晓得，可你也知道，现在负担一个娃娃读书、吃饭不容易啊！我们也没有正经收入，每年打打短工，种这些薄田贫地的，供养自己家的两个孩子，都还勉勉强强，这毕竟多了两个大孩子，也不能亏着他们，真能把他们供养到上大学，那是难上加难啊！他们现在才读初中，镇里一个月给他们补足几百块钱生活费，还能勉强凑合，等他们上高中了，这几百块钱哪能中用？我看他们姐弟两个只能一个人读书，我们也只能供得起一个人读书！不然，我们的两个娃娃就得辍学一个。"柳明无奈地叹着气说道。

他们夫妻俩有一次在聊这些时，正好被放假回家的谢亚梅给听到了，谢亚梅小小的心灵由此被激起了波澜。

谢亚梅比弟弟谢亚福大一岁多点，学习成绩半半，她似乎天生对读书也没有多大兴趣，反倒是她的弟弟谢亚福的学习成绩一直稳定在年级前三名。自父母死后，谢亚梅就时常心不在焉，学什么知识都困难，学习成绩本来就不好的她，一下掉到了年级倒数几名，这无疑给了她心灵上致命的打击，她便有了放弃上学的打算。

这次撞听到舅娘舅父的对话，无疑使她坚定了辍学的念头。她当时心里就在想：就我这学习成绩也考不上好高中，不如学学同年级的柳岸！柳岸为了自己的弟弟能读书，辍学在家帮大人干活，他才比我大几个月而已，我也行！我要向舅父舅娘表明自己不想再读书的态度，这样就可以回来帮他们做点活，让他们全心全意把我的弟弟供养出来。凭弟弟的好成绩，一定能考上县里的一中。

谢亚梅是这样想的，也是这样做的。这个还没有成年的女孩最终说服了她的舅娘谢荷香。其实，谢荷香也算她的姑姑，这真是一层特殊的关系啊！谢亚梅辍学了，开始帮舅父柳明家干活。她在柳家大湾地里扯猪草时，经常碰到同在地里忙活的柳岸，他们多少算同病相怜，两人逐渐走得近了起来，这对同年生的少男少女彼此产生了懵懂的情愫，以致渐渐地有些分不开了，在柳家大湾里，他们一天不见面，彼此心里都慌得很，

好像少了一点什么。当她听闻柳岸说柳志要介绍他去省城的立
山联建学手艺时，她的内心也动了，她想：舅父舅母毕竟不是
亲生父母，辍学待在他们家多少有点尴尬，不如回去跟舅父讲
讲，让舅父去求求柳志大爷，也让柳猛舅舅把自己带到立山联
建做事，就跟柳岸哥哥一起去，这样既能出去看看，又能赚钱
给弟弟读书，还能跟柳岸哥哥一起，多美好的事啊！

　　谢亚梅辍学在家，柳明心里多少有些愧疚，总觉得对不起
死去的妹妹，这可能就是农人最朴实的思想吧。所以，当外甥
女亚梅让他去求柳志办事时，这个轻易不求人的柳明，竟然毫
不犹豫地答应了。柳猛、柳勇兄弟俩发达后，湾里很多壮年人
都去了立山联建打工，但柳明跟柳顺一样，钟爱土地，不愿离
开柳家大湾，用他们自己的话说：就要当一辈子的"土皇帝"！
这两个农人是从未想着去立山联建做事的，如今他们都为了自
己的孩子请托柳志，不得不说农人的家长是伟大的。他们的伟
大就在于他们不会为了自己的事放下面子去求人，但一定会为
了子女（后代）的事去求人！因为谁都知道求人难，特别是违
背自己内心去求人更难。

　　柳猛最终开车带上了柳晶、柳岸、谢亚梅三人来到了处于
省城的立山联建的一处工地上，他把柳晶与谢亚梅安排在工地
食堂上班，柳晶跟厨师长一起炒菜，谢亚梅因年龄尚小，主要
做一些择菜、洗菜、打饭的工作，柳晶与谢亚梅就住在工地食
堂二楼的同一个房间中。柳猛把柳岸先安排在柳康的木工大队
里，柳岸主要是做打下手的工作，也叫打杂工，或者叫打小工。
前面说了，柳康是柳志的亲侄子，其妻子梁琴与柳志媳妇梁氏

同是管上村梁家楼的人。柳康自立山联建发展到了省城，就一直跟着柳猛兄弟干，如今做上了木工大队的总负责人，也就是大队长，一年也能挣个十几万。一九九七年底，他说服了妻子梁琴，也在省城买了个房子，老婆孩子就跟着到了省城生活，一家人生活过得倒是顺风顺水了。

柳猛之所以把柳岸安排跟着柳康，一来主要是因为当时的立山联建工地上木匠师傅的工钱最高，木匠师傅架模拆模都是两百多块钱一天，一个月出工二十来天，就能挣个五千来块钱，月工资要高过工地的采购员，他想让柳岸学着干木工，到时多挣点钱贴补他的家用。二来柳康是自己亲房头的兄弟，把柳岸交给他带也放心些。三来柳猛想把柳岸好好培养出来，等他手艺学到家了，就让他去柳勇负责的工地管理一帮外地人，毕竟木工师傅在立山联建各处的工地上起着最为重要的作用，管理木工师傅的人既要懂行，又要是自己的贴心人，无疑，培养好柳岸，将来会产生很大的价值。

柳岸也的确继承了父亲柳顺的忠厚、靠谱，他的面相看起来就是一个值得信赖的人，柳猛也是最看好他这一点，故而，柳猛便要在立山联建这块地方把柳岸从头到尾武装培养起来。柳岸对柳猛的安排，没有提出任何反对意见，自跟着柳康起，他任劳任怨，不嫌脏不嫌累，从搬一根木料、一块模板，到钉一颗钉子，他都干得极其认真，大冬天的做事，都是满头大汗。谢亚梅在不忙的时候，时常偷偷戴上安全帽，跑到柳岸做活的楼栋，偷偷地观察着柳岸，看到柳岸卖力地干着活，忙上忙下的，这个少女心中竟然有了莫名的疼惜与感动。她想：这个男孩以后会是我的男人吗？他没了母亲，我没了父母，我们都是苦命的孩子，我们两个苦孩子组合在一起是否是上天的安排呢？

这个稚气未脱的少女，身体看起来是不成熟的，精神与心里的想法却接近了成年人，这也许应了一句老话：穷人的孩子早当家！也正是这种美好情愫的作用，柳岸每次去工地饭堂打饭菜时，谢亚梅都把提前为他准备好的"特殊"饭菜，直接从窗口里面拿出来交给他，柳岸也非常享受这种待遇，每次都是咧开嘴笑着说："谢谢妹妹！"

立山联建的工地食堂基本上是包工人吃喝的，工人每天凭各自工头发的饭票就餐。工头发给工人饭票有个原则，即按立山联建规定，出工的人或者因公受伤休息的人，每天发全票，凭全票吃饭的人，立山联建财务人员一天只象征性地在工钱中扣除几块钱。无故不出工的人或者请假休息的人，原则上是没有饭票的，想吃工地食堂的饭菜，就得自己到食堂买票吃饭。工地食堂吃饭，在伙食上，也分了个三六九等，出工的工人凭全票，早上馒头包子稀饭，中午晚上两荤一素，饭管饱；工头凭工作证早上肉丝鸡蛋面条，中午晚上三荤一素一汤，光菜都能吃饱；监工与大队长之类职务的人，则不在工地食堂吃饭，直接有小灶与包间。这也就是说，出力的人，伙食没有搞管理带班的人好，这是柳猛亲自规定的，他的主要目的就是笼络好带班的人心，这样带班的才能有尊严地管理好工人，才能按期完成任务。柳岸初到立山联建既是普通工人，又是学徒，自然要吃普通的饭食，但在谢亚梅的有心照料下，他总能吃到最好的饭食。时间久了，工地上一些与柳岸、谢亚梅年龄相仿的人免不了吃起醋来，每当这时，亚梅都会把眼睛一瞪，狠狠地说道：

"谁吃醋，我就不给谁打菜！"

吃醋的人，都知道柳岸与亚梅是老板亲自带过来安排的人，也只能赔着笑说道："你们是情人嘛，我们哪敢吃醋！"

甚至有人半开玩笑半认真地抢着说："柳岸与谢亚梅真有夫妻相，以后准能生一堆娃子！"

听到这话的柳岸与亚梅倒也不害羞，只是沉默不语地彼此深情地对望一眼，便各自忙活起来。

柳晶对弟弟柳岸与亚梅互生爱意的事是清楚的，她曾私下拉着弟弟柳岸说："弟弟，你要先好好把手艺学到位，你还小，先不要谈恋爱。亚梅虽然不错，但你们都还小，以后的事谁也说不好。你看二姐都二十岁过了，还没有找对象，你们急什么？你现在最重要的就是学好手艺，干好活，多挣钱，我们一起努力赚钱，把家里的两个弟弟培养出来，不能让弟弟们也不读书啊！我看柳忠与柳阳读书都不错，以后准能出息。特别是柳阳，聪明好学，以后定有大出息。"

"二姐，我知道。我与亚梅是同学，又同病相怜，她对我好，我也对她好，我们两个人好，不会耽误彼此赚钱供各自弟弟读书的。这也是我与她的约定。"柳岸傻傻地说。

"你们有约定？约定了什么？"柳晶吃惊地问道。

"我们就是约定等各自弟弟读上了大学，我们再谈婚论嫁啊！二姐，你放心，我们不会耽误正事的！你看上了合适的人，你得谈谈啊！你也老大不小的人了，女孩的黄金期就是你现在的年龄啊！"柳岸带点大人的语气说道。

"你真是人小鬼精啊！我的事，你莫操心，你管好自己，莫忘了爸爸在家的苦楚就好。"柳晶说道。

在柳晶的内心，她是不想跟大姐柳萍一样的，她不想自己早早地就被安排相亲结婚，她想自己找一个合适的对象，她心目中的对象一定要是个手艺人，会赚钱，会养家，还要真心实意地对她好。只是初到这立山联建，她还没有发现她的目标而已。看到比自己小好几岁的弟弟柳岸早于她恋爱，她心里有种说不出的滋味，故而才会试着劝说柳岸学好手艺，没想到反倒被弟弟将了一军。

柳岸并未因二姐柳晶的劝说而影响学艺，也没有淡化对亚梅的执着与热爱。

一天，工地上下了一天的雨，工人们都待在工棚里打牌、抽烟、聊天、喝酒，柳岸看着本就逼仄的工棚被搞得一团糟，就独自一人出了工棚，来到食堂，找到正在择菜的谢亚梅，蹲下帮她一起择菜，细声细语地对亚梅说道："等会儿吃完晚饭，我们一起去看场电影或者出去玩玩，可以不？"

"你对省城熟悉吗？去哪里看电影？又去哪里玩呢？"亚梅问道。

"不熟悉没有关系啊，工地外不到一百米的地方不是有个公交站吗？听其他人说公交站到晚上九点还有回来的车，我们五点多就吃完晚饭，然后换身衣服去公交站坐车，坐到热闹的地方就下车，看看转转，总能找到地方的。"柳岸笑着小声说道。

"你这是在约我吗？这好像是你第一次主动约我呢！我要是不陪你去，好像也不好哈！"亚梅笑着说。

"那肯定不好，你必须跟我出去啊！"

"我们在这城市人生地不熟的，你就不怕丢了吗？"亚梅一本正经地问道。

"好歹我们也读过初中，怎么会丢呢？我们从哪里下公交车的，到时我们转完了，再回到公交站相对的地方坐车回工地不就行了嘛！再说，工地外站牌的名字，我们记住了就丢不了！多大的人，还怕丢了？你怎么发工资时没有少领钱呢？"柳岸憨憨地笑着说。

"你竟然笑话我哈！你真坏！我等会儿告诉你二姐去，就说你想约我出去干坏事。"亚梅向上翻着白眼说。

"那可不能开这玩笑哈，我二姐要是知道我约你出去玩，非得扒了我的皮，我伤了、残疾了，到时谁来疼你呢？"

"别胡说！咱都要好好的。你先回工棚去吧，吃完晚饭我们各自走出工地，在外面的公交站会合吧！最好都别让人知道了，我们出去玩个把小时就回来吧！"亚梅小声地说道。

"那好，就这样说定了哈！吃完晚饭不见不散！"柳岸边起身，边高兴地说道。

当晚，雨已停了，两人匆匆吃完晚饭，各自收拾了一下，在没有惊动旁人的情况下，他们如约来到了工地外的公交站牌处，手拉着手坐上了一趟开过来的公交。这是他们第一次手拉手，柳岸拉亚梅的手，感到无比的兴奋与激动；亚梅拉着柳岸的手，幸福里透着一丝害羞。

柳岸与亚梅坐了几站，公交车便开到了一处繁华的街道，公交车停下来后，他们跟随下车的人走了下来。看着城市诱人的霓虹灯，满街花花绿绿的景色，亚梅兴奋得像只燕子，摇动着柳岸的手，激动地说道："岸岸哥哥，省城真美啊！我们就在这里转转，走走，多看看。"

"好的，妹妹，就听你的！我们记住这里的地名，转个把小时再坐车回去。"柳岸紧紧地牵着亚梅的手说道。

两人看了看公交站牌的名字，高兴地牵着手，慢悠悠地走在五彩缤纷的街道上，看着街道上的一切，他们都感到无比的好奇。这是他们到省城后，第一次出来逛街，第一次看人间的繁华。他们之前在老家立山，一年去镇上的集市也不会超过三次，何况镇上的集市远远没有这里的街道繁华、好玩！这怎能不叫他们欢喜呢！

一对从大山走进省城街道的少男少女就这样幸福而又漫无目的地走在大街上，虽然给耀眼的城市增添不了什么风景，但此时的他们就是自己最好的风景！亚梅牵着柳岸的手，走累了，就自然地靠向柳岸的肩膀，依偎着走起来。柳岸比亚梅高半个头的样子，亚梅靠着他的肩膀走路，显得还是很自然的。走了一会儿，两人到达一处摆夜摊卖小饰品的地方，亚梅看了看女孩用的饰品，挑中了一个头皮筋，问老板道："这个多少钱一个？"

"两块钱一个，五块钱三个。"摆摊老板说。

"那给我来三个，给你钱。"柳岸边跟老板说，边从衣兜里掏出五块钱递给老板。

"好的，给啦！"老板接住钱说道。

"岸岸哥哥，我一个头皮筋都能用好长时间，再说，我买东西，哪能让你付钱呢？我自个儿有钱。"亚梅嗔怪着说。

"没事的，你的我的就不要分那么清楚了，咱以后结婚了，你就是我的媳妇了，一家人嘛！"柳岸有点坏坏地笑着说。

"你真坏！我们才多大！"亚梅又调皮地向上翻着白眼说道。

"我就要你以后做我媳妇！"

……

　　两人转了一会儿，感觉时间差不多了，也不敢长时间在外面玩，就赶着坐上公交车回到了工地外的站牌。下了车，柳岸紧紧地拉着亚梅，把她紧紧地拥抱了一下，并深情地在她的额头上亲了几口，说道："妹妹，我看着你先走回去，你进了工地大门，我再走进去。下次有时间，我们再去玩。这次时间太短了，我们对那里又不熟悉，没有看成电影，下次我们去看场电影吧！"

　　亚梅被柳岸猛地拥抱了一下、亲了几口，脸红得不得了，有点矜持地说："下次再说了，你真坏！"

　　简单说完这句话，亚梅一溜烟跑进了工地的大门，柳岸被呛得来不及说什么，看到亚梅进去了，他才魂不守舍地慢慢走进了工地的大门……

第二十三章

柳晶的亲事

二〇〇〇年元旦这天，历史跨越了千年，踏进了千年的龙年，举国欢庆。人生难得遇到一个千年，自然少不了有人在这个特殊的日子里办些喜事。立山的农人们对元旦节是不冷不热的，过也行，不过也行，有钱的就过一下，没钱的绝对不会过元旦。但春节，则不管有钱没钱，人人都重视，也是必须过的节日，而且还要过得隆重，这些都是因为立山农人们重视传统节日。像春节、清明节、端午节、中元节、中秋节之类的传统节日，立山的农人们几乎家家都是要过的，家家都是十分重视的。尽管如此，农人们并不反对在元旦节这一天做些喜庆的事，比如为子女定亲、喝定亲酒之类的。

柳晶便在二〇〇〇年元旦节这一天定亲了，也是为了凑凑进入千年之年的喜庆。柳晶在立山联建饭堂打工一年多后，柳顺便在家里给她张罗了一门亲事。柳晶在思想上有别于大姐柳萍，从父亲柳顺决定让她跟大弟柳岸一起去立山联建打工起，她便时刻想着在工地上自己相一个手艺人，因为她觉得手艺人不愁饭吃，手艺人才能给她未来。然而，左看右看，相了一年多了，也没有相着一个合适的。其实，不是柳晶在工地上相不着合适的人，主要是因为到工地上打工的手艺人大多是中年人，这些中年人基本上都已结婚生子了。即使有个别中年手艺人是单身，但也绝对入不了柳晶的眼睛，因为单身着的中年手艺人，要么性格有问题，要么身体有问题，要么有别的不如意的地方，而且单身的中年手艺人比柳晶大二十多岁，这叫从大山走出来的柳晶怎么可能接受呢？柳晶虽然没有多少文化，没有念过几年书，但她骨子里是传统与保守的，她绝对不会嫁给一个比自己大太多的男人，何况在经济快速发展的这个社会。工地上还有另外一个群体的所谓手艺人，也就是如同柳岸一样，初出门寻活路当学徒的。这群还不是手艺人的手艺人，一来年纪尚小；二来手艺没有学到家，对恋爱是没有兴趣的；三来，这些个学徒也想着自己手艺学到家后，挣上大工的工钱了，再找一个与自己年龄相当且好看的姑娘做媳妇，而柳晶年龄比他们大，且因之前常年在家务农，粗糙的皮肤是不逗他们喜爱的，柳晶自然也知道这些。

这样一来，柳晶在工地一年多，只有做好食堂工作的份，没有恋爱的份了。在二十世纪九十年代末，立山农村的姑娘过了二十岁还没有结婚的，是不多见的。对于一九七八年出生的柳晶，到了一九九九年，对象还没有，是极少见的。不等媒婆上门，柳顺对二女儿柳晶的婚事倒忧心起来。一九九九年端午节当天，柳顺按立山农村的习俗，割了几斤猪肉，买了些皮蛋，送去下边村袁家凹老丈人爷袁德才家里，这叫"送端午"。妻子袁爱红虽然去世了这么多年，但柳顺是个重感情讲孝道的人，他每年雷打不动地会在端午节给丈人送礼。这个"送礼"，就是立山的端午习俗，也就是成了家的人，女儿女婿要在端午节这一天一起去给女方父母过端午，去女方娘家过端午，必须割猪肉买皮蛋带上。那时袁德才已快八十岁了，看到柳顺端午节如期而至，语音有些混浊地说："柳顺啊，爱红娃娃都走了这么多年了，三年早满了，你一个人拉扯一大家子，很不容易，以后的端午节你就别来送礼了，我老头子一个，也不会做好吃的，你每次来，也只能让大儿媳兰花与二儿媳青玲合着烧饭给你吃，她们每次做完饭也要送端午去，也够麻烦她们的。我现在是活一天算一天，有一天是一天，也不讲究什么规矩的，你也不用按习俗来。只在过春节时，我要是还活着，你每年正月初三来拜个年就行了。"

"伯，你是爱红的伯，也就是我的伯，虽然爱红不在了，但规矩不能破。以后我来了就自己做饭，不用麻烦两位嫂嫂，我来给你做顿饭。我今天既是来给你送端午，也是想拜托孩子们的两个舅娘一点事的，等会儿她们来了，我跟她们说说柳晶的事。"柳顺望着丈人爷说道。

"哦，我老了，你有什么事就跟她们说吧！"袁德才轻轻地叹着气说。

袁爱红娘家的大嫂刘兰花、二嫂涂青玲一起走进了袁德才独自居住的家，准备合着做饭给柳顺吃时，柳顺边抽着水烟边说道："两位嫂嫂，今天一来送端午，就要耽误你们的时间了，我今天来还有个特别重要的事要拜托你们一下。你们看啊，我家晶娃娃老大不小了，今年都满二十一岁了，还没有定个婆家，你们看看袁家凹有没有合适的小伙子，有的话，请你们给她牵线搭桥成就一下。孩子娘亲不在，只能靠你们舅娘操心了。"

"这是好事啊！你们要个什么条件的？先说一下。"刘兰花、涂青玲儿乎同时应道。

"嫂嫂，你们也知道，我家就这个条件，晶娃娃没什么文化，在柳猛的立山联建饭堂炒菜做饭的，她做农活、洗衣煮饭是没有问题的，我们也没有条件择别人家，晶娃娃说想找个手艺人，她说手艺人不愁饭吃，这都是跟着我饿怕了的话啊！其他方面，你们做主即可。"柳顺说道。

"晶娃娃有眼光，现在农村数手艺人最吃香，有个手艺就是有个职业，有了手艺不怕赚不到钱嘛！"大舅娘刘兰花笑着说。

"大嫂，这个也不一定哈，我看找个做生意的也行，会做生意，一辈子也饿不着。"二舅娘涂青玲说。

"做生意的怕看不上晶娃娃吧？"柳顺小心地问道。

"你也知道孩子们的二舅袁鹏一直在省城做买卖废品的生意，现在省城废品买卖还可以，一年能挣不少钱。我们湾跟着袁鹏在省城做废品买卖的人有好几家，其中我们房头的袁祥有个儿子叫袁泉，跟着袁鹏一起回收废品。袁泉这小子脑子灵泛，是个做生意的好手，为人沉稳，比晶娃娃大一岁，我看他们两人蛮合适的。袁泉多次说了，他找媳妇就要找个能吃苦耐劳的农村姑娘，只要能认几个字会算账就行。晶娃娃吃苦耐劳没得说，她跟着袁泉准能把日子过得和和美美的。再说，袁祥是袁鹏的堂哥，我们做舅爷舅娘的都不会亏待了外甥女的。袁祥家事还可以，袁泉跟着袁鹏在省城买卖废品，一年挣得好的话，大五万块钱是没有问题的。"涂青玲有些兴奋地说道。

"这事要是真如二舅娘说的，那是没有问题的，我想晶娃娃也是乐意的。"柳顺两眼放光地说。

"二妹说的这事倒是可以，你回去跟晶娃娃说一下，让他们尽快见个面了解一下。"刘兰花也跟着说。

"是啊，你们要是同意的话，我来跟袁祥家说，袁泉肯定没问题，到时他们俩结婚了，可以在省城租个地方收废品，不出几年准能发了。"涂青玲说。

"好的，这事我没有问题，晶娃娃回来过端午节，这几天都在家，我回去就跟她说，说好了就让他们会个面。"柳顺长长地嘘了一口气说道。

柳顺回到柳家大湾家里后，把柳晶单独叫到了一个地方，跟她说了相亲的事。柳晶犹豫了一下，最终还是说道："爸，听你的。"柳晶简单的一句话，寥寥几个字，就把自己的终身大事定了。她没有大姐柳萍的逆来顺受，骨子里想自己解决个人的终身大事，但最终在年龄这个坎上低下了头。她心里很清楚，尽管自己不到二十二岁，但自己在立山之下的柳家大湾已算大龄姑娘了，她在立山联建被人质疑怎么不结婚，回到柳家大湾，她便被湾里人质疑怎么不结婚。人活在质疑声中是很累的，那不是体力上的累，而是精神上的痛苦与辛酸。是啊，立山农人们朴实的思想里夹杂的保守一时半会儿很难改变，在这种环境下，一个没有读多少书的姑娘就必须早点结婚生子，这在柳家大湾是不二共识。柳晶心想：见就见吧，反正迟早都要嫁人的，再说，是舅妈介绍的生意人，肯定也差不了。

一切如大人们所愿，袁泉与柳晶第一次会面，都是按立山农村这几年时兴的套路来的。涂青玲跟袁祥家说好后，便以媒人的身份，叫上外甥女柳晶与袁泉在自家吃饭，于是，两个年轻人就在袁鹏、涂青玲家会面了。两人见面彼此问了问各自情况，算对上了眼缘。临吃饭前，袁泉当着袁鹏与涂青玲的面，便把提前备好的一个大红包双手递给柳晶，柳晶稍微犹豫了一下，微微低头单手接过了红包，接红包时，她的脸红了一下。在当时的立山农村，时兴的相亲会面套路就是：经过媒婆牵线搭桥的男女双方，第一次会面要在媒婆家吃一顿饭，不管亲事成不成，男方去媒婆家要带上"两个十"先送给媒婆，即十斤牛肉、十斤米酒。在媒婆家吃饭前，男方要是看上了女方，就得把提前准备好的红包送给女方，女方要是对男方有意，就会接受这个红包，这样一来，相亲的男女双方就算会面成功了。若是男方看不上女方，就自然不会送给女方红包了，只会勉强吃完饭；女方要是对男方无意，也就不会接受男方递过来的红包，但也会勉强吃完饭，然后各走各路。所以，这个相亲会面的套路对男女双方还算是公平的，也不影响恋爱与婚姻的自由，倒是显现了立山农村相亲文化的特色。

柳晶与袁泉顺利会面并成功了，可把涂青玲高兴坏了，她逢人便说："我成就了一段姻缘，我可积德了哟！"当然，双方家里对这段姻缘也是十分满意的。也正是如此，在一九九九年中秋节当天，袁泉便在涂青玲带领下，按照相亲后送中秋礼的习俗，送了一担礼物给柳顺家，这叫给丈人爷家送"中秋礼"。这些礼物里有肉有布料有红包有各种饰品及家用物品，最重要的是有男方的年命八字。送中秋当天，男女双方家长便会商定好定亲的日子。吃罢中秋礼的饭，女方家长会把女方的年命八字回送给男方家长，这样一来，男女双方婚事就算成功了一半。

袁泉送完中秋礼后，柳晶就没再去立山联建上工了，她想留在家里尽尽孝，多陪陪父亲柳顺，也减轻一下三妹柳莹的家务负担。

柳晶与袁泉定亲的日子便选在二〇〇〇年这个千年的元旦。定亲这天，依照立山乡俗，男方袁泉家里请了一些重要的客人，摆了两桌酒席，寓意"好事成双"。定亲这顿饭，在立山农村也叫"喝酒"，"喝酒"两个字便是男女双方定亲特有的代名词。在"喝酒"这一天，来参加酒席的人都会包一个不大不小的红包送给女方，算是见面礼。柳晶收下这些红包后，便正式进入了准媳妇的阶段。在媒婆涂青玲及双方家长的协商和来客的见证下，他们把袁泉、柳晶结婚的日子定在了农历腊月十六。元旦离腊月十六不到一个月时间，也就是说，柳晶在一九九九年腊月十六便会正式成为袁泉的媳妇。

吃完定亲饭，见证了女儿与准女婿的定亲仪式，柳顺心里终于放下了一块石头。他因为高兴，在女儿柳晶的定亲酒席上，与亲家袁祥喝了不少酒，以致回到柳家大湾后，走路都是歪歪倒倒的，到了家里，这个勤劳的农人，更是直接倒床便睡。柳晶看着父亲如此模样，两个眼角都涌出了泪水，说不出是幸福还是心酸。她轻轻地脱掉父亲的鞋子，帮父亲盖上了被子，与三妹柳莹一起收拾起家里……

第二十四章

无常之祸

　　人有旦夕祸福，月有阴晴圆缺，人生无常，喜事难逢，祸事难料，意外总在人的意料之外。就在柳晶定亲的当天下午，大姐柳萍的男人梁盼在立山联建工地的吊篮下丧了命！千年的元旦这一天，因临近农历年底，立山联建赶工期，在省城的工地并没有放假，梁盼、柳岸、谢亚梅都没有回立山。元旦这天，傻乎乎的梁盼，极少喝酒的他，忽然头脑发热，在这天中午吃完饭后，偷偷在工地小店买了一瓶高度白酒，拿回工地宿舍就稀里哗啦地直接喝了下去。喝完酒，梁盼浑身难受至极，他红着脸，一个人溜达到工地的一个吊篮下，对着吊篮左看看右看看，感觉很好玩，便"嘿嘿"笑着，顺手合上了吊篮的开关。吊篮开关合上后，他看到吊篮在往上动，他便快速地拉住吊篮，想坐进吊篮上去玩玩。此时，意外便发生了！只见梁盼拉着吊篮旁边的绳子，并没有顺利坐进去，吊篮运行到半空时，梁盼拉着吊篮绳子的手不受控制地松了，他重重地摔了下来。他摔下来时，吊篮忽然也失去控制，重重地砸到了他的身上，梁盼整个人瞬间被吊篮砸成了糊糊状，当场殒命！梁盼死于非命，当时并没有人看到，只因其他工人午饭后，都在工地宿舍里小憩。加之梁盼进了立山联建，不会做事，柳猛出于照顾他的考虑，一直也没有给他安排实际的活计，只让他跟在付端生屁股后面做个名义上的"监工"，工地上的人都知道他智力有点问题，也就都不把他当回事。梁盼平时也乐于这样，自由自在的，可以在工地上到处转悠，到处溜达，反正也没有人管他，真正的闲人一个。也正因如此，他才对工地上的所有东西都毫无畏惧之感，他根本不懂工地吊篮的危险性。那时，工地上操作吊篮的人，都是专人专岗，不是哪个都能搞的，因为开吊篮事关运输材料与人员的安全，责任重大，得有经验，还要细心，要取得一定资质才行。

梁盼最终为自己的无知与散漫付出了生命的代价。当工地上的人上工发现他时，一切为时已晚，他已被吊篮压得没有了人样，脑浆、肠子、血液等夹杂在一起，场面极度血腥，工地上的女工人看后，忍不住呕吐起来，胆子大点的男人也不敢靠近。柳猛、柳勇兄弟俩接到工地负责人的紧急报告后，便让人第一时间报了警，并打了急救电话，他们随后也赶到了。警察、医生到现场看后，都直摇头。经过一番详细调查，梁盼的死被定性为重大意外安全事故，直接让殡仪馆派车过来拉走了他残缺的尸体。立山联建这块工地因此次安全事故，被相关方责令停工整顿一个月。

柳猛、柳勇兄弟看事情已出，颇感无奈，当天下午便通知在柳家大湾村里当书记的三弟柳刚，让他赶紧带柳萍母子、柳顺全家到省城处理梁盼的后事。

柳刚接报后，心里十分震惊，他知道这一天是柳顺二女儿柳晶的定亲仪式，但他也只得硬着头皮来到柳顺家里，他想：毕竟梁盼人已经没了，人死为大，也顾不得柳晶的喜事了！柳刚进到柳顺家里时，柳顺从袁祥家里回来也就一两个小时的样子，他还沉睡在床上。柳刚看到柳晶便问道："你爸呢？"

"他今天高兴，喝了一点酒，正在床上睡觉呢。"柳晶轻声地说。

"快点叫他起来，一起去你大姐柳萍家里！"柳刚喘着粗气说道。

"三叔，怎么了？"柳晶吃惊地问道。

"你大姐夫梁盼在立山联建的一个工地上出事了，我们都要赶着去省城处理，全部都要过去！"柳刚有些语无伦次地说道。

柳晶看柳刚一脸紧张与悲伤，她觉察到了大事不好，就赶紧跑到父亲柳顺的房间，大声喊道："爸，爸，爸……你快醒醒，我姐夫梁盼出事了！"

"啊？梁盼出什么事了？我喝酒后头痛得很，起不来啊！"柳顺迷迷糊糊地应道。

"顺兄弟啊，你今天起不来，也要起来啊！你还要跟我一起去梁家楼柳萍家里，你是她爸，你还要好好安慰她啊！现在你是主心骨，你可要起来啊！"柳刚哽咽着说道。

"梁盼到底怎么了？"

"他在工地上被吊篮压了……压得不轻！"

"啊？我的老天爷嘞，今儿刚喝了晶娃娃定亲的喜酒，咋就伴随着来祸事呢！老天嘞……"

此时，柳顺这个憨厚忠实的农人，被柳刚的一番话惊出了一身冷汗，酒也醒了，人顿时也不迷糊了。柳刚虽然没有明说梁盼已身亡的消息，但柳顺已感觉到了大事不妙。柳顺起身，匆忙穿好鞋子，拿了一件外套，便吩咐柳晶留在家里照顾柳忠与柳阳吃喝，他让柳莹跟随自己去梁家楼大女儿柳萍的家里。

那时的柳刚，既是柳家大湾村里的书记，又是柳家大湾的种田大户，为了出入方便，他在一九九九年的年初就买了一辆面包车。这次大哥二哥通知他关于梁盼亡于工地之事时，就特地交代他开上自己的面包车，带上柳萍母子与柳顺一家人连夜赶来省城，叫他先不要说梁盼已死的事实，只言到了省城再说，这样才好些。柳刚懂得大哥二哥的心思，便没有道明梁盼身亡的事实，只说得模棱两可，以此也好让柳顺、柳萍有个心理准备。

柳忠正在上初中，柳阳正在上小学，柳晶刚定完亲，要留下来照顾两个弟弟，他们是不能随柳刚去省城立山联建工地上的。柳刚开着面包车，带上柳顺、柳莹来到梁家楼柳萍家里。为了以防万一，又怕梁盼爷爷梁标年龄大了承受不了打击，柳刚到了梁家楼，多的话都没说，就跟舅爷梁标打了个招呼，说带柳萍母子去省城办点事就回来，便开车带上了四个人就走。柳萍一路上不停问柳刚，说梁盼到底出了什么事，严重不严重。柳刚均以开车安全为由，搪塞过去了。唉！可怜了此时的柳萍还不知道自己已经失去了丈夫！可怜了梁盼唯一的儿子梁肖还不知道自己永远地失去了父亲。

一行五人到了梁盼出事的立山联建省城工地上，柳岸、谢亚梅早已等在了工地大门口公交站牌边上。见着父亲柳顺，皮肤黝黑的柳岸哽咽着说："爸，姐夫哥梁盼没了！被吊篮压死了！人被殡仪馆拉走了，警察与殡仪馆的人说，在省城死的人不能拉回立山老家，只能在省城殡仪馆火化后把骨灰带回去。"

柳萍听到大弟柳岸如此一说，双眼立马通红，满眼泪花，一句话都说不出来，整个人看着就要倒地的样子。柳莹见状，迅速扶住了大姐。柳顺长长地叹了一口气说道："白发人送黑发人。唉！柳刚书记当时不说出来，我就知道大事不好！"

柳刚停稳了面包车，锁好车门，走近低声说道："我大哥、二哥说一会儿就带你们去殡仪馆，再商量后面的事。"

梁盼出事后，柳猛便安排工地上的三个大队长去殡仪馆守着，他与二弟柳勇正在想方设法找门路，看看能不能把梁盼的尸体拉回立山进行土葬，毕竟立山大地千百年来，人死后都是土葬的。那时的立山县境内并未实行火化制度，立山县城虽然有个火化场，但一般只有公家人亡故后才火化。其中一些退休的人员因为不愿死后火化，便在退休后搬回农村居住，自己在农村百年升天后，就可以土葬了。当然，时至今日，立山农村还是以土葬为主的，这与立山的地理环境及民间传统习俗是息息相关的，不是说变就能变的。

因省城对亡者火化管理极其严格，柳猛、柳勇兄弟找了多处关系，最终还是没能把梁盼的尸体拉回立山。有一位立山籍的民政领导说："梁盼人都被压得没有形状了，这种明显死亡的情况，人是肯定不能拉回立山土葬的。人要是基本形状还在，还能想想办法糊弄一下，现在是绝对不行的，只能在省城殡仪馆火化后，再把他的骨灰带回立山土葬。"

来到省城的柳顺、柳萍一行人只能忍痛到殡仪馆见了失去人形的梁盼，最后不得不在火化书上签了字。火化梁盼完毕，柳猛、柳勇、付端生、柳康等人开了几辆车，由柳萍与儿子梁肖拿着梁盼的骨灰盒，一路疾驰，直接回到了梁家楼。梁盼死于非命，他的骨灰回到梁家楼后，几乎惊动了湾里所有的人，老老少少的都聚到了梁标家里，有安慰的，有痛惜的，有同情的……

梁标老泪纵横，一把鼻涕一把泪地哭道："怎么死的不是我呢！我是年龄活大了，折了后人的寿啊！"对于几度白发人送黑发人的梁标来说，此时的他，是何等的悲痛欲绝啊！人世间啊，无常之祸，总把一个人活活地折磨着。无常之祸，一而再、再而三发生在同一个家庭，让同一个人承受，真正是麻绳专门挑选细处断啊！这叫失去了儿子又失去了孙子的梁标，在行将就木之余年如何度过啊！

因柳家大湾与梁家楼世代多姻亲，柳猛、柳勇兄弟俩又是梁标的亲外甥，在安葬完梁盼的骨灰后，经过柳、梁两个家族的人协商，最后达成一致意见：一是梁盼身故的事情已出，也不能再埋怨任何人了；二是柳猛、柳勇代表立山联建一次性给梁标与柳萍十万块钱，另外，梁标由柳猛、柳勇兄弟俩负责养老送终；三是梁盼的儿子梁肖读书读到不读为止的一切开销，由立山联建负责，立山联建每月拿两千元生活费给柳萍，直到梁肖满十八岁为止。针对这样的安排，柳顺、柳萍都没有异议，也没有再多要求别的什么。只有年老的梁标说了一句："盼娃娃人也没了，要是孙媳妇萍娃娃以后改嫁，还要柳猛、柳勇两个外甥多照顾我梁家的梁肖，梁肖可是我们梁家的独苗啊！"

柳萍听此话后，哭着说道："爷爷，我给你养老送终。我一定会把梁肖抚养大的！你放心！"

大家都被柳萍的一席话感动到了，纷纷说柳萍不容易，说她跟柳顺一样忠厚。是的，这对父女本来就忠厚，他们的忠厚，从某方面也代表了立山农人的忠厚……

办完梁盼的后事，转眼就到了腊月十五，明天就是柳晶与袁泉大喜的日子。依照立山乡俗，结婚前一天晚上是新郎家的上门宴。上门宴的晚上，袁泉家来了十几桌客，热闹异常。特别是吃完上门宴的晚饭，洞房里提前铺床、压床的重头戏，使整个袁家凹沉浸在一片欢乐的海洋中。

腊月十六，随着袁泉请的婚车通过柳家河新建的石拱桥驶进柳家大湾，随着锣鼓声与鞭炮声响起，柳家大湾在家的男男女女、老老少少都走出来送柳晶出嫁了。柳家大湾不愧是立山镇第一大村，送湾里姑娘出嫁的气势也是非同一般，简直令人惊叹！

在锣鼓声与鞭炮声中，一对新人热热闹闹地结婚了！因立山农村讲究新丧夫的女人不能参加喜事，柳萍在这一天未能到场祝福二妹，这多少使柳晶在结婚当天心里有些哀伤。柳晶在上婚车前，一再嘱咐三妹柳莹："往后家里你多操心了，照顾好爸爸与弟弟们！"

姑娘出嫁，日子是喜庆的，事情也是喜庆的，但心里总带着不舍。毕竟，姑娘出嫁后，就代表了从此婆家是婆家，娘家是娘家，千百年来的习俗，非一人所能改变，婚嫁文化，非一时所能更替，这种场面一直承载着女人的欢喜与哀痛……

第二十五章

卫国戍边

柳贵海最近有事没事地就在柳家河石拱桥的人行道上转悠，还时不时吼个歌。还别说，这二〇〇二年的冬天真怪，从立冬到大雪的节气，整个立山，还没有看到一星半点的雪花飘下来，往年这个时候，立山早就下了好几场雪了，一下雪，海拔最高的立山瞬间就会变得银装素裹，甚是好看！今年大雪节气都过了，立山还不见下雪。

柳文龙到立山镇办事回来，正好在柳家河的石拱桥人行道上碰到了柳贵海，听着他又在吼歌，柳文龙笑着说："贵海叔，你的兴致真是好啊！大雪下不来，咱柳家大湾的人都找你哈！你天天唱歌，把雪都唱跑了！"

"哟嚯！你小子年龄比我虽小不了几多，可我毕竟长你一辈，你竟然敢取笑我啊！真是墙倒众人推。"柳贵海死板着个脸，有点生气地说。

"哎呀！贵海叔，我哪敢啊！再怎么说，瘦死的骆驼比马大，何况你还不是瘦死的骆驼！你家柳章都在省城买房子安家了，这在柳家大湾也没有几个人能比啊！你家幸福着呢！"柳文龙赔笑着说。

"还算你识相，我好歹也是当过村里书记，干过立山联建大管家的人，你们当年还归我管呢！"柳贵海感叹说道。

"是啊，是啊！顺叔家的柳忠马上就要去当兵了，马上要去尽忠报效国家了，幸亏你当初留情哈！"

"柳忠那小子还可以，他去当兵肯定有出息！当初是看柳儒老爷子的面子才让他出生的。"

"是啊！不过，顺叔家生的几个娃娃现在都很成器，很不错！柳岸手艺学得好，柳忠要当兵报国，柳阳读书忒聪明，是个考学的料。"

"那也算我积德带给他家的。柳忠去当兵，我晚上得去找柳顺喝几杯。"

这吼唱的柳贵海，就是当年在柳家大湾村里干了一段时间的村支书，后来才到立山联建搞了采购。在立山联建干采购时间一长，他动起歪心思，不仅吃回扣，还瞒着儿子柳章，背着媳妇杜凤在工地外租房子包养按摩女，快活了好几年！然而，没有不透风的墙，天理昭昭，报应不爽！在一九九八年发洪水那年，柳猛、柳勇回柳家大湾参加柳传声的丧事期间，找各种理由留守省城立山联建工地的柳贵海，因被其包养的按摩女李月又勾搭上了比他更有钱的男人，闹着要跟他分手，并且准备搬离他租的房子。柳贵海好说歹说，极力挽留，只想跟李月再多快活几年，谁料李月出口伤人，说道："就你这老男人，自己都是给人家老板打工的低级玩意儿，靠吃黑吃回扣弄几个小钱，还想长期包养我？门都没有！"李月气呼呼地说完，便准备夺门而出。

柳贵海哪里受过这种气，感觉自尊与颜面扫地，一气之下，他顺手拿起出租屋的铁撮箕，猛地一下打在李月的后背上，李月顿时扑倒在地。柳贵海并未就此罢手，他把扑倒在地的李月翻了个面，对着她的脸狂扇耳光，还不时用拳头击打李月的大脑与胸口。因柳贵海打人的动作太大，惊动了出租屋对面房间的另外一个租客，这个租客眼看快出人命，急忙跑出去叫上房东，一起进来制止了柳贵海的暴行。最终，李月被送进了医院，房东也报了警，警察调查后，把柳贵海行政拘留了半个月，并责令柳贵海赔偿了李月医药费等五万多块钱。柳贵海经此一事，在立山联建中彻底暴露了他吃回扣、收黑钱、包女人的丑恶行径。拘留期满后，柳猛、柳勇把他狠狠地先说了一顿，他们兄弟俩说："不是看在同是柳家大湾一个祖先传下来的分儿上，不是看在你曾当过村支书的分儿上，我们真要依法起诉你，把你送进大牢里关上几年……"

柳章得知父亲柳贵海的恶行后，气得要与其断绝父子关系，最后还是在媳妇的劝说下，勉强接受了走出拘留所的父亲。柳章媳妇那时劝着柳章，说："他好歹是你的爸，他虽然罪有应得，但为了你的妈妈，你还是要认他！要是你的妈妈知道了他的这些罪恶，就凭你妈妈的老思想，估计她会跳下柳家大湾的老井寻短见！到时你是妈没有了，爸也没有了，我们生的几个孩子都没有了爷爷奶奶，还会惹得一湾人笑话。出了这档子事，你爸肯定会痛改前非，反正那个女人的医药费，都是你爸掏的私房钱，我们也没有出一分钱，你爸出来后，你直接让他回柳家大湾种地去，以后再也不要出门，就跟你妈妈终老柳家大湾算了！这样我们回了柳家大湾还有个窝，有个家，也能回柳家大湾吃顿热乎饭。只要有你爸妈在立山老家，我们回去了才有个根与家啊！"

也正是这样，柳贵海走出拘留所，交清罚款与赔偿后，灰溜溜地被儿子柳章送回了柳家大湾，从此老老实实地与媳妇杜凤种了几亩薄地消遣度日。杜凤对柳贵海在外面的事虽然有所耳闻，但绝对知道不了那么详细，对于贵海回到柳家大湾，却是异常激动，心想：这下我就不用一个人在家闷得慌了！这样好！儿子媳妇与孙子们一起在省城安家，我们不用操心，我们老两口一起过小日子倒也自在。

柳贵海回到柳家大湾后，倒也变得安分起来，似乎看破了红尘。他每天都是哼着小曲，扛起锄头，刨几亩薄地，冬天种小麦，春天种玉米与花生，夏天拔草，秋天收割，悠然自得，就像什么事也没有发生一样。其实，贵海两口子不缺钱花，他们种地也就是活动筋骨。柳贵海在立山联建吃回扣收黑钱那会儿，每年都会拿出四五万块钱给杜凤存上定期，到了他回柳家大湾种地这年，他们在立山镇合作社定期的存款就有三十多万。对于二十世纪九十年代末的农人们来说，那时有三十多万的存款，在农村算是很有钱的人家了，按当时的消费，这三十多万，够贵海两口子花销一辈子的了！所以，柳贵海每天象征性地劳作后，都会在中午与晚上自斟自饮几杯小米酒，吃着媳妇杜凤炒的回锅肉与小鱼，那日子真叫个滋润！对于忠厚老实的柳顺来说，这种日子是可望而不可即的，柳顺一年到头也吃不了几次肉。

柳贵海在石拱桥上与柳文龙谈笑一番后，他当晚便提着一壶老酒，带上了一些油炸好的花生米与小鱼，来到了柳顺家里。进到家门，柳顺望见贵海，说道："贵海哥，你来了。"

"是的，我来了。顺兄弟啊，你真不够意思啊！你家柳忠要去当兵了，马上就要去部队了，你咋也不叫我吃个饭、喝两杯呢？"

"这不是家里寒酸嘛！哪敢轻易请你这个老书记。"柳顺边递水烟袋给贵海，边皱着眉说道。

"我就知道你会这样说，我也知道你的难处，家里没个婆娘，是难！你家柳莹女子去广东打工了，柳萍与柳晶又各有各家，家里连个做饭的女人都没有！柳岸该娶媳妇了，他娶媳妇后，家里就有人做饭了。我今天自个儿带来了花生米与小鱼，都是现成的，酒也带了，这酒是老米酒，我可珍藏了好多年，都不舍得喝！俗话说得好：酒是老的好，越老越香，今天带酒菜过来，我就是要好好跟你喝几杯，以此祝贺我的侄子柳忠当兵报国嘛！"柳贵海跟打连枪一样，一股脑儿地说。

柳顺望了望贵海带的酒菜，凄苦地说："难为你了！感谢你！"

"好了，咱是兄弟，在柳家大湾这个村里，我很少主动找人喝酒，你算一个！我佩服你，因为你敢生娃敢养娃，你是先苦后甜，你的娃娃们都长大了后，你就剩享福了，到时偷着乐吧！"

"还是要感谢你！贵海哥！老书记！"

"别扯了，咱喝酒吧！"

这一晚，柳顺与柳贵海喝着酒、吃着菜，两人敞开了心扉，谈着过往、谈着未来，柳贵海一直在说柳顺必有后福。两人谈得最多的还是柳忠与柳阳。

关于柳忠为何初中毕业就要去当兵，这一切都是家里因素决定了他必须做出这个选择。话说柳晶与袁泉结婚后，两人便去省城租了个地方，以收废品为业，经过一年多经营，加之袁鹏的帮忙，两人日子虽然苦一点，倒也有声有色。在省城经营废品买卖，柳晶眼界开阔了不少，也认识了不同行业的人，渐渐地，供生意的熟人就多了起来。二〇〇一年底，柳晶与袁泉来到柳家大湾后，便劝说三妹柳莹趁年轻去广东一带打工，他们说有熟人在东莞、深圳打工都赚了不少钱，可以介绍柳莹过去。从未出过远门的柳莹听后，很是向往与心动，她眼巴巴地望着父亲柳顺，等着他表态。袁泉也做了岳父柳顺的思想工作，他说柳莹去广东打工后，赚到了钱，可以很快寄回家里供两个弟弟读书，靠在柳家大湾种田种地没有活钱，很难供得起两人读书，特别是两个弟弟上高中、考大学后费用更高。柳顺最终接受了女婿的建议，同意柳莹先去广东打工。柳顺说等柳莹去广东打一两年的工，赚到钱了，就回来相亲成家。

二〇〇二年春节过后，柳莹便在二姐柳晶的安排下，坐上了去东莞的绿皮火车，进了一家有立山镇熟人工作的电子厂，初进厂，月工资四五百块钱。柳莹这一去广东，命运也随之彻底改变了，这是后话。

且说柳忠，二〇〇二年中考后，他考得很不理想，离立山一中录取分数线差五十多分。面对这样的成绩，他只有两个选择：要么读中专，要么就在立山镇读普通高中。不管是读中专还是读立山镇的普通高中，费用都不少。那时三姐柳莹每两个月邮寄五百块钱回来，远远不够他与弟弟柳阳两人读书的费用，父亲柳顺在家里种田种地根本没有活钱，购买种子化肥的钱，还是二姐柳晶瞒着袁泉偷偷贴补给家里的。那时柳岸在立山联建做事，还是个学徒，还得半年才能满师，平时只有生活费，到年底，柳猛才会安排工地会计给他一笔钱带回家。柳忠算了一下：他要是读立山镇的普通高中，第一学期报名费就是一千二百多块钱，每月生活费与杂费最低也得一百多块钱，他要是读了，弟弟柳阳就没法正常读了！再说，即使他在立山镇读了三年普通高中，到时参加高考，估计也考不上好大学，搞来搞去，还是要走入社会。这样一想，柳忠就主动放弃了读高中与中专，准备去省城立山联建工地跟着大哥柳岸一起干活。

就这样，柳忠初中毕业后，没有多久，便跟着柳家大湾在立山联建做事的人来到了大哥柳岸身边，哥儿俩也就相差两岁，在一起做事，倒也很自然。然而，做了一个多月后，柳忠总感觉自己的人生不应该浪费在工地上，应该有个追求。他看着大哥柳岸在工地干的这几年，整个人都变样了，不像一个不到二十岁的小伙子，整得像个壮年人！再看看大哥的女朋友谢亚梅……他竟然替大哥感到难过。他想：大哥要是一辈子在工地上做事，难道我未来的嫂子也一辈子跟着在工地上做事吗？工地处处充满着血汗的味道，他们是多么的不容易啊！工地上底层干活的人真难。

在省城立山联建工地上干到第二个月时，柳忠无意间听到一个中年工友说自己儿子今年初中毕业没有考好，一直在家里待着，现在准备报名当兵去。听闻此事，柳忠的心被搅动了，他也想回立山报名当兵去。对，当兵去，这是一条跳出农门很好的门路。

于是，柳忠简单跟大哥柳岸商量了一下，便独自坐车回到柳家大湾，找到当书记的柳刚叔叔，表明了自己坚定的当兵决心，请他帮忙报名。那时农村娃要当兵，是必须要经过村里报名推荐才行的。柳刚想了想，自己曾经当过兵，当兵是好事，就口头同意了柳忠的当兵申请。

柳忠当兵的打算，柳顺没有表示反对。他一直记得他的父亲柳儒生前说过的一句话：人各有命，三百六十行，行行出状元！既然忠娃娃自己决定要当兵，说不定他还真能当出个样子回来！三个儿子，一个学手艺是块料，一个当兵是块料，一个读书是块料，这就是他们的命吧！

最终，柳忠通过当兵的体检、政审等环节，在二○○二年十二月顺利验上了兵，接兵干部说柳忠将被分到新疆边防地带当兵。接兵干部对柳顺说，这孩子到新疆边防地带当兵，国家每年会多给一些补助，退伍后，安置费也比内地部队退伍战士高一些，而且还说要是在部队表现突出，立功了，还能提干与读军校，或者转士官。柳顺听着接兵干部的解说，心中很是欣慰，脸上洋溢着幸福，露出很久没有的笑容对柳忠说道："忠娃娃，当初你爷爷给你起这个名字，就是希望你长大后要忠诚，要尽忠。你去部队后，要听各级首长的话，要团结战友，要好好搞！你爷爷、你妈妈在天有灵，他们都望着你好呢！"

二○○二年十二月底，即二○○三年元旦节之前的一天早晨，天空下起了农人们久盼的大雪，雪花如鹅毛，柳家大湾的田地很快便被大雪盖住了，立山的山顶被大雪裹成了一片白色，从山顶到山腰，远看整个立山就如一位披着白羽大衣的贵妇，令人动容。这一年，这一天，柳家大湾村里就柳忠一个人参军，柳忠便在下大雪这天走出了柳家大湾。在柳家大湾村里请的锣鼓奏乐声中，在村干部与柳顺的送行下，柳忠走过了柳家河的石拱桥，搭上了接兵干部坐的军车，从此迈向边关，远离家乡，卫国戍边去了。看着军车远去，柳刚对柳顺说道："顺兄弟，我坚信柳忠此去卫国戍边，一定会为柳家大湾争光，一定是个好男儿！"

柳顺偷偷抹了抹眼角的泪水，望着远去的军车，一言不发，他在想：要是此时爱红还在，该多好啊！唉！可怜的爱红啊！六个娃娃都大了，你看到了吗？

第二十六章

柳莹的打工岁月

柳忠当兵远去了，柳顺这个憨厚的农人，第一次感到了空前的失落与孤寂，他的心里有着说不出的各种滋味，一会儿悲伤，一会儿哀痛，一会儿欣喜，一会儿惆怅，一会儿自责，一会儿伤神，一会儿幸福……此时，似乎有千百种滋味萦绕着他。大女儿柳萍好不容易阖家幸福了，偏偏傻女婿殒命工地，自此以后，柳萍难啊！二女儿柳晶嫁人了，日子还算可以，但做的买卖废品的事，又脏又累，赚的是辛苦钱，也难呢！三女儿柳莹年初就去了广东打工，快一年没有见着了，也不知到底是个什么样子了。大儿子柳岸还算争气，手艺快学到家了，听说还跟柳明的外甥女好上了，这两个娃娃有夫妻相，到时成个家该多好啊！二儿子柳忠当兵去了，也算是光耀了我的家门！三儿子柳阳读书一直很聪明，虽然他最小，但是就他最能传承父亲柳儒的精明与聪明，听他的老师说他考上立山一中没得问题，甚至以后考重点大学都是没得问题的。要是这样，我柳顺可真是扬眉吐气了！我也对得起父亲与爱红的在天之灵了！是啊！如此境况与现实，怎能不叫他感慨呢？他想，搁在谁身上，也许都会有此种感觉吧！然而，生活不是凭感觉走的，生活往往是在现实中奋力前行，马不停蹄地奔越。

且说柳莹到了东莞，进了电子厂后，好长一段时间都适应不了工厂枯燥而乏味的生活，但为了家里，她一直咬牙坚持着。从立山这座大山之下走出去的柳莹，因之前一直待在农村，又没读多少书，进了电子厂，面对机器台子上与流水线上看似单调的工作，她学起来总比别人慢很多，同样一个工艺，别人学半个小时就会，她得几天才能勉强上手。这里有一个很重要的原因，就是柳莹进厂时相对于别的女孩来说，她的年龄是偏大的，那时进这家电子厂的女孩一般都是初中刚毕业就来到的，也就十七八岁的样子，可柳莹进厂时，已二十二岁了，她的年龄，在立山农村，已经可以结婚生子了。对于进厂年龄偏大的柳莹来说，她学起东西来，自然比不过年轻的女孩，这也就引起了她的自卑。还好，因为有要改变家庭命运的信念做支撑，有挣钱给两个弟弟读书的思想做动力，她最终坚持下来了。

柳莹在电子厂的坚持与勤劳引起了她所在流水线上的一位线长的注意，这位线长叫孙浩，他是四川成都人，一九七五年出生，一九九三年就随老乡进了这家电子厂。孙浩进了这家电子厂后，刚开始在仓库做搬运工，最后在老乡活动下，才到流水线上做了物料员。随着工龄增长，他对流水线上的各项流程、工艺都熟练了，便在一九九八年被提拔为线长，如今当线长已四年了。孙浩作为四川人，特别能吃苦，也会做人，车间的主任、办公室的经理都对他印象很好。在工厂里，有很多姑娘喜欢他，他也谈过好几个女孩，甚至与其中的几个女孩还同居过，但最终都因各种原因没有走到一起，更谈不上结婚生子。那时在东莞的工厂，打工的男女谈恋爱、分手、再谈恋爱、再分手……循环往复，都是很正常的事。四川男孩嘴巴甜，很会哄女孩，他们在工厂一般都不缺女朋友的。然而，孙浩谈来谈去，总感觉找的女孩不是过日子的料，直到他关注到柳莹后，他感觉他必须追上这个女孩，这个女孩可以做自己的老婆！

孙浩之所以有这种想法，一来他是从四川成都附近农村走出来的，自己骨子里希望找一个本分、踏实、顾家的女孩结婚过日子；二来他听很多老乡说到广东打工的女孩数湖北女孩最靠谱，老乡都说湖北女孩低调不矫情，顾家不显摆，保守不乱来，娶媳妇就要娶湖北女孩；三来，他的家里也穷，家里还有三个弟弟，自己要是娶个四川本地女孩，得花不少的钱，要是在外面找个合适的女孩带回家结婚，说不定花不了多少钱。正因如此，已快二十八岁的孙浩至此还没有结婚，虽然恋爱谈了不少，可还是孤家寡人一个。他在等待他心中的湖北女孩出现。此时此地，柳莹的出现，正对了孙浩的胃口。柳莹进厂时，孙浩就看过柳莹填的入职表，就开始关注起这个从湖北来的女孩，看到柳莹进厂时已二十二岁了，可在入职表婚姻信息栏上填的是"未婚"，他的心里便有了莫名的冲动。

孙浩瞄定了目标，就开始花起心思来撬开柳莹的心房了。最初，他看着柳莹做事吃力，学东西慢，就时不时以线长的名义耐心地教她、帮她，特殊地照顾她。每天下班后，他都会把柳莹单独留下来，把她不会的东西从头到尾地演示一遍给她看，有时甚至手把手地教她操作。孙浩这样做，合情合理，车间别的人也不好说什么，可他这种举动，却深深地触碰了柳莹敏感的神经。从农村来到工厂的柳莹，无疑是非常单纯的，她的单纯甚至超过了刚初中毕业十六七岁的小姑娘。时间进入二〇〇三年初，有一次，线上别的人都下班后，孙浩叫住柳莹说道："柳莹，你留一下，你焊接线路板的动作太慢了，我等会儿再单独在流水线上培训你一下，流水线要求效率，不能因为你一个人动作慢影响了整条线的产量与质量。"

柳莹焊接线路板确实比较慢，听到线长让自己留下再学习一会儿，她自然不敢说什么，只得"好的"答应一句，就跟着线长一起留下加班了。这次，孙浩拿起线上的一个小焊枪，叫柳莹坐到自己身旁，他先示范着点焊了几块线路板，边点焊，边给柳莹讲解要点。随后，他紧紧拉住柳莹的手，身体紧贴柳莹坐在她身后，细心、耐心地跟她一起手握手点焊。孙浩贴着柳莹的背，握着她的手，使柳莹很是羞窘难当，却不敢说出来，只得红着脸，低着头，任凭孙浩捉住她的手点焊。这个四川的孙浩就是借此机会，打了柳莹的擦边球，那时在广东，这种行为被打工人称为"揩油"。

孙浩看到柳莹有些不自然与难受，便松开她的手，一本正经地对柳莹说："教你学技术，你可不能害羞，害羞怎么能学到东西？技术学不好，你的工资就很难提上去！来广东打工的人，在老家的日子都不好过，都是为了挣钱才来的，难道你不想多赚点钱给家里吗？要想多赚钱，就得做事快，技术过硬！你别小看这流水线的工作，看似简单枯燥，其实里面含着大量的技术活，你要是全套都学会了，将来当了线长，一个月拿个三四千没有问题的，哪像你现在才几百块钱一个月。"

孙浩的一番话，正戳中了柳莹的痛处，柳莹两眼泛出泪花，低声沉吟道："嗯，谢谢孙线长提醒。"

"你呀也莫怕，做事不要慌，越慌越学不好。"

"嗯。"

说着，孙浩再次紧贴着柳莹的背坐了下来，紧握着她的手，又开始一次又一次地点焊加"揩油"。在"揩油"过程中，孙浩握住柳莹的手，停下点焊，喘着粗气问道："你来东莞电子厂之前谈过男朋友没有？"

柳莹被他这样突然一问，满脸通红地细声说道："没有，进电子厂之前，我一直在老家农村做家务，帮父亲种地。"

"啊？你都二十多了，还没有谈过男朋友啊？这在广东可真难得。"孙浩有点不相信地说道。

"真没谈过。"柳莹有些着急地说。

"你虽然做事慢点，但在车间里，数你长得最耐看，谁娶到你真是福分。"孙浩有些不怀好意地说道。

"线长，你还是教我一下技术吧！这样别人看到不好。"

"学技术跟做事一样，要放松，我们就闲聊一下，怕什么？闲聊一下，你放松些，这样更容易学会技术。"

"嗯，那好吧！"

"这样吧，我看你今天也累了，我在外面有自己的出租房，你一个姑娘家家的出门在外不容易，我平时观察到你是厂子里最节约的女孩，今晚你跟我一起回出租房，我给你做些好吃的饭菜补补！我们四川人的厨艺那是没得说！不信你到时尝尝。"孙浩停下手中的活，与柳莹调情。

"我不去了，这样不好，我老家的老乡看到了也不好。"柳莹小声地答道。

"有什么不好？我堂堂的一个线长，在这个厂子里干了都十年了，我请你去吃饭，你还不去？这是照顾你啊！"孙浩假装生气地说道。

柳莹看到孙浩这副模样，一时不知说什么好。

孙浩关掉车间的灯，拉着柳莹的手出了工厂，柳莹几度想摆脱孙浩的手，都没有成功。她只有一路低着头，不时东张西望，生怕碰到了工厂里的熟人。还好，那时工厂的人下班后都尽情溜达与玩乐去了，在孙浩拉着柳莹回他出租房的一路上，倒真没有碰到一个熟人。柳莹跟在孙浩后面，来到他位于城中村的出租房，柳莹长长地舒了一口气，竟然主动问道："线长，你的出租房在几楼？你不买点菜回去吗？"

"买什么菜哟！我的出租房有冰箱，我昨天买了很多菜，都在冰箱里，我早上是在外面吃早点，中午在工厂食堂吃干部餐，只有晚上下班早才回出租房自己做饭吃。"孙浩得意地笑着说。

"你出租房就你一个人吗？"柳莹小心地问道。

"是的，就在上面五楼，你上去了就知道，一房一厅，我一个人住，宽敞得很！"孙浩用手指着眼前的一栋八层楼房说道。

这是一栋没有电梯的私人建筑，这种建筑在当时东莞的城中村里随处可见，大多是广东本地人在自家地皮上盖的房子，用于出租给外地来的打工人。广东本地人在自家地皮上建的楼房一般都在六层至八层，最高一般不会超过九层，因为广东本地的一些人，信奉"六、八、九"这三个数字吉利。而且，私人建筑，当时也不允许建太高，否则就是违建。这些广东本地人建好房子后，要么自己亲自出租亲自收租，要么就把整栋楼租给"二房东"，再由"二房东"一间间地出租给外来的打工人。因而，那时的广东很多地方出现了以出租房屋为业、为生意门路的"二房东"。这些"二房东"，又称"二手房东"或者"外来抠"，因为这些"二房东"一般都不是广东本地人，大多也是外地来到广东的人。但他们不同于外地来广东打工的普通人，他们是有本钱、有来路的人，他们来广东做"二房东"就是创业经商，是从本地房东与打工人之间赚取房租差价的人。这些"二房东"有的也是从打工人中爬起来的，这些爬起来的人，又大多是一些工厂的高管，他们工资高，经济来源多，便有了活钱来做"二房东"这个买卖。因为"二房东"是把整栋楼从广东本地房东手中租来的，为了最大限度赚取房租差价，他们往往是精打细算，为人斤斤计较，特别抠门，水电精算到一分一毫，租客一分钱也不能少给，故而普通的打工人就称呼他们为"外来抠"。这可能就是人与人之间的差别吧！在当时的广东各地也就是很正常的现象了，处处可见。

孙浩租的房子就是从来自湖南的"二房东"手中租的。这个"二房东"有个优点，只要租客每月按时交房租付水电费，他从来不干涉租客屋里的事，不管租客带什么人回屋，他都一概不过问，哪怕在出租房里做了违法的事，"二房东"认为只要不妨碍自己赚钱，那就是人家警察的事。

上楼梯的时候，孙浩又拉紧了柳莹的手，一路小跑到了出租房。打开房门，房间内的摆设，使柳莹震惊到了！只见房内有沙发，有电视，有电脑，还有空调，厨房与卫生间都是单独的！屋内的设施，是柳莹在老家柳家大湾没有见过的。她长这么大，第一次看电视还是在湾里别人的家里，她家里至今都没有买电视！她第一次看到电脑，是进厂在线长办公室里看到的。她没有想到外面的世界这么丰富多彩。

还没有等柳莹反应过来，孙浩就关闭房门，趁柳莹不注意，顺手把房门反锁了。他从冰箱里拿了些肉与菜出来，奸笑道："今晚让你这个湖北妹子尝尝我们四川男人的厨艺与手艺。"

当晚，孙浩做了四个菜，两荤一素一汤，他打开一瓶红酒，硬要柳莹陪自己喝几杯。从未喝过任何酒的柳莹，出于对孙浩身份的畏惧及一丝好感，在孙浩强行劝喝下，连着喝了几杯，不知不觉中，她已感到有些天旋地转了。柳莹喝多了！她醉了！红酒喝醉人后，比白酒喝醉了还难醒，因为红酒后劲大，喝醉了，就自然难醒。然而，从立山农村走出来的柳莹，她太过淳朴与单纯了！她来到东莞电子厂，平时除了上班就是上班，下班之后，回到宿舍，她洗澡洗衣服完了，就是睡觉，极少出去闲逛，仅有的几次外出，还是老乡硬拉着她出去的。显然，柳莹绝对不知道红酒易醉难醒的事，这次她上了大当，她的人生因这次单独跟一个男人出来，也是第一次喝红酒而改变了。

孙浩看着柳莹晕乎乎的样子，很是高兴，他把嘴巴凑近柳莹的耳边，对着她的耳朵孔吹着热气细声细语地说道："我看你是困了、累了，今晚就在我这里休息吧，我的床很大的！明天早上我跟你一起去上班……"

柳莹受不了酒精的刺激，她已完全沉醉了，她大脑一片空白。这一晚，如了四川男人孙浩的愿，他轻而易举地得到了柳莹的整个身子！做完他想做的事，光着身子侧躺在柳莹身旁的他，细细地打量着柳莹的面孔，他越看越兴奋，心想：这湖北女孩真是不错，还是个原装的，正版的！越看越耐看，脸蛋真好看，身材也好，皮肤黑里透着性感。

也是啊！柳莹在她们三姐妹中是老三，她比大姐柳萍、二姐柳晶都长得好看、耐看。柳萍的双眼，一年四季看着都是肿的，目光呆滞，皮肤粗糙，是典型的农村把家子妇女。柳晶脸型偏胖，腰围过粗，是个干活的身板。只有柳莹圆脸上透着娃娃气，红润透着白皙，很是逗人喜爱，身材匀称，不胖不瘦，皮肤不是自然黑，而是在家务农晒黑的，这种黑反倒给人性感的感觉。

孙浩对柳莹很是满意，一晚上，他在柳莹身上下足了功夫，他感觉她与前几个同居的女孩完全不一样，柳莹就是他要找的媳妇。有了这个想法，嘴巴超甜的孙浩，已经想好了明天柳莹酒醒后应付她的办法。

第二天早上，柳莹终于醒了，看到身旁的孙浩抱着自己赤裸的身子，她感到钻心地痛。她猛然掀开被子，竟然看到自己的私密处有干了的血迹，她痛苦地哀号着说："孙线长，你怎么能这样呢！我被你给毁了！我还没有谈过男朋友……"

"你放心，以后我就是你的男朋友，我不仅要做你的男朋友，还要娶你做老婆。昨晚你喝多了，是你自愿跟我上床好的，一晚上你主动抱着我来了好几次事……没想到你都二十三的大姑娘了，还是个处，你放心，我会一辈子对你好，绝对不会辜负你的。你跟着我后，你家里弟弟读书的学费，我包了！你今天在我的出租房好好休息一天，一会儿，我给你一张卡，告诉你密码，你去银行取一万块钱邮寄给你的家里，就算我给你家里的一点心意，以后我们在一起就好好的……"

柳莹，这个出门刚满一年的立山农村女孩，因自己的单纯与善良，最终成了别人的猎物，她只有无奈地接受这个事实。因为她骨子里是非常保守的一个农村姑娘，她没有勇气写信把这一切告诉家里的爸爸柳顺，更不敢写信告诉弟弟，她不想因为自己影响到了家人。她唯有在一次写信给二姐柳晶时，委婉地提了一下这事。还好，柳莹遇到的孙浩本质上不是个坏人，也没有特别的不良嗜好，他每个月总能给她一两千块钱保管，这让柳莹感到了一丝安慰。她想，后面的事就交给命运来安排吧！顺其自然吧……

第二十七章
农人的转机

中国的农人是幸运的，立山之下柳家大湾的农人们是幸运的。柳家大湾作为立山镇最大的农业村，土地肥沃，良田广袤，很多农人都希望自己成为种田大户，更希望自己靠种田过上幸福与美好的日子。这一切终于来了，农人们终于看到了最大的希望。

时间回溯到二〇〇二年，中国在二〇〇二年全国农村税费改革时，取消了提留款。为了减轻农民负担，规范农村收费行为，从二〇〇一年开始，国家就逐步在部分省市进行试点、推广农村税费改革行动。其主要内容可以概括为：三取消、两调整、一改革。"三取消"，即指取消乡统筹和农村教育集资等专门向农民征收的行政事业性收费和政府性基金、集资；取消屠宰税；取消统一规定的劳动积累工和义务工。"两调整"，是指调整现行农业税政策和调整农业特产税政策。"一改革"，是指改革现行村提留征收使用办法。在这个改革之前，农人们是每年都要向国家缴提留款的，农村提留款是指向农民收取的"三提五统"，即公积金、公益金、管理费提留和乡镇五项统筹（教育费附加、计划生育费、民兵训练费、民政优抚费、乡村道路建设费）。

时间到了二〇〇六年，二〇〇六年二月二十二日邮政局发行了一张面值八十分的纪念邮票，名字叫作《全面取消农业税》，以此庆祝从二〇〇六年一月一日起废止的《农业税条例》。这意味着，在我国沿袭了两千年之久的这项传统税收宣告终结。作为国家解决"三农"问题的重要举措，停止征收农业税不仅减少了农民的负担，提高了农民的公民权利，体现了现代税收中的"公平"原则，同时还符合"工业反哺农业"的趋势。从一九九二年开始，中国改革开放正式对农村经济体制进行改革，到二〇〇六年废除延续千年的农业税，标志着我们进入了改革开放转型的新时期。二〇〇六年之后不用交公粮了，农人们都不知道多开心，家里有剩余的粮食可以拿去卖钱。取消提留款与农业税，农人们不用再死守土地，这样也最大限度地解放了农村的剩余劳动力，农人们也就有了更多的生活选择与人生希望！无疑，这个改革是破天荒的好事、大事、幸事，想种田的农人们，可以承包别人的田地或集体的田地，可以大面积发展种植，实现自己种田大户的梦想。不想留守农村的，可以到外面走走、闯闯。干得好，可以在外面落地生根，发家致富；干得不如意了，可以随时回农村重新拾起土地过日子。这个时代的农人们，为此感到幸福，农人们的生命有了多重意义与价值，农人们为之欢欣鼓舞，为之骄傲自豪！

如果有如果的话，当年石桥湾的谢光远与柳海花还在人世的话，他们该有多高兴啊！曾经压得他们喘不过气、抬不起头的提留款终于取消了，彻底退出了历史的舞台！如果他们还在，他们的孩子谢亚梅、谢亚福将会是另外一种生活！可是，现实没有如果，只有现实，让我们看看现实中他们的孩子吧！还好，他们是争气的，也是幸运的。

自从谢光远、柳海花夫妻因提留款风波一事双双亡故后，其儿女谢亚梅、谢亚福便寄居在柳家大湾舅舅柳明家里。谢亚梅初三没有读完，就主动辍学，后随柳岸、柳晶到了省城立山联建打工，在打工中，她与柳岸互相依偎，抱团取暖，通过各自努力最终成就了良缘。谢亚福自父母亡故后，便暗下决心，从此更加发愤读书，立誓一定要考上立山一中，考上一所重点的政法大学，立誓自己一定要成才，以此告慰死去的双亲！在政府补助下，在舅舅柳明与姐姐谢亚梅的大力支持下，谢亚福不负众望，他在二〇〇〇年以立山镇中考第一名的优异成绩，被立山一中录取了。经过三年高中的拼搏，在二〇〇三年高考中，他又一举夺魁，以立山县"文科状元"的身份被中部城市一所名牌政法大学录取了。

二〇〇三年八月，拿着名牌政法大学的录取通知书，在舅舅柳明、姑姑谢荷香的带领下，谢亚梅、谢亚福来到父母谢光远、柳海花的坟前，举行了隆重的祭拜仪式。谢亚福长跪父母坟前，痛哭流涕地说道："爸、妈，儿子是文科状元了，儿子考上政法大学了！当年你们含冤而死，为你们伸张正义的柳强县长亲自给我颁发了五万块钱的考学奖励，你们可以安息了！你们放心，儿子上大学后，一定好好学习，学成后，一定报效国家，为全天下辛劳的农民谋福利！一定不会让你们的悲剧再在人间重演。儿子一定会做一个有用的人，一定不会丢了咱农人们的脸！"

谢亚福是好样的，后来的事实也证明了这一点……

柳强当年处理完谢光远、柳海花因提留款风波而亡故的事件后，经过省里培训，不到两年便被任命为立山县长，做了县长的他，着实为立山老百姓办了几件漂亮事。一是争取到了上面的立项与拨款，重修了立山大桥。重修的立山大桥雄伟气派，蔚为壮观，这座立山大桥就是当年袁爱红寻短见的地方，如今在她当年跳桥的地方建起了牢固的护栏，如果她在天有灵的话，应该也会欣慰吧！立山县政府还在立山大桥上下各一千米处建了二桥与三桥，并在立山县城四周修起了环形公路，这样在很大程度上改善了立山县城的交通状况，把立山带入了快速发展的道路。二是在县城周边规划建起了两处工业园，指派各部门人员分散全国重点城市进行招商引资，先后有一百多家知名企业的分公司落户在立山县建立的工业园里，这极大地促进了立山人民的就业，拉动了立山经济的发展，带动了立山县城现代小区等配套设施的遍地开花，立山一时呈现出现代化城市的气象。三是落实上面政策，大力减轻农民负担，发展教育事业。他在任期间，真正做到了尊师重教，他主导立山县政府设立了专项教育奖励基金，每年都要奖励一批为立山教育发展做出突出贡献的教师，并奖励考上重点大学的学子，对学子的最高奖励当时规定是五万块钱，能获得这五万块钱奖励的学子，一般都是立山县高考文理状元。谢亚福在二〇〇三年获得立山县高考文科状元后，柳强便以县长名义，在全县教育工作大会上，亲自给谢亚福颁发了五万元的奖励，并勉励他学成归来为立山多做贡献。不得不说，柳强主政立山的一系列措施，使革命老区立山县得到了全面的发展。特别是他重视教育事业的举措，对立山县产生了深远的影响，使得立山在后面好多年中，教育水平一直处于地区的前列。柳强也因为自己的实干精神与出色成绩，在二〇〇五年被破格提拔到了地区任市委宣传部部长，他的仕途可谓是一帆风顺，他也因此成了老家柳家大湾孩子们学习的榜样。

当然，对于大多农人来说，不管谁当官，他们并不真正关心当官的人，农人们最关心的还是自己过得好不好，自己过得幸福不幸福。只要农人们过得好，谁当村主任、谁当书记，他们都不会有意见。柳家大湾的大多农人也是如此，对于想靠种田为生的农人们来说，他们除了关心日子好不好过之外，最关心的莫过于庄稼收成好不好了。不得不说，二〇〇六年这一年的秋天，是整个柳家大湾种田种地的人收成最好的一年。

二〇〇六年取消了农业税后，立山之下的柳家大湾又逢风调雨顺之年，春夏之交，农人们收获了早稻与小麦。像柳顺家在二〇〇六年五月就收获了一千多斤小麦、一千多斤早稻谷子，这已足够他一家四口人吃一年多了，最关键的是不用缴提留款，不用缴农业税，剩下的粮食还可以卖。再说，这年的秋天注定柳顺家要大丰收。这里，需要说一下前因后果，及柳顺家如今的家庭结构。

话说谢亚福考上政法大学后，他的姐姐亚梅便没有了负担，可以专心追求自己的生活了。在二〇〇四年春节前，柳顺与柳明两家人商量后，在立山联建柳猛、柳勇兄弟俩促成下，柳岸与谢亚梅于二〇〇四年正月初八正式结为夫妇。从此，柳岸成了男人，谢亚梅成了女人，柳顺家有了儿媳妇。柳岸与谢亚梅的爱情单纯而朴实，他们没有大风大浪，没有太多的花前月下，如那时大多农人的子女一样，恋爱平淡，结婚也平淡，绝没有电视剧与电影里面演绎的爱情那般死去活来！农人们现实的爱情就是平淡的，平淡才是他们最真的表达与情感，也正是有了这平淡，农人们才能踏踏实实、安安心心地过好日子。在老百姓的眼里，婚姻的最终目的就是过好日子，生儿育女，而不是要面子的彩礼、票子与虚无缥缈的浪漫！因为，平淡即真实，真实即自在。

柳岸与谢亚梅结婚，如了柳顺的心愿，他家也就有四口人了。这四口人，是实际在家的人数。那时，柳萍、柳晶各自成家，她们自然不能算柳顺家的人了，只能算出嫁的姑娘。柳莹在没有领结婚证和举行婚礼的情况下与四川的孙浩同居了，她于二〇〇五年在东莞一所民营医院为孙浩生下了一个儿子，从此过上了自己的生活。柳莹也因此不敢回柳家大湾，更不敢直面父亲柳顺，她深知父亲柳顺是很难原谅与接受她这种未婚先生育的行为的，但她已在骨子里认定了孙浩，她已决定就此跟着孙浩过一辈子，相夫教子。生下孩子后，柳莹便没法再上班，就在出租房里照顾儿子，所有开销都只能指望孙浩的工资，也正是因此，柳莹再也没有寄钱给家里了。柳顺在三女儿柳莹的来信中，得知了这一切，作为父亲的他，心中五味杂陈，甚是难过，自责、纠结、怨恨充斥着他的全身！他在想：我的女儿，你怎么没有经过家里同意就直接跟着一个外地人生孩子了呢？你的大姐二姐结婚前，好歹都走了过场，举办了婚礼，柳家大湾的人与亲戚都知道啊！她们都是明媒正娶出嫁的，你倒好，什么形式与过场都没有，你这不是要我的命吗？我不是一个合格的父亲，你们妈妈死后，我没有给你们提供好的条件，没有让你们读太多的书，我知道你们怪我，可我也很无奈啊！你们兄妹六个，我都要养活，读书只能从中取舍啊！如果你们的妈妈还在的话，她就能帮我分担一些压力，可现在所有的压力与苦闷，我只能自己承担。在我的眼里，你们永远是我的孩子，是永远长不大的孩子啊！莹娃娃，爸对不起你啊！让你一个人到那么远的地方打工，我要知道会这样，当初我就是苦死累死，也要把你留在家里，让你在老家找一个好人家嫁了！可是现在一切都晚了。尽管这样了，可爸不怪你，只要你过得好，爸不怪你……

柳莹跟了孙浩，生了儿子，自然就不能再算柳顺家里的人了。柳忠于二〇〇四年年底因表现突出，在部队顺利转了士官，仍然留在新疆边防地带保家卫国。他常年在边防执勤，只在二〇〇五年回家探亲过一次，在家也就待了十几天，他是部队的兵，他暂时也不能算家里人了。如此一来，柳顺家里目前常住人口就是他自己、大儿子柳岸、大儿媳谢亚梅、三儿子柳阳了。一九九二年年初，柳儒在的那会儿，家里一共是九口人常住着，如今变成了四口人，这对柳顺来说，心里多少都充满了一点失落。但他知道，这就是生活，生活不会一成不变，人口也不会一成不变！他想：国家在发展，农村在发展，我们也必须跟着发展了，不然就跟不上时代……

柳岸与谢亚梅结婚快一年了，到了二〇〇四年年底，亚梅还没有怀上小孩，两人也不知是哪方面出了问题。刚开始，两人并未放在心上，可是时间久了，还是没有动静，柳岸就有些慌了，他的父亲柳顺更是感到奇怪。当年柳顺与袁爱红结婚后第二年便生了柳萍，一共生了六个孩子，要不是中间出现结扎这些情况，他们夫妻一年生一个孩子是没有问题的。可如今儿子儿媳结婚快一年了，还没有动静。到了二〇〇四年年底，他们从立山联建回来后，柳顺便偷偷把儿子柳岸拉到一边问道：

"岸娃，你们结婚都近一年了，怎么还没有看到亚梅怀孕的迹象？我可是盼着当爷爷啊！你的爷爷在世时就多次强调说家庭人丁兴旺是最主要的事，你可要抓紧时间啊！趁年轻赶紧生一个，我也能帮忙带带。不管是男孩女孩，都要先生孩子出来，这样，有了孩子后，你才是真正的大人了。"

"爸，我们都正常着呢，就是不知咋的还没有怀上，我们准备过年后到省城找家医院检查一下。"柳岸有些无奈地说。

"唉！要是你们的爷爷在就好了！你的爷爷可是老学究、老中医，一辈子给人免费治病，他特别擅长治疗男女各种不孕不育症，他要是在的话，你们就不用自己去医院看这病了。你们的爷爷生前还留下很多医书，一直锁在柜子里，现在家里就阳娃娃一个人在读书，他跟我说了好几次，说想考医科大学，但愿他能考上，这样，他也就能继承你爷爷的遗愿，也就不至于荒废了你爷爷留下的医书。"柳顺叹着气说。

"嗯，我听湾里好多人说过我的爷爷，好多人到现在都记得爷爷的好呢！立山联建的柳猛、柳勇伯伯也一直念着爷爷的好。我与亚梅应该没有大问题，过完年，我们就去省城医院检查一下，看一下到底是哪方面的问题，我们再去立山联建做事。"柳岸说。

"生孩子事大，现在生娃这方面抓得也严格，你们检查后，没有大问题的话，一定要早点生个娃娃！要是实在不行，你们就回到柳家大湾跟我一起做一年农活，踏踏实实在家待一年，等生了孩子再做打算也行。现在柳家大湾种田种地的人也不多，好多田地都撂荒了，我们父子可以把撂荒的田地捡起来种。你要知道，我们国家自古以来就是农业大国，农业是我们的根本，多种点田地错不了，遇着难事了，不至于挨饿！你们的奶奶从根本上讲就是饿死的，在我们这一代，绝对不能再发生饿死人的事了。"柳顺感叹地说。

"爸，你说得对！我是想趁现在年轻在工地上赚点钱，以后我会回家种地的！我看到省城周边好多农村种田种地都用上机械了，到时我回家种田就买点机械，这样你就不用那么辛苦了。"憨厚的柳岸平静地说。

"过完年后，你们一定要去检查一下，先生个娃娃要紧。只有生了娃娃，生活才有转机与起色。"

"嗯，好的，爸。"

"咱农人的转机就在于生命的传承，一代传一代，生生不息。"

第二十八章
波折的看病过程

二○○五年元宵节后不久，柳岸、谢亚梅乘车先来到省城立山联建安顿好了住处，便按照省城内公交站牌的一处专治不孕不育的广告指示，来到了省城的一家福建人开的民营医院检查身体。这家民营医院打着专治不孕不育的招牌，在医院大厅显著的位置写着承诺：本院专治男女各种不孕不育症，先治疗，后收费，不怀孕，不收费。他们进到医院，咨询过导医，导医立马把他们带到三楼的一处诊室。

接待他们的是一位年纪五十岁左右的女医生，这位医生详细问了他们的婚姻状况、房事情况，给他们把脉看了一下，略微停顿了一下，说道："导致男女不孕不育症的原因很多，男的方面有死精、少精、精子活力不够等原因，女的方面有输卵管堵塞、内分泌失调、子宫内膜异位、卵巢囊肿等原因，还有男女因血型原因导致的不孕不育，特别是有的女人体质与男人体质存在冲突，也有可能导致不孕不育的，具体需要详细检查一下，确定了原因才能对症治疗。"

这位治疗不孕不育症的女医生姓汤，根据医院大厅上的医师展示墙的资料介绍：汤医生是医科大学毕业，曾做过博士生导师，现供职于这家民营医院，治疗好了数千名不孕不育症患者，给数千家庭带去了生育希望。那时，在省城开这种专治不孕不育症的医院其实有好几家，且都是福建人开的民营医院，他们以此为招牌，在电视、公交车等地方大量投放广告，吸引了无数的不孕不育患者前来就诊，特别是农村到省城来治疗的不孕不育患者，看到这些广告，会不加分辨地直接来到这些民营医院，然后一切听从医院的安排。这些打着专业招牌的医院，倒也给不少患者家庭带去了希望、带去了生机，但也有很多不幸的患者是钱花了，孩子最终没有生出。那么，这些民营医院打着"先治疗，后收费，不怀孕，不收费"这种承诺性的广告是怎么回事呢？

这一切，可以从柳岸与谢亚梅身上得到答案。

"汤医生，那我们具体要检查哪些项目呢？检查要不要先交钱？我看你们医院说先治疗后收费……"憨憨的柳岸小声地问道。

"我们是先治疗后收费啊，那是说你们检查之后的事！检查费是要你们个人先出的，不检查出原因，我们怎么给你们治疗？而且只有等检查出你们不孕不育的原因了，你们要与我们签订治疗合同后，我们才能执行先治疗后收费的承诺，至于不怀孕不收费的承诺，那也是针对经过检查后，给有治疗希望的人做的承诺。检查后，要是确定治不好的不孕不育症，我们只收检查费，不会跟你们签订任何治疗合同的！当然，我希望你们检查的结果是能治疗好的，这样你们才有生育的希望！现在最重要的就是你们要按我开单的项目去做一个全面的生育方面检查，再说后面的事……"

柳岸与亚梅并不知道这个汤医生要让自己做哪些检查，只见汤医生递给柳岸一张检查单，她写的字迹非常潦草，没有多少文化的柳岸与亚梅都没能认出来写的是什么。开完检查单的汤医生，指示自己身旁的一位助理带他们去检查。出了诊室，柳岸便小心地问汤医生的助理："医生，我们这是要做哪些检查啊？汤医生写的几个字，我们看得不是很清楚。"

"汤医生写的字很好认呀，就是：全面生育检查！"助理答道。

"全面检查是哪些呢？"跟在柳岸身后的谢亚梅问道。

"全面生育检查就是男的女的该做的生育检查都要做一遍，比如男的要查睾丸与精子质量之类的，女的要查内分泌、子宫之类的，总之要查很多项目，包括血液血型之类的。先带你们去交费，交完费再带你们去做检查，你们到时会知道的！来这儿治疗不孕不育症的男女都是这样。"助理淡淡地说。

"哦，现在治疗不孕不育症的人很多吗？"

"多啊！受环境、食品等各种因素的影响，现在患上不孕不育症的男女多的是，我们是专业医院，每天都忙不过来，在我们这儿治不好的不孕不育症，到别的医院更治不好！你们就放心做检查吧！检查后，只要没有硬伤，经过我们医院治疗，你们肯定会很快怀上娃娃的。"

"医生，什么是硬伤啊？"

"硬伤，比如做人流做多了，导致子宫异常脆弱，胚胎无法着床而不能正常怀孕的，再比如有的男孩小时候做疝气手术，医生不小心把射精管割断了的，还有就是女的先天性输卵管严重堵塞无法疏通的，等等之类的这种不孕不育症，这些都是硬伤，医院是不可能承诺治好的。"

"好，医生，知道了，那就好，感谢你们！"

到了医院的交费窗口，医院财务看了一下单子，便对柳岸说道："你们是刷卡还是交现金？检查费一共是三千六百八十八元。"

"啊？检查费要这多啊？"

"你们做的是全面检查，两个人，不多。"

柳岸无奈地拿出随身携带的一张银行卡交给了医院财务，交完费，柳岸与亚梅在助理带领下便各自进了检查室。柳岸听从医生安排，在一个单独的小房间看了电脑上的黄片，取了一些精子给医生拿去检查，随后到抽血窗口被抽了三管子血，他的检查就算完了。亚梅的检查则要稍微复杂些，先是做了阴道镜、B超与造影，然后再到抽血窗口被抽了三管子血。检查完毕，汤医生让他们坐在医院诊室外面的凉椅上等结果。

在等结果时，亚梅对柳岸说道："岸哥哥，我怎么觉得这家医院有点黑呢？检查也没做多少，怎么要三千多块钱？我两个月才能挣到这么多钱啊！"

"没得办法，医院好像都这样。我听我爸说过，当初我妈妈就是因为住院费太高了……唉！"柳岸小声地说。他感觉自己好像说错了话，轻轻地叹了一口气，支支吾吾地不再说什么了。

大概两个小时后，柳岸、谢亚梅被汤医生助理叫进了诊室，汤医生见到他们，便微笑着说："你们检查后的问题应该不是很大，男的基本没有问题，精子质量蛮好的，血液检查也没有问题，女的内分泌与血液检查问题也不大，就是造影显示输卵管有堵塞，这需要进行疏通手术，一会儿你们签一下治疗合同，我来给谢亚梅安排手术时间，先做手术，后收费。"

"啊？做手术？做什么手术啊？医生。"柳岸着急地问道。

"就是输卵管疏通术，不需要开刀，现在医学发达，在显微镜下做一个疏通术即可，疏通了你夫人的输卵管，术后再给她开些中药调理一段时间，然后你们按我们的治疗意见，进行排卵监测，到了排卵时期，我让你们同房，你们就要及时同房，你的夫人就可以顺利受孕了。"汤医生一脸严肃地说。

"那请问一下，做手术得多少钱？做手术多长时间后能怀孕？"谢亚梅有些紧张地问道。

"这些，我们都会严格写进合同里面的，你们等会儿先仔细看一下合同，看完有疑问再说。"汤医生说。

"那好吧！给我们看一下合同。"

"你们要抓紧时间看，趁你们现在不孕不育的问题不是很大的情况下，要抓紧时间治疗，想要娃娃就得趁早治疗，不能顾东怕西的！治疗早的话，半年左右你们就能怀上娃娃。"汤医生有些不耐烦地说。

柳岸与亚梅把汤医生给的合同前后仔细看了几遍，也看不出个所以然，似乎只看懂了一条：先手术，后交费，费用不含突发情况与额外治疗，保底费用是一万六千块钱。

此时一心想要娃娃的柳岸与亚梅也顾不了那么多了，把心一横，直接在治疗合同上签了字。签完字，汤医生便让助理带他们去办理了住院手续，谢亚梅住进了这家民营医院。汤医生说谢亚梅要先在医院病房里住一个星期观察一下，这一个星期，医院全程负责调理病人，不需要任何家属陪护，等病人的身体各项指标平稳了再做输卵管疏通术。此时的柳岸与谢亚梅如同待宰的羔羊，只能听从医生的安排，他们害怕半途而废，只能无奈地接受安排。

因亚梅要先住院一个星期，为了挣钱，柳岸不得不先回了工地，继续干他的手艺活。

一个星期后，柳岸接到医院汤医生电话，让他带上银行卡，过来签字做手术。到了医院诊室，柳岸拿过汤医生递过来的手术单，此时的他，只能选择信任医生，毫不犹豫地签了字，因为他只想妻子亚梅尽快做手术，他耽误不起啊！汤医生看柳岸签完字，便对他说道："你的夫人在医院住院观察了一个星期，我们医院付出了很多，她的吃喝拉撒都是在医院里解决的，你先去把她这一个星期的住院费用四千块钱交一下，然后，我安排下午给她做输卵管疏通术。"

"啊？一个星期要四千块钱住院费？"柳岸痛苦地问道。

"是的，这是最优惠的价格了。赶紧交钱后，下午做手术！可不能再耽误时间了。"

柳岸硬着头皮交了四千块钱的住院费，便焦急地等着下午妻子的手术。不得不说，柳岸确实憨厚到了家，对医院与医生的承诺、安排，他不敢提出质疑，哪怕心里有质疑，他也不敢反对，只得配合医生与医院，他只希望尽快把亚梅治好，尽快生个娃娃，这样，他才能对父亲柳顺有个交代，他才能以后在柳家大湾立足啊！那时的农村人，结婚了，就必须生娃娃，不然就会被村里人怀疑身体有问题，会被人看不起的。作为一个地道的农村人，谁也不想头顶上戴着一顶被人看不起的帽子，因为这顶帽子不好戴啊，会压死人的。

当谢亚梅被推进手术室时，柳岸的心提到了嗓子眼。一九九二年，他的母亲袁爱红住院时，由于他当时年龄偏小，加之是父亲柳顺在操劳，他并不知道母亲在医院发生过什么，母亲死后，父亲也极少跟他们说母亲住院的事。因而，对于母亲袁爱红的病亡，他们心中都充满了疑问，却也不得不无奈地接受这个谜团，父亲柳顺不说，他们怎么好强问呢？如今柳岸的妻子亚梅进了医院，被推进了手术室，柳岸感到十分心疼，他心疼妻子，他巴不得替妻子做手术。随着手术室的门"咔嚓"一声关上，他的心也紧了一下，他的眼泪禁不住地流了下来。

亚梅也真是个苦命的女子，读初中时，父母双双遭遇冤死，好不容易与自己心爱的岸哥哥结婚了，却不能顺利给他生个娃娃，她感到内疚、自愧，甚至自卑。看着岸哥哥为了给自己治病已花了快一万块钱，她的内心更是充满自责。被推进手术室的亚梅，被几个麻醉师翻过身打了麻醉药，她瞬间感觉除了大脑，身上其他地方都是麻木的。亚梅目光呆滞地望着医生，做手术的医生宽慰着她说道："没事的啊！就是个小手术，不用开刀，我们就是在显微镜下，在你的肚皮上打一个小孔，用专业器材钻进孔里把你堵塞的输卵管疏通一下就好了，不用紧张。"

大概一个小时左右，手术室走出了一名医生，他对着手术室外的柳岸喊道："你是谢亚梅的丈夫柳岸吧？你来跟着我，换一身无尘服跟我到手术室一下，你夫人有些别的问题需要你现场决定。"

"啊？医生，我的媳妇出了什么问题？要不要紧？"

"你赶紧换无尘服进去，进去了，医生会告诉你的。"

柳岸换好医生给他的无尘服，进到手术室，一个做手术的医生叫他站在显微镜前面的显示屏旁，让他看看谢亚梅的子宫，医生对他说道："我们在做手术时，通过显微镜发现你夫人不仅输卵管堵塞了，还伴有子宫内膜异位，现在要把子宫内膜异位校正过来，需要征得你的同意，同意知情单就在旁边，你签一下字，我们就开始校正她的子宫，只有子宫正位了，输卵管疏通了，她后面才能顺利受精怀孕。"

此时的柳岸望着手术台前的显示屏，看着妻子的内脏显示在自己的面前，他的大脑一片空白，医生说什么就是什么，他只得迅速签下字，并一再央求医生一定要把手术做好。

医生当着柳岸的面，注入药水，用专业器械把亚梅的输卵管疏通了，并用专业器械把她的子宫翻动着。柳岸看着亚梅的器官被搅来搅去，心中顿时五味杂陈，忍不住泪湿衣襟。医生让柳岸看了一会儿，就把他带出了手术室。

出了手术室，医生便提醒柳岸道："给你夫人做输卵管疏通术的手术费一共是一万六千块钱，刚在手术时发现她的子宫内膜异位，校正后需额外加三千块钱费用，这些在治疗合同里都有。合同写的是先治疗，后交费，我们已把她的手术做得差不多了，人不会有大问题的，你现在可以安心去医院财务把一万九千块钱的总费用交一下，现在不交的话，最晚也就允许你拖三天，三天后必须交哈。"

柳岸听医生说完要交钱的话，一时语塞，不知说什么好。无奈的他不得不来到医院财务室交费，交费刷卡时，他心有不甘地冒出一句话："你们这医院怎么搞得跟种庄稼一样，种一点，收一点，循环往复，没完没了！收什么费怎么不一次性说清呢?"

医院财务听柳岸这么一句埋怨的话,便斜着眼瞪了一下他,说道:"我们知道你们是农村来的,生活的确不容易,医院才让你们先治疗后交费啊!这里是医院,不是种庄稼,请你不要跟种庄稼扯在一起,是两回事。"

面对财务人员的出言不逊,柳岸强压心中愤怒,他只得大声回了几个字:"我晓得!事不一样,理一样。"

"我再重复一遍:这里是医院不是种庄稼。"

第二十九章
留在柳家大湾

谢亚梅终于出院了，这次住院做手术，虽然搞得他们有些蒙，但多少带给了他们生的希望。谢亚梅出院时，那所民营医院的汤医生给她开了十几服中药，嘱咐她按时定量喝，并叮嘱她要静养三个月，不能劳累，三个月后过来复查。柳岸一听医生让妻子要静养三个月，他便做了一个决定：去跟立山联建的柳猛大伯说一下，自己要暂时辞去立山联建的事，带妻子亚梅回柳家大湾专心养病，自己要专门伺候妻子！在柳岸心中，毕竟生娃娃事大，赚钱的事，后面还可以再去挣。对于农人来说，一个没有娃娃的家庭不能算个家。

不得不说，柳岸与亚梅这几年还是积攒了一点钱的。

从到立山联建当学徒，到结婚，柳岸除了出些钱给弟弟柳阳读书与补贴家用外，他个人存了几万块钱。这次妻子亚梅从住院到出院，花了将近三万块钱，但他并没有负债，手上还有些余头。亚梅在立山联建做事这么几年，除了照顾弟弟亚福读书，孝敬舅舅柳明，她手上也存了几万块钱，所以，他们夫妻这次回柳家大湾的日子还是能过得去的。

柳岸带着妻子回到柳家大湾，父亲柳顺得知儿媳妇在医院做过手术，便去了湾里好几家买来土鸡蛋给儿媳妇补身体。那时，柳顺在家，因为既要种田种地，又要闲时打短工，家里缺少女人把持，他便没有养鸡鸭之类的家禽，只养了一头仔猪与一头耕牛，日子还过得很紧促。这下柳岸回家准备长住一段时间，柳顺打心底里高兴，他一直认为农人就要种田种地，农人的子孙要是干不了别的大事，就应该以种田种地为生。他想，如果都不种田种地的话，谁来养活人呢？

正是有了这种想法，柳顺便跟大儿子柳岸说道："你们回到柳家大湾休养是对的，回来后，你也不能闲着，我哪天去找柳刚书记说一下，让他把我们原来住过的村部旁边的仓库批给你做几间房子。你们都结婚这么久了，也该有个自己的窝了，这老屋还是当年柳猛兄弟帮忙重新建的，现在是勉强住一家人，可等柳忠、柳阳结婚就没法挤着住了。你是家中老大，要先自立门户，这样你的两个弟弟后面才好成家。我去找柳刚书记时，还会跟他讲讲，让他做做一些田地撂荒人家的思想工作，把他们撂荒的田地承包给你种，你年轻，在家多种些田地，不会比你在立山联建打工差。我们爷俩一起努力，就在柳家大湾生根，把日子过得红火了，谁人敢不把咱当人呢？老话说了：出的门多，受的饥多！你的三姐柳莹当初要是守在柳家大湾的话，也不至于现在连家都回不来，还跟了一个外地人。唉！"

"爸，我晓得你说的意思，我在立山联建从学徒到做师傅，也有六七年了，里面虽然能挣到钱，柳猛大伯也想提拔我当木工头头，但在里面做事，总是没有任何归属感与幸福感。每天天刚亮，赶着吃完早饭就要上架子，一天到晚就是扛模板、钉木板，房子成功了又是拆模板、收场子，挣着大工的工钱，却是日复一日重复着一样的事情，人整得跟机器一样，我也想改变这样的生活啊！"

"有的事也怪爸，没能供养你读好书。你要是文化高一些，就多些选择，就不用整天在工地上晒得黑不溜秋的。唉！种田再苦，但个人劳动都是量力而行，自己的身体自己晓得，可你在工地上就是机器，老板赶工期，工人就得拼命做事。咱爷俩还是想点长远的事。你那工地上的活，年轻还能顶住，岁数一大，身体准垮掉。你看看，种田的人活到八九十岁的大有人在，可我看你们在工地上常年搞的人，不到五十岁身体就够呛。"

"是的，爸，你这话说到我心坎上去了。我没读着书，不怪你，你养活我们姐弟六人已经很不容易了，现在柳阳还在读书，家里就还有出头的希望。柳阳读书聪明，他明年高考一定能考上好的大学，到时我们全家都能扬眉吐气了。我现在想法也简单，就是在家伺候好你与亚梅，争取明年让你抱上孙子。"

"好，就这样干，只要咱爷俩齐心，没有干不成的事，家里一定会好起来的！阳娃娃出息了，他也不会忘了你这当大哥的。我去跟柳刚书记说说盖房子与承包田地的事，说好了，我们再商量下面的事。"

当天，柳顺来到村部找到柳刚书记，把请求盖房子与承包田地的缘由说了一下。柳刚倒也十分爽快，他答道："顺兄弟啊，如今这岁月，能踏实留在柳家大湾落地生根，留下种田种地的年轻人太少了，你家岸娃娃有想法，好样的！房子的事，我找村里其他人一起开个会说一下，应该没有问题。现在农村人出去做事的多，村部旁边的仓库也空了好多年了，村里小学也撤了，都合并到镇上去了，以后村里人为了孩子上学，搞不好都得到镇上去租房子！把仓库批给柳岸做几间房子没有问题，他在村部旁边住着，到时承包上撂荒的田地，可以考虑实行机械化种田嘛！村里空置的小学可以用来晒谷子、储粮，好事嘛！"

柳顺跟柳刚说合这事后，到了第三天，柳刚上门来到家里，正好碰到柳岸，便笑着对他说："岸娃子，你小子有福气，你自立门户盖房子的事与承包撂荒田地的事，我都给你办好了。你小子小娃娃时，我就是村支书，当了十几年了，能为老百姓办点实事，我都是尽心尽力地办好。"

"谢谢你呀！我在柳猛大伯的立山联建做事时，大伯多次跟我说过，他开你年薪三十万，让你去立山联建做监工，你都不去，你是对农村与农民有感情的好书记啊！真心谢谢你。"

"我们兄弟四人，两个老板，一个政府里上班，我就乐意做这个村书记！做个村书记，脚踩泥土，接地气。兄弟们各有各的路嘛！你们三兄弟，将来也是各有各的路，不可能在同一条路上的。你娃娃就留在农村跟我一起干，我当书记，也种了不少撂荒的田地，你把剩下撂荒的田地捡起来种，跟大家伙打好招呼即可。你年轻，有机会的话，村里出面送你去培训操作农业机械，到时就在我们柳家大湾村里实行现代化机械种田，说不定，你就是我们柳家大湾农业机械化的第一人呢！你现在啊，就在村部旁边仓库基地上简单盖几间屋子，适合住人就行，也不要花太多钱，搞得舒适即可，把钱留着点，以后买农业机械。"

柳刚的一席话，说得柳岸热血沸腾，这正是他向往的生活啊！柳刚看柳岸怔在原地，不知说什么好，接着又对柳岸说道："岸娃娃，我比你爸小不了多少，马上就五十岁了，估计也搞不了几年村书记就要退下来了，你能留在柳家大湾守着田地过日子，就是柳家大湾村里的希望。我希望你追求进步，到时我退了，你上来，这样我们柳家大湾才能生生不息。农村嘛，总得要有人守着干事业！农村是一片广阔的天地，农业是一个光辉而伟大的事业，农人是值得尊敬的人，我们一起干吧……"

此时的柳岸，彻底被柳刚书记的一席话说动了，他激动得不能自已，高兴地说道："谢谢刚叔，我留下来跟你干，守着柳家大湾，守着这片土地！"

"好！好样的！很好嘛！"

不得不说，柳刚是一个负责任的村干部，比起那时大多的村干部来讲，他绝对是一个好村干部。这几年，柳刚看着村里的人被市场化的大环境给卷走了，纷纷舍家弃农，跑到城里打工，村里的田地一片片地被撂荒了，他感到无比的伤心难过。很多人到了城市，发展好了，挣到钱了，在城里买了房子，把一家老小都接到城里住了，就极少再回柳家大湾了。柳家大湾种田种地的人越来越少了，住的人也少了，很多人家的房子因长年没人居住，没了人气与生气，在风雨侵蚀中，慢慢垮掉了。一个对农村有着深厚感情的农人，看着这些怎能不心痛呢？柳刚也有很多外出挣大钱的机会，他也曾犹豫徘徊过。他的大哥柳猛、二哥柳勇曾不止一次要他去省城立山联建主事，甚至说只要他去立山联建做事，一年之内就帮他在省城买一套房子，把他全家户口都迁移到省城。他的大哥还说，只有走出去，后代才能接受最好的教育。四弟柳强也曾提出给三哥柳刚安排一个工作，让他辞去村干部职务，他也动过心，但他最终还是选择了继续留在农村当他的村干部，为农人们服务。

柳刚选择留在柳家大湾村里，还有一个重要的原因，就是他是个大孝子，他们兄弟四人，他最孝顺父母，他们的父母柳志与梁氏是绝不愿意离开农村的土地进到城里的，两位老人在农村生活了一辈子，他们说死也要死在柳家大湾老屋里，葬也要与柳家大湾死去的农人们葬在一起。

看着大嫂付紫芳、二嫂杜秀跟着大哥二哥在省城住高楼享清福，柳刚媳妇许荣云也动摇过，她也曾多次劝说丈夫辞掉村干部职务，跟着大哥二哥一起干。许荣云经常在枕边吹风说："现在的村干部有什么好当的？管不了几个人，干的净是得罪人的事！有本事的人都出去打工了，或者去经商做买卖了，谁还守在农村？农村有什么发展？现在虽然饿不死，但绝对富不起来，孩子还跟着遭罪！你看大哥二哥家的几个孩子现在都去国外读书与定居了！他们的起步都不是一般的高，我们的孩子以后能跟上他们？"

"你个婆娘头发长见识短！农村哪里不好？都不愿在农村过活的话，国家哪来的粮食给城里人吃？经济发展还能安全？你什么觉悟嘛！"

"就你觉悟高！守着几亩破田，当着个不是官的村官，有什么意思。"

"你个婆娘这样说就是忘本了哈！"

"我就想日子过好点嘛！就想孩子们有个好的出路嘛！我有错吗？国家都说加快推进城镇化发展嘛！"

妻子许荣云每每这样数落柳刚，更是加深了他内心的痛苦。还好，父亲柳志与母亲梁氏能理解他，父母时常对他说："老家总是要人守的，田总是要人种的，黄土处处埋人，咱就跟土地过一辈子！你大哥二哥四弟各自想法不一样，命运也不一样，你守着土地留在村里，这就是你的命。人生苦短，欲望无止境，守着就守着，不要想多了。"

每当此时，柳刚都会对父母说："伯、干，我一辈子注定跟土地打交道了，我也要守着你们一辈子，你们在，家就在，你们在，大哥二哥四弟在柳家大湾就还有个家。"

也正因如此，柳刚很看好柳岸，他之所以支持柳岸在村部旁边的仓库建房子，支持他承包撂荒的土地，也是源于自己对土地、对柳家大湾的一腔热血。他想，柳家大湾要发展，就得留住一些年轻人，培养一些年轻人留在村里干。当柳顺为柳岸留在村里的事来找他时，他的内心异常兴奋，想着一定要办成柳岸的事，他甚至开始筹划培养柳岸进入组织，培养他接班当村干部。尽管他知道柳岸文化不高，但他认为只要柳岸肯学，肯踏踏实实立足农村，就值得培养，也就有发展的机会。

柳岸骨子里的憨厚与本质上的善良，没有辜负柳刚的一片好意。

二〇〇五年秋天，柳岸在村部仓库旁边建起了三间房子，房顶上盖的是新出来的琉璃瓦，琉璃瓦下面有吊顶装饰，使得房子看起来十分干净整洁。在搬家这天，柳顺就请了柳志、梁氏、柳刚、许荣云、柳明、谢荷香几个人，随着鞭炮"噼里啪啦"地响起，柳岸与谢亚梅就算搬进了新家，从此自立门户，开启了全新的生活。

这年，即二○○五年上半年，柳岸先把几家好说话的人家撂荒的田地承包了下来，一些暂时不同意承包撂荒田地给柳岸的人家，他也就不急于一时，想着等年底回来的人多了，再一家家去说说，争取在二○○六年承包更多撂荒的田地，柳刚书记从中也极力做着说服工作。柳刚、柳岸这两个农人虽然身份有所不同，却做着同样的事情，是柳家大湾的幸事！

搬进新家没多久，柳岸便带着谢亚梅到省城医院复查了一下身体，复查结果很好，汤医生说给谢亚梅打几针促排卵的针，过几天他们同房几次，应该就能怀上了。汤医生让柳岸与谢亚梅就在医院住下来，单独给他们开一个房间，以保万无一失。对孩子满怀憧憬的柳岸、谢亚梅商量着说：老家房子也建好了，秋收也完了，手上还有些余钱，就住几天搏一搏！家里有了孩子才算个家嘛！

俗话说：上天有好生之德，一个人来到世上，世间不会辜负好人。这句俗话此时用在柳岸、亚梅夫妇身上，倒也不是迷信。在医院住了几天，经过汤医生打排卵针，柳岸与亚梅连着几天同房，与平时同房的感觉还是很不一样的，他们的直觉告诉他们：可能成功了，命中了！

是的，这次从省城医院回到柳家大湾两个多月后，谢亚梅一直没有来月事，月事一向准时的她，感觉自己怀上了！她与柳岸怀着忐忑不安的心情来到立山镇卫生院做了 B 超检查，结果显示：谢亚梅已怀孕六周多了！谢亚梅真的怀孕了。

亚梅怀孕后，柳岸更加坚定了留在柳家大湾承包田地的决心，也更加坚定了要守在柳家大湾的决心。柳顺得知儿媳妇亚梅怀上了孩子，更是喜得合不拢嘴。得到消息的当天，他跑遍了好几个自然湾，给儿媳妇谢亚梅买回来十几只土鸡，并交代柳岸说："亚梅身上可是肩负着我们柳家第四代的重任，你一定要好好照顾她，不要让她做重活，怀孕前三个月很关键，可得留意啊！"

"爸，你放心，亚梅怀了孩子，我哪里也不去了，就跟着你在柳家大湾种田种地，好好收拾庄稼，力争明年多承包些撂荒的土地，到时找柳刚叔叔帮忙搞几台农业机械回来，我们实行跟省城周边农村一样的机械化种田！种出经验后，我们就在柳家大湾土地上大干一场，到时你带着你的孙子辈看着我好好干！"

"你这娃子，生个孙女也是好的！要是你们的妈妈在世，该多好啊！如果她看到快抱孙子了，会有多高兴啊！"

说着说着，父子俩都沉默了，眼泪都禁不住流了下来。是啊！命运捉弄人，这可能就是生活吧！人生哪有尽善尽美的呢？也许，充满缺憾的人生才是真正的人生。

第三十章

秋天的三喜临门

二〇〇六年春天伊始，柳家大湾背靠的立山呈现出一片生机。山上马尾松枝丫上的积雪早已融化，四处的植被发芽都要比往年早些，一只只野兔上下乱窜，一群群鸟儿展翅翱翔在山的上空，一头头野羊徘徊在立山四周，不停地发出"咩，咩"的声音，它们似乎在诉说着立山今年是个好年景。十几个拿着铁具的农人们追赶着疯狂吼叫的野猪，希望把它们赶到立山丛林之中，坚决不能让它们祸害山下的小麦。今年春天的雨水充沛，还没有到清明节，立山半山腰茶场的茶树已发青，嫩嫩的茶蕊含苞待放，淡淡的清香让人心旷神怡。身在其中，不禁要感叹这真是一片美好的自然啊！

这年的春节期间，经过柳刚书记做了大量的思想工作，大多撂荒田地的农人都愿意把自家田地承包给柳顺、柳岸父子耕种，且不要他们父子任何好处，这对柳顺、柳岸父子来说，无疑是今年最好的开局，他们终于可以在柳家大湾这片土地上大干一场，实现种田大户的梦想了。

田地承包到手了，接下来，柳岸便主动找到柳刚书记。他想跟着别人学学操作农机，并准备购几台实用的农机，毕竟，一下子承包这么多田地，光靠他与父亲两个人肯定是种不来的。柳岸的这些担忧，身为柳家大湾村支书的柳刚，早都给他想好了解决办法。

当时立山县政府为了响应国家取消农业税的利好政策，调动农民种田的积极性，特别是为了推进城镇化进程，实现立山这个农业大县的农业机械化及自动化规模种植，提高粮食产量，出台了一系列惠民政策，其中一项惠民政策就是免费为购买农业机械的农人实行培训，这个培训是从农人购买机械开始时就执行。而且在这项惠民政策中，还附有一项对农人的重大利好政策，就是农人只要到指定的地方购买农用机械，与销售者签订购买农机合同后，就可以凭购买农机合同，通过村委会开担保证明，到所在乡镇农村商业银行申请三年的小额无息贷款。也就是说，农人只要到指定的地方购买农用机械，与卖主签订购买合同，即使农人自己没有钱，也可以拿到银行无息贷款买上农用机械，实现种田种地的机械化。立山县政府出台这项惠民政策，其中特别指出：鼓励优秀的青年农民扎根农村，加强青年农民的现代化农用机械培训，落实购买农用机械补助款项，打造农村种植的产业化、集约化、现代化，提高青年农民的社会地位，着力把青年农民培养为不负时代的"新农人"。

不得不说，这确实是一项极好的惠民政策，这项实实在在的惠民政策，造就了一群为实现农业现代化而种植的新农人，为广阔的农村输入了一些新鲜的血液，为农业的长远发展及粮食安全打下了坚实的基础。立山之下柳家大湾的柳岸便是这项惠民政策的受益者，也正是有了这项重大利农的惠民政策，柳岸从此走上了一条坚定的务农之路。

柳刚在柳岸提出购买农用机械请求之前，已经充分地研读了县政府下达的与这项惠民政策相关的文件，他便及时与在立山镇农村商业银行当主任的柳华打好了招呼，他告知柳华柳家大湾村里务农的人只要按政府政策购买农用机械，拿着合同到了银行，就一定要尽快给柳家大湾的农人放款。柳刚还特别提到了要重点照顾一下柳岸，他说柳岸留在柳家大湾务农前途无量，一定要爱护好，为柳家大湾留个好的火种。

在一九九八年重分田地那一年，柳华是柳家大湾六房的头人，同时也是当时镇上信用社的办事员，经过在立山镇这么多年的历练，他终于走上了农村商业银行主任的位置，专门负责信贷工作，无息放贷给农人，他手中的权力可见一斑。柳华这个人做人做事都相当圆滑势利，按农村说法，他是看人下菜，见人说人话，见鬼说鬼话。

柳刚提前给柳岸开具了相关证明，便带着柳岸来到政府指定的立山县大桥（一桥，袁爱红当年意外死亡的地方）旁边的农用机械专卖店，经过讨价还价，以五万五千块钱的总价订购了小型耕耘机、播种机、抽水机、除草机、脱粒机。柳岸跟专卖店老板签完购买合同，交了一万块钱的定金，柳刚又带着他来到立山镇农村商业银行找到柳华，通过银行的各种认证，最后，柳岸顺利取得了五万块钱的三年无息贷款资格。在银行办完无息贷款手续，柳华皮笑肉不笑地对柳岸说道："岸仔有出息，有魄力，别人是奔着往外地跑，你是扎根家乡准备大干，你的这种精神值得所有农村人学习，我们银行一定大力支持。"

"都是一个村一个湾的人，还是需要华兄弟照顾青年农人。村里大力支持柳岸扎根柳家大湾，相信他一定会成为种田大户，也一定会干成功。"柳刚拍着柳岸的肩膀说道。

　　"是啊！不照顾一个村的人，照顾谁呢？别的村的农人不管是年轻的还是年纪大的，想在我们银行申请到无息贷款可没有那么容易啊！光一个资质认证、考察，就得十天半月的。今天是你柳刚大书记做担保，又看在一个湾的分儿上，才能当天申请当天办完无息贷款手续，换成别人是没那么容易的。不是每个人凭购买农用机械的合同都能申请无息贷款的，你们得了政策的好处，可不要到处炫耀哈！免得别人说我因私废公。"柳华表情有些不屑地说道。

　　柳刚听柳华把这话说完，用腿碰了一下柳岸，顺口说道："等贷款到了，机械买回来后，柳岸一定会来感谢你的！到时你回了柳家大湾，他会请你去他新建的房子吃饭喝酒的。"

　　"那倒是小事。他新建房子了？柳岸还真有出息了，一代胜过一代啊！"

　　"叔叔，回柳家大湾后说一声，我一定请你来家里坐坐，我的新房就在村部旁边。"柳岸满脸恭敬地说道。

　　"呵呵，那好，那好，贷款到了再说！手续办完了，我就不留你们了，镇上银行就我这一家，事情还是很多的，天天找我放款的人一大堆。"

　　"好吧！华兄弟，我们先回村里了，你要抓紧时间报批柳岸的无息贷款哈！尽快给他放下来，你也知道农事不等人的。他买了机械还要学习使用技能，学完马上就要投入使用了。"柳刚冲着柳华感叹地说道。

"好，晓得的，你们先回去吧！"

在回柳家大湾的路上，柳刚边开车边对柳岸说道："你还年轻，很多事情，你还不懂。想在家里干一番事业，想稳稳当当地扎根农村，你要好好学习，有舍有得，该舍得的时候一定要舍得。凡事要换位思考，尊重别人就是尊重自己。尊重别人并不是别人有多厉害，而是证明你自己素质高。"

"好的，刚叔，谢谢你。我最该感谢的人应该是你，没有你，我承包不到那么多田地，也买不了农机。等今年秋收了，我一定厚谢你。"

"我这边，你倒不用，我是看好你。"

"刚叔，我虽然没有读太多的书，也没有跟你一样当过兵，但我从小就听我爷爷讲：做人就得知恩图报，滴水之恩当涌泉相报！"

"你有这心就行了。你爷爷柳儒是位了不起的老中医、老学究，他永远是我们柳家大湾的一座丰碑、一位精神领袖。以后你们三兄弟搞好了，要在你们爷爷奶奶的坟前立块大碑！"

"好的，刚叔，我记住了，一定会的。"

柳刚与柳岸这样一路聊着，既投机，又实在，不愧为柳家大湾两代好农人。柳岸回到家里，专心伺候着怀孕的谢亚梅，三天两头给她炖鸡汤喝。在伺候妻子之余，他与父亲也开始做着春播夏收的准备工作，他与父亲准备把今年承包的水田都种上杂交中稻，把承包的旱地都种上花生，这样到了今年的秋天，一定会迎来水稻与花生的双丰收。现在只等贷款到了，农机买回来了，学会了农机耕作技术，就可以大干一场了。柳岸心想：银行三年的无息贷款，大面积种上三年的田地，到时一定能按时还上贷款，说不定还能结余一些钱呢。即使没有结余的钱，只要能按时还上贷款，种三年的田地，最起码我也赚上了五万多块钱的农机。想想这些，柳岸心里都美滋滋的，再想想妻子亚梅生娃娃后，一家几口人守着土地过着不分不散的小日子，心里更加美滋滋了……

贷款终于下来了，农机终于运回来了，耕作技术也学会了，柳顺与柳岸都长长地嘘了一口气。

办完这些后，柳岸买了些烟酒、割了几斤肉，提着来到柳刚家里，说道："刚叔，成就我购买农机，实现机械化种田，你的功劳最大，这是我们一家人的一点心意，你又是长辈，你可要收下。"

"你才刚起步，我家又不缺吃不缺钱花，你把礼物拿回去给你爸，你爸柳顺抚养你们成人不容易，你要多孝敬他。我们之间不要搞见外了！你要放宽心，你还年轻，还要历练，等把你培养到了我这个位置，你就明白了。"柳刚感叹地说道。

"侄子我可不敢想刚叔的位置啊！我没文化，也没当过兵，我可不敢多想。"

"只要你追求进步，踏踏实实扎根柳家大湾，争当典型的种粮大户，到时自然一切水到渠成。有我掌舵，放心干！"

"好的，听刚叔的，错不了。"

二〇〇六年的秋季，对柳顺来说，的确是一个丰收的季节。大儿子柳岸虽然已自立门户，与谢亚梅单独居住着，但与他并没有分得很清楚，在他们的思想深处，他们永远是一家人，所以家里不论大小事情，他们总能商量着分担，喜悦也是共享的。

在这个秋季，已年过半百的柳顺，这个朴实的农人，经历了他人生中难得的三大喜事，真是三喜临门！这三件大喜事，不亚于他当年与袁爱红定亲、成亲、生娃。

第一件大喜事，因柳岸种田种地得力，使用各种农用机械大大提高了农事效率，加之风调雨顺，二○○六年九月份，他家收获了两万多斤杂交中稻谷子，压榨了一千多斤花生油。他与柳岸留足了一年吃用的谷子、花生油后，把剩下的稻谷卖给了粮库，光粮食就卖了两万多块钱，还卖了八千多块钱的花生油。这些劳动的收获，对柳顺来说是破天荒的，收了这么多粮食与花生油，一分钱的农业税与提留款都不用上缴，真正是一件天大的喜事啊！大获丰收的柳顺，身体再苦再累，干起活来，精神头却是十足的。

第二件大喜事就是儿媳妇谢亚梅在十一国庆节前一天为柳家生了一个大胖小子，柳顺终于做爷爷了。生下这个孩子后，柳岸跟父亲柳顺说："为了生这个孩子，我们前后花了几万块钱，我看就叫他柳大万吧！大万这个名字有几重意思：一是生下他不容易，花钱大几万；二是他的名字与柳家大湾是谐音，以此证明他是柳家大湾的后代；三是希望他长大后能成大器，气象万千。"

"你娃娃没有多少文化，却跟你爷爷一样，很会起名字，就把我的孙子叫大万，这名字好，气派！"

在给柳大万办满月礼的当天，柳顺去立山镇请了几个厨师，在柳岸的新家请了几十桌客，柳家大湾在家的农人几乎都来了，酒席的桌子都快摆到村里荒废的小学操场了，那种场面在农村真是难得一见。来做客的人，都一个劲地夸赞柳大万的名字起得好，将来一定是个能成大器的人。

第三件喜事是柳顺的三儿子柳阳不负众望，在二〇〇六年高考中一举夺魁，成了立山县的理科状元，顺利被重点部队医科大学录取了。读部队的医科大学不需要任何费用，每月还有津贴拿，这对于柳顺来说，真是扬眉吐气了！立山县政府按之前的教育奖励制度，奖励了柳阳五万块钱，因读大学不需要任何费用，柳阳便把这五万块钱的奖金，全部给了父亲柳顺，这无疑使柳顺的腰杆更硬了。

三件大喜事接连而至，几乎是同时到的家里，一向憨厚朴实的柳顺逢人便说："我的父亲柳儒与我的妻子爱红在天显灵了！才使穷了大半辈子的我摆脱苦海了。"

听到这话，有的附和着表示赞成，有的人便说："你要感谢这个好时代啊！你家是遇着好时代了，赶上了好时代了！我们大家都赶上好时代了！"

"是啊！是啊！我们都赶上好时代了！种田种地再也不用缴提留款与农业税了，还有补助！时代好啊！"

"是啊！是啊！不是这个时代，我们的子女怎么可能跳出农门？怎么可能在城里买房子安家？感谢好时代啊！"

"是啊！是啊！这个时代就是干事业的时代，真好啊！"

柳家大湾的农人们最后都把一切归入了"赶上了好时代"，的确，我们是幸运的，也是幸福的，我们都赶上了好时代！历史的经纬纵横交错，但总是眷恋着农人们。历史不会说假话，时代不会说假话，农人们更不会说假话，农人们的眼睛是雪亮雪亮的，农人们的心地也是白净白净的。

第三十一章

珍贵的团圆

　　对农人柳顺来说，二〇〇八年的春节，是他最为期盼的一个春节，也是他最为难忘与纠结的一个春节。二〇〇七年年底，在东莞待了六年的柳莹，主动打电话联系了父亲柳顺，说她要带着孙浩及孩子回立山柳家大湾的娘家过年。那时柳莹与孙浩在东莞已经同居生活了五年，他们的孩子已经三岁多了。柳莹与孙浩虽然没有领结婚证与举办婚礼，但他们已是事实上的夫妻了。这次要求回立山柳家大湾过春节，是孙浩主动跟柳莹提出来的，他说柳莹跟了他这么多年不容易，自从生了孩子就一直在出租房相夫教子，如今他也该给她一个婚姻上的名分了，这样不仅是为了他们两个人，更是为了他们的孩子上学。因为那时在东莞，外地人的孩子要在东莞上学，必须要有父母的身份证、结婚证、暂住证等相关材料，才可以办理入学手续。他们的儿子孙强过完春节就必须上幼儿园了，要上幼儿园，就必须得具备齐全的资料，不然他们的孩子无法正常上学。

　　孙浩是四川人，柳莹是湖北人，孙浩要给柳莹婚姻上的名分，也就是两人要领结婚证，必须先到柳莹户籍所在地的村委会与派出所开户口迁出证明，然后，他们拿着柳莹的户口迁出证明，到四川孙浩的户籍所在地办理户籍迁入手续。也就是说，柳莹要把立山柳家大湾的户口迁到四川孙浩的户籍所在地，然后在四川办理身份证，两人再拿着身份证在四川办理结婚证。这样一来，他们就不得不先回立山柳家大湾了。他们此次回柳家大湾，一是两人这么多年了，孩子都有了，孙浩还没有去过柳莹家里，还没有认亲，这次就是回去团圆一下，陪父亲柳顺过春节，让他见见外孙；二是顺便在立山镇把柳莹户口迁出的事办成，在立山柳家大湾待个十来天就回四川办结婚证。因自从柳莹生孩子后，一直在东莞出租房照顾孩子与孙浩，所有开销都靠孙浩的打工收入，两人积蓄不是很多，他们咬牙带了三万多块钱，准备到了柳家大湾给父亲柳顺一万块钱，给大弟柳岸的孩子柳大万两千块钱，其余的钱准备回四川用。

随着社会的发展，人们思想的开放，这几年来，柳顺已慢慢对三女儿未婚生育的事情释怀了，内心早已不再责怪她了。从某种意义上来说，他倒很想见见自家的这位三姑爷，见见从未见过的小外孙。柳顺从电话中得知三女儿柳莹要回柳家大湾后，一时高兴得不得了，放下电话，立马找到大儿子柳岸，他说："岸娃，你三姐打电话说已买好了从广州回老家省城的火车票，准备回家过年了。她说他们先从东莞坐车到广州，然后在广州火车站乘车回省城火车站，大概腊月二十三小年前就能到立山柳家大湾。这是喜事啊！咱们一家人好多年都没有团聚了，如今你三姐跟了四川人，以后很难回立山柳家大湾一趟了。这样的，你打电话给部队的柳忠、大学的柳阳，让他们今年无论如何都要早点赶回柳家大湾过年，咱一家人好好聚聚。你的大姐二姐他们都好说，都在附近，打电话说一下肯定没问题。我希望今年大年三十，咱家的人都到齐，要是都到齐了一共就是十四个人，咱家就成了柳家大湾最热闹的人家了，只要一家人能团聚一下，我老头子死了也值得。"

"爸，咱一家人是好多年没有团圆了，这次一定要争取家里人都到场！我来安排！我一个个电话安排！到时等三姐到了立山县汽车站，我开上自己的面包车去接他们。"柳岸欣喜地说道。柳岸在家务农的这几年，不仅把农用机械操作得倍儿棒，还利用闲暇时间考了个驾照，买了一辆面包车，这样他进出办事就更方便了，有时他还开着自己的面包车做起接送客人的生意，赚些零用钱。

跟父亲柳顺说好后，柳岸便分别给二弟柳忠、三弟柳阳打了电话。柳忠说他刚转完二级士官，他有年假，可以向部队申请休春节假，回来问题应该不大。柳阳读军医大学，本就有寒假，回家过春节自然没有问题。与两个弟弟确认回家没问题后，柳岸便又分别给大姐柳萍、二姐柳晶打电话说好了今年春节一家人吃团圆饭的事，让两个姐姐把各自家人都带上。柳顺得知儿女们今年回家过年都没有问题，心里顿时乐开了花，别提有多高兴了。

因那时身处东莞的外地打工人实在太多了，在东莞火车站很难买到回湖北省城的票，孙浩只得在东莞火车票的代售点买了两张广州火车站到湖北省城的票，这样一来，他们在回湖北前，便要先从东莞坐车到广州火车站乘车。因受二〇〇七年中下旬经济危机的影响，珠三角很多工厂或倒闭或关门停业，许多打工的人失业。二〇〇八年春运开始时，众多的打工者纷纷带着行李箱赶往火车站，都想着回到各自的老家避避经济危机带来的影响。

那时，中国每年的春运就相当于一场人类的大迁徙，大多数人都是从发达的北上广城市回到老家。回乡的人，会拿着大包小包的行李，拖家带口，一点一点地背上火车。随着人口流动而引发的安全问题，让人们时刻担心着，站在高处，一眼望去，人挤人，一不小心就会出现踩踏事件。

在二〇〇七年腊月时，南方下起了鹅毛大雪，气温骤降，接连下了好多天。那一年，南方城市的温度极低，仿佛是来到了东北，大雪覆盖了火车轨道，融化的雪水在冰冷的温度下，又冻成冰溜子，偶尔还夹杂着雨水。因为这场突如其来的大雪，南方许多城市的高压电线塔及供电线路都处于瘫痪状态，多处地方出现断电断水的情况。南方十几个省级行政区，都遭到了低温、雨雪天气的灾害。

铁路瘫痪，飞机停飞，高速封路，但凡能走的交通途径，都被这场大雪给冰封了，其中，广州这个城市承载了太多外来务工人口，在二〇〇七年年底春运之际，大家都急着想要回家，加上那一年经济危机的影响，很多人在广州工作了一年都没有多少收入，有的人就打算彻底回老家，结束这边的工作。这也就导致了春运异常拥挤，在那一年的广州火车站，人口流动量比往年要大很多，恰逢又赶上交通瘫痪，很多车辆都宣布停运。

孙浩与柳莹带着儿子赶到广州火车站时，并不十分清楚火车运行的实际情况，当他们看到火车站上的显示屏中所有车辆信息都显示为"停运"时，他们跟其他乘客一样，被整蒙了。这些购买到车票的人，都不敢离开，生怕自己走了，火车就开了，从而错过回家的机会。车站的显示大屏上，也没有所有车辆的消息。那些从远处赶过来的乘客，看着手上的车票，也不知道哪一天可以正常乘车回家。在当时，能够买上回家的车票已经很不容易了，大家都不想错过这次回家的机会，宁愿在外面等着，也不愿意离开。上一趟车次的人还没有离开，下一趟车次的人就已经提前来到火车站准备乘车，这也导致了车站积聚的人数越来越多。最后车站内都挤满了人，大家都在车站外面的广场上拿着大包小包的行李站着。

任凭风雨交加，吹打在他们身上，依旧改变不了他们想要回家的决心。接连过了几天，广州车站的人口数量也越来越多了。他们手里准备的东西都吃得差不多了，车站附近的小商贩逮住机会，故意抬高商品价格售卖给他们，为了生存，他们不得不高价购买生活所需的食物。原本售价一元钱的矿泉水，商贩开始卖五元，原本售价两元的食品，他们开始卖十元。就算是这样，还是会有很多人购买。当时，在广州打工的人每个月的平均工资也就八九百块钱，他们在车站等候的这么多天，光吃饭就花费了很多钱。

随着滞留在火车站内外的人越来越多，政府意识到，如果再不解决，将会导致更多的人在车站外面等候，可能会造成很多危险事故。在火车站广场上，军警用身体围成一堵城墙，对滞留的人员进行有效的管理。可是，此时的火车站还是会有不少的人赶过来，最高时，人数达到四十万，站在高处望去，人挤人，到处都是人头攒动。随着等候的时间越来越久，打工人的心里也会产生抵触，甚至开始崩溃，他们根本不知道什么时候才是个头，也不知道哪一刻火车才会行驶。

相关部门为了保障他们的人身安全，减少拥挤，出台了不少措施。规定凡是想要退票的人，都可以无条件地在广州全市任何一个售票点退票；想要留在此处继续等候的人员，也会给他们提供一定的物质保障，发放必要的生活物资、水跟食物。军警们全天二十四小时站岗，随时注意在人群中会出现的各种意外情况。

很多本地好心人通过新闻看到了火车站人员滞留问题，也主动给他们提供了食物等，甚至还有人给他们带来了棉被。并劝他们今年就留在广州过年。无论怎么劝说想要回家的人，他们还是会继续等待。可是，在等待的过程中，有人突然间晕厥了过去。由于中间的人太多，救助人员根本就没有办法走过去，于是大家就把受伤的人员，从头顶上，一个接一个地传送到了人群外面，经过医护人员的抢救，好在没有大事发生，有惊无险。在人群中，还有小孩子、孕妇、老人等，站在外面冰冷的空气下，成年人都难以支撑，更何况是那些特殊人群，他们本来就需要休息，但是根本就没有地方可以落脚。

军警们为这些人提供了特殊的保障，政府也启动了应急预案，在火车站附近给旅客们提供了临时休息站，可以为这些特殊人群，或者等待了很多天的人，提供休息的场所。可这些军警战士们，陪着旅客，一同站在外面，无论白天还是黑夜，接连几天，很久都没有休息的他们，也渐渐体力不支。有时候这些军警还要去安抚周围人的情绪，让他们多加注意安全。最终他们的嗓子都喊哑了，手也冻僵了。可是依旧还是会有一些人，趁着军警换班的空隙，拆掉护栏，使场面陷入混乱，而军警们又得赶紧维持秩序。

有的人，在火车站外接连等了十几天，情绪有些激动，不顾一切地迅速爬上了车顶，唱起了歌，歌声中透露着他们回家的渴望。很多人看到后，并没有觉得对方有多滑稽，这么多人都跟他们一样，想要回家。此时，回家成了他们唯一的希望，这种希望，只有在外经历过的游子才能明白。

时间到了二〇〇七年腊月二十八日凌晨三点，所有人都已经精疲力尽之时，突然间在车站内，一列火车响起了鸣笛声，车站显示大屏上出现了各种数字，那是火车行驶的消息！大家在等待中，终于看到了希望，火车终于可以正常通行了！

旅客们、打工的人们，终于看到屏幕上显示的车辆行驶消息，都激动不已。他们在军警的指挥下，陆续踏上了回家的旅程，虽然在火车上坐着的都是陌生人，但是看到对方都是陪自己在风雨交加的夜晚一同坚守的人，大家彼此便产生了特别的亲切感，有说有笑地坐在车中，只等回到家中！军警们将这些旅客都安顿好以后，才有序地撤离了车站。

那一年，很多在外的游子回家的旅程被推迟了很多天，但是好在新年到来之际，纷纷赶回了家，跟家人吃上了一顿饺子。

二〇〇八年这场大雪，给南方许多城市都带来了严重灾害，政府部门也意识到基建的重要性，在以后的很长一段时间内，政府一直都在大力发展各种交通设施。国家规划开通了多个路线，高铁也通往了不少的城市，保障大家在出行时有多种选择。在之后的很多年内，没有再出现像二〇〇八年广州火车站停滞这么多人的情况。同时，国家还在电力系统的建设方面有了明显的进步，发电量稳居全球第一，并研制出了对抗恶劣天气的电网技术，就算是在严寒的冬天，也不会出现断电等情况。从二〇〇八年到现在，国家一直在为保障老百姓的生活而不断努力，只为了能够应对特殊情况不给百姓正常的生活造成影响。真的要感谢我们生活在这样的一个国家，把人民的利益放在第一位，时刻为人民着想！

如今的春运没有了往日的拥挤，却有了越来越多的温暖！作为最普通的人，感受到国家给我们带来的温暖，这也使我们深刻明白了：生活里不仅有自己、有家庭、有事业，还要有国家的强大，国强才能民安。

无疑，孙浩与柳莹带着孩子孙强经受了广州火车站漫长等待的煎熬，与其他人一样，他们差点绝望了，最终在政府的各种得力措施下，于除夕前一天赶回了立山。如果在正常情况下，他们本来是在腊月二十三小年前就能回到立山柳家大湾的，他们的回家行程因暴雪列车停运足足耽误了七天，他们也在广州火车站受了近十天的煎熬等待。那时，柳顺家里已有了彩电，盼着柳莹回家的时间里，他天天关注着新闻频道里关于列车运行的时间，关注着每天的天气预报。他的心中充满了焦虑，他一直在默默祈祷柳莹他们一定要平安回到柳家大湾，一定要在除夕前赶回家，一家人欢欢喜喜地吃个团圆饭。平时言语不多的柳顺，在焦急等待柳莹他们回来的时间里，总在追问其他儿女："莹娃他们上车了吗？火车正常了吗？还得要多长时间到柳家大湾呢？"此时，柳顺的担忧就是整个中国父亲盼着儿女回家过年回家团圆最深切的担忧！是多么的心酸，却又是多么的令人肃然起敬！在中国父亲的眼中，自己的孩子永远是孩子，永远是他们最深的牵挂。

当除夕前一天晚上，柳岸开着自己的面包车从立山县城汽车站接回柳莹他们时，柳顺全家人的心终于放下了。见到三女儿柳莹与外孙孙强的那一刻，柳顺激动得一句话也说不出来，这个朴实而憨厚的半百男人流下了一串串热泪，感动到了所有的子女！一家人见一面、团圆一次真的不容易啊！

在柳莹他们回立山前，柳忠与柳阳已分别回到了家中。柳忠是腊月二十晚上回到柳家大湾的，他这次只有十来天的探亲假，过完大年初一，他就必须返回新疆的部队了。柳阳是腊月十八就到了家里，他所在军医大学正月初八准时开学，他正月初六就要乘车回校了。柳萍、柳晶于腊月二十三小年当天带上了各自的孩子来到柳家大湾，准备迎接柳莹他们，最终没有见到人，她们便决定除夕吃完早饭再过来。因为她们各自有家庭，又在附近，除夕当天吃完晚饭，待上一会儿后，她们是必须赶回各自的家中守夜的。毕竟大年初一，她们作为各自家中的主人，是要招待湾里人来串门拜年的，她们大年初一当天也要到湾里别人家拜年。她们大年初一绝不可能留在娘家，这也是立山农村的传统规矩。当然，因柳莹已是实际上的远嫁，成了四川人，她是可以不守立山农村的传统规矩的，她与孙浩及孩子只能在柳家大湾过年了。所以，时间留给柳顺这一大家子真正的团圆时间只有除夕这一天，仅仅一天时间而已！这一天时间对于这个大家庭来说，是多么的珍贵啊！

除夕这一天中午，柳顺家的十四口人都齐了，有大女儿柳萍与外孙梁肖；二女儿柳晶，女婿袁泉，外孙女袁珊；三女儿柳莹，女婿孙浩，外孙孙强；大儿子柳岸，儿媳谢亚梅，孙子柳大万；二儿子柳忠；三儿子柳阳。一个都不少！如果大女婿梁盼还在的话，应该就是十五个人了，如果柳忠、柳阳都结婚生子了，那这一大家子人就更多了，真是热闹的一家人。当年柳顺与袁爱红顶着生娃娃的压力与风险，造就了如今的一家子，在整个柳家大湾的农人看来，这简直就是一个奇迹！

除夕晚上，吃了晚饭，这一家子十四口人聚集在柳顺家火盆旁边一起守夜，大人嗑着瓜子，聊着过往，憧憬着明天，小孩拿着小烟花在门外追赶着，燃放着，"咯吱，咯吱，呵呵，呵呵"声不断传来，他们高兴地嬉笑着，幸福极了！看着春节联欢晚会，时针指向晚上十点时，柳萍、柳晶起身说要各自回家守一会儿夜了，其他家人起身送他们走出家门，商定好明天，也就是大年初一当天，除了父亲柳顺外，其他人在柳萍家里吃中午饭，在柳晶家吃晚饭。

按立山农村习俗，大年初一是各个湾里的族人互相拜年，初二是外甥到外公外婆及舅爷舅娘家拜年，初三是女婿到岳父母家拜年，初四是侄子到姑姑、姑父家拜年，初五之后，拜年就可以不分远近亲疏了。柳顺的子女商量着大年初一去柳萍与柳晶家走一趟，主要也是为了兄弟姊妹们能在有限的时间里多聚聚，毕竟柳忠大年初二就要踏上返回新疆部队的征途了！其他人过年后，也会陆续踏上各自的路程。

古人都说了：月有阴晴圆缺，人有悲欢离合。这就如天下没有不散的筵席一样，哪怕是至亲至爱的一家人，也会有曲终人散的一天，团圆之后，必有分离，这是自然生活，也是历史规律，我们没法改变，只能在努力生活中坦然接受，难道不是吗？

柳忠再次远赴边关保家卫国，纵有不舍，却是使命在身，不能忘却自己的责任与担当。他这一走，何时再与家人重逢，只能留给时间与生活了。

第三十二章

元宵节舞龙灯

　　柳家大湾，这个立山镇最大的农业村庄，自柳家一世祖们从江西迁徙至此，繁衍生息，传承至今，不论岁月如何蹉跎，不论风雨如何变幻，柳家世世代代一直保持着深厚的农耕文化，柳家的农耕文化深深地刻进了子孙后代的骨子里，烙进了他们心里。从柳家大湾走出去的人，不论多富贵，也不论多贫寒，他们精神上与行为上，总萦绕着根深蒂固的农耕文化。如今，柳家大湾保持下来的农耕文化既有传统的一面，也有现代的一面，他们保持的农耕文化也一直在发展变化着，这种农耕文化几乎可以看作天下农耕文化的缩影。在柳家大湾的农耕文化中，柳家大湾的农人们在元宵节当天有舞龙灯的习俗。在正常情况下，柳家大湾舞龙灯是三年一次，每次都是在元宵节当天举行盛大的舞龙灯活动。

　　舞龙灯是一种传统的民俗文化活动，从某方面来说，属于农耕文化的一部分。龙，是中华民族最古老的氏族图腾之一。远古时期，人们敬畏自然，崇拜神力，于是就创造了这样一个能呼风唤雨、法力无边的偶像，对其膜拜，祈求丰收与平安。

农人们用竹子扎成龙的头、身、尾三节，以小布彩绘，龙身九节，节节用布相连，伸屈自如。龙头贴金镶银，龙眼用蜡烛作光（后改为电光，更显得目光炯炯），龙身用纱绸裱糊，以油彩描绘，五光十色，蔚为壮观。舞龙灯都是双龙，一为红色（火龙），一为绿色（后改为蓝色，即青龙），配有云彩灯，均用竹子扎成，纱糊彩绘。作为一种传统民俗文化，舞龙灯表演花样颇多，一般有"大车轮""羊角环""猛虎跳涧""二龙戏珠""双龙穿裆""二龙戏水""龙凤呈祥""狮子舞龙"等，表演时鼓乐齐奏，配以各种名曲，如《庆太平》《朝天子》《五花马》等，场面令人震撼与欣悦。

舞龙灯有很多讲究，这里可以略说一二。舞龙灯是有时间规定的，不是哪天都能舞的，一般是在正月初一至正月十五之间，有些地方只能在元宵节或端午节等特定节日当天舞龙灯。龙的身长不等，根据年岁而定，平年十二节，闰年十三节，这是民间传下来的规矩，人们一直遵循着，绝不敢轻易违反。每节龙身上装置的灯叫龙灯（即舞龙灯），没有装置灯的龙叫舞龙。龙的装饰和造型也有讲究，一般要有鱼鳞、鬃毛、角、须、牙等，以增加气势和美观。舞龙灯的路线是固定的，一般要经过村庄或街道的主要地点，如庙宇、广场、学校等。有些地方还要在水边或桥上表演，以表示与水有缘。舞龙灯的顺序也是固定的，一般要按照先后或大小排列。有些地方还要按照颜色或形状分组。舞龙灯的方式是由多人执竹竿或铁架，操纵用布料、纸张、彩绘等制成的龙形物，配合鼓乐和口号，模仿龙的姿态和动作，进行舞动和游行。舞龙灯的人员也有选择，一般要由年轻力壮、身体健康、心地善良的男子担任。有些地方还要求表演者穿戴整齐、戴帽子或面具。舞龙灯的礼仪也有讲究，要对龙表示尊敬和谦恭，不能随意触摸或损坏。有些地方还要在表演前后进行祭拜或祈祷。正因为舞龙灯要求甚高，颇为复杂，能舞转龙灯的地方不多，或者说很多地方不敢轻易舞龙灯。

在立山县境内也是如此，并不是每个地方都可以舞龙灯的，舞龙灯有着严格的讲究。按立山当地规矩，舞龙灯的地方，必须具备三个条件。一是舞龙灯的地方风水必须好，简单来说，就是村落的坐向要正，背靠有山，朝向有水，四周有护卫（拱卫村落的山岭）。二是舞龙灯的地方人丁要兴旺，人气要足，村落里有贵人（有当大官的或者有大富之人，舞龙灯耗钱，得有人赞助与支持）。三是舞龙灯的地方要有专业的班子，既要有懂得制作龙灯的人，又要有对舞龙灯的规矩了如指掌的人，且这个人能全盘指挥舞龙灯，更要懂得协调舞龙灯的青壮男子。无疑，背靠立山大山之下的柳家大湾具备所有的舞龙灯条件。民国年间，柳家大湾元宵节舞龙灯就已经远近闻名。那时，只要听说柳家大湾元宵节舞龙灯，附近十里八乡的很多老百姓都会放下手中的活计，自带干粮，提前半天来到柳家大湾等着观看舞龙灯。也正是因此，每当柳家大湾舞龙灯时，湾里便要组织专班人员负责舞龙灯的安全与秩序维护工作。此时，也有农人趁机做起小生意，卖一些瓜子花生之类的小吃给来观赏舞龙灯的人。到了现代，虽然说人们可以通过网络、电视等来观赏，但只要听说柳家大湾元宵节舞龙灯，四周还是会有很多人或骑车或开车过来观赏。

二十世纪七十年代末，改革开放后至九十年代中期，柳家大湾基本上每三年都要舞一次龙灯，在柳儒去世前，每次舞龙灯都由他全盘负责主持，如同主持小满节祭祀车神一样。柳儒去世后，柳传声主持过两次舞龙灯。柳传声在一九九八年发洪水那年死难后，柳家大湾元宵节舞龙灯及小满节祭祀车神，一时半会儿断了线，没人负责主持了。一九九九年至二〇〇七年，在近十年的时间里，因市场经济大发展也深刻地影响着柳家大湾，农人们为了挣钱，纷纷舍家弃农，五湖四海地跑，或漂泊打工，或经商创业，鲜有人愿意组织传统的舞龙灯及祭祀车神，这也就导致柳家大湾能全盘主持传统文化活动的人断代了。

二〇〇八年春节前，在外地拼搏的柳家大湾农人们纷纷赶回来过年了，数千人的柳家大湾，一时又人声鼎沸起来。大年初一，柳家族人互相拜年期间，六个房头的人柳文龙、柳康、柳贵海、柳明、柳镜、柳华等人齐聚一堂，一致商议柳家大湾要在二〇〇八年元宵节举办一次盛大的舞龙灯民俗活动，并决定请柳志老爷子掌舵主持全局，由柳文龙跟班在后，具体负责舞龙灯的准备、组织、协调等事宜，由柳康邀请柳猛、柳勇两位老板赞助支持，他们还商议由柳志老爷子出面请回他的四儿子柳强参与一下此次活动，以示庄重。

于是，柳家大湾近十年没有进行的舞龙灯活动从大年初一开始，便紧锣密鼓地准备开了。参与这次策划舞龙灯的人都知道，柳志老爷子已进入耄耋之年，请他掌舵一来是因为他年岁最大，身体还健康，明面上还能主持，他主持，正好让他们房头的柳文龙跟班具体负责，这样顺理成章，大家伙都没有意见；二来他有几个厉害的儿子，四个儿子，四个都有出息，只要他掌舵，他的四个儿子准得赞助与支持，这样就解决了舞龙灯的经费问题，也就不用其他人家摊钱了，以前柳家大湾舞龙灯时，是家家户户都要平摊钱款的；三来，这次舞龙灯后，要是搞得好的话，以后柳家大湾就恢复三年舞一次龙灯的传统，并让柳文龙来全盘主持，这样也算给柳家大湾培养出一名主持人了。

果然如六个房头的人商量的一样，说动柳志老爷子掌舵舞龙灯并没有费太大劲，他满口答应了，他还跟柳康说："咱柳家大湾之前由我的隔壁兄弟柳儒主持舞龙灯，他死后由传声主持，传声死后，没有人推举，也就没有人管了。我虽说岁数是大了些，但我的几个儿子都孝顺，他们把我伺候得好，身体还算硬朗。说实话啊，在柳儒那会儿，我就能主持舞龙灯呀祭祀车神之类的，只因柳儒是老牌国立大学毕业的老学究，才先就着他，他一辈子给人治病不收费，大家伙都服他。如今啊，柳家大湾在外打工的人，差不多有一半以上的人都在我儿子柳猛、柳勇的立山联建做事，大家伙也就服我了。这就是世道呗，一时是一时，一物是一物，我希望我在进土安息之前能主持舞龙灯，还要舞好！舞龙灯是传统，不能丢嘛！我掌舵没有任何问题，我脑子不糊涂。"

"是啊，是啊！现在咱柳家大湾大事就得你主持，我相信今年元宵节我们柳家大湾舞龙灯一定会轰动十里八乡。你得让四个哥哥都回来，为了体现你的威严，这次舞龙灯所需的费用，就让柳猛、柳勇兄弟出，你再打电话让在地区当官的柳强兄弟在舞龙灯当天一定要回来与民共舞。"柳康趁机说道。

"这些都不是问题，猛娃娃勇娃娃刚娃娃强娃娃，四个人都听我的，我来安排。扎龙灯的费用、舞龙灯的费用都由咱家出，我们不做为富不仁的事，不要别家摊钱。"

"柳家大湾的人有福啊！都要感谢你。"

"感谢不存在，舞就要舞好，要大气些。"

在柳志老爷子的亲自安排与吩咐下，回家过春节的柳猛、柳勇迅速委托了立山县城一个专业扎龙灯的民间艺术团，让他们负责扎好龙灯，并负责派人在元宵节前三天把龙灯送到柳家大湾。为了保证元宵节当天舞龙灯万无一失，柳猛还特别要求艺术团选派十六个专业舞龙灯的人，到时负责龙头龙尾的舞动，并要求他们在最短的时间里教会一批柳家大湾的青壮年男子舞龙。柳文龙则在柳家大湾回家过春节的青壮年男子中选好了二十八个人学习舞龙。做好了这一切，柳家大湾村里便正式对外宣布二○○八年元宵节舞龙灯计划：龙灯绕着柳家大湾自西向东舞动三圈，即从立山黑龙潭脚下的流水口处开始舞龙（这个流水口，即在柳家大湾背靠立山的第一家柳明家房子旁边，柳明家房子侧面有一条小河流经过，这条河流的水，来源于立山半山腰的黑龙潭，黑龙潭的水经过此小河流汇入柳家河），途经柳家大湾老井、打谷场、柳家河埂、柳家河石拱桥，过了石拱桥，然后沿水上游，舞到官桥，最后再顺时针返回流水口，接着再舞动两圈，即告舞龙灯成功。

二○○八年回到立山老家过春节的在外游子确实很多，柳家大湾对外宣布今年元宵节舞龙灯计划后，一传十、十传百，大家口口相传，引起了整个立山镇的轰动，甚至惊动了与立山县交界的几个县。大家都说："柳家大湾舞龙灯停摆将近十年了，今年元宵节能再次舞动起来真不容易啊！一定要去看看这一盛大的民间活动！这辈子能再看一次舞龙灯，不容易啊！"

还有人说："听说这次舞龙灯是柳家大湾在立山联建的大

老板柳猛支持赞助的，他们还请了专业的队伍，他们当大官的兄弟也要回来与民同乐呢！看来这次舞龙灯真不简单，说不定柳大老板与柳大官人一高兴，还要给看龙灯的人发红包呢！咱就等着领喜钱呗！"

"发红包好啊！他们当老板的人不缺钱，赚了大把的票子，发点红包给我们小老百姓都是毛毛雨了，拔不了他们九牛一毛！"有人附和着说。

"当官的也不缺钱啊！柳家大湾既出老板，又出了当大官的，这老板是立山联建的大老板，当大官的是他的亲兄弟，同父同母一点也不假，官与商都让他们家占尽了，柳家大湾的风水也让他们一家给占了啊！这真是不简单啊！"有人打趣地说。

"嘿！这还不算什么，最不简单的是，听说他们的父亲都耄耋之年了，还能操持舞龙灯，这次舞龙灯就是他挑起来的事啊！他不出头，柳家大湾哪里还舞得了龙灯哟！那个老爷子当年都不配给柳儒老学究打下手的，如今快进棺材的人了，因为儿子有钱有势让他能了一把！这真是父凭子贵哟！赶明儿，咱也生几个有出息的儿子。"也有人嘲讽似的说。

"那是，那是，生了好儿子，儿子有出息了，老子跟着沾光嘛！再说，就拿如今这柳家大湾舞龙灯来说，这就是有钱有势的人家干的事嘛！谁都知道整个立山县能舞得了龙灯的地方，用一个巴掌的手指头都能数得出来，绝对超不过三个地方！这柳家大湾算整个立山最狠的地方嘛！他们湾风水旺，人丁多，底气足，派头大嘛！"更有人酸言酸语道。

柳家大湾元宵节舞龙灯依据习俗，定于当日辰时开始。元宵节当天，从立山四面八方来的人挤满了柳家大湾的河埂、打谷场、村落的各条道路，这些人来观看如今难得一见的舞龙灯，各自怀揣着不同的心思，使得柳家大湾一时热闹非凡。舞龙灯开始前，柳志老爷子穿着一身喜庆的唐装（这是他的大儿子柳猛特别为他定做的，花了一万多块钱），他领头祭祀龙神，焚香后，在儿子们搀扶下，对着摆在立山脚下的香案虔诚地叩了几个头，然后又在儿子们扶持下，起身对四儿子柳强说道："强娃娃，你难得回一趟柳家大湾，今天由你来宣布接下来的舞龙灯仪式。你今天是双重身份，既是咱柳家大湾的娃娃，又是咱老百姓的擎天之柱，你来宣布燃鞭炮、鸣响奏乐、舞龙灯起步仪式，大家伙都没得意见的。"

柳强恭敬地站在父亲柳志身后，慢声细语地答道："伯，您是主持人，还是您来宣布接下来的仪式，我可不能越俎代庖啊！不管怎样，我都是您的儿子，也是柳家大湾的子孙，是柳家大湾培养了我，尊敬老人是最基本的，伯，还是您来。"

父子俩正说着，站在柳志下面的柳文龙说道："强叔，还是你来宣布下面的仪式吧！既然大爷说了，你就听大爷的，听大爷的话也是孝道嘛！"

"对的嘛！就由柳强部长来宣布下面的仪式！大家伙准备放鞭炮，鸣响奏乐哈！"人群中有人说。

"等一会儿！等一会儿！柳强部长回柳家大湾惊动了县里，县里四大家领导一会儿就开车过来了，县里说今天柳家大湾舞龙灯是盛大的民俗传统文化，是和谐社会里的盛大活动，要好好报道一下，今天来参加活动的人都能上电视了！"人群中有人咋呼着说。

柳强看了一下咋呼着说这话的人，他并不认识，小声问了一下旁边的大哥柳猛："大哥，我回来之前都说了，这次回柳家大湾纯粹是家人相聚，与柳家大湾的乡亲共赏舞龙灯，不让惊动立山任何一级单位的，怎么还是把县里惊动到了？你赶紧去给县里打个电话，让他们不要过来，舞龙灯三圈后，我就要回市里，今年要换届，我不能出岔子！"

"四弟，你放心，不会出岔子的。家里人肯定没有泄露你的行踪，你回柳家大湾没有多少人知道。我这就去给县里领导打个电话，让他们取消行程，不要来。"柳猛小声地说。

"好！这次换届至关重要，很多人盯着，能不能上一步，关键就是会不会出岔子。只有上一步，才能做更多想做的实事。"柳强感叹地说。

柳猛听完四弟柳强的话，迅速走开，找了一个相对僻静的地方，拨通了县里领导电话，说道："柳强部长说了，你们不要过来，柳家大湾舞龙灯就是纯粹的乡村民俗活动，他回来就是陪陪父母，尽孝！你们过来后影响不好！现在是关键时刻，大家都知道的！他在市里搞好了，对整个立山都是好事，你们要理解与支持。"

"柳总，好的，好的，好的！我们听柳部长的，麻烦您务必跟他说一下：我们已到了立山镇政府大院里，我们不去柳家大湾，就在立山镇政府大院等着给他汇报一下工作……"

"那好吧，我跟他说一下，只要不来柳家大湾就好说！"

柳猛挂断电话，来到四弟柳强身边细语了几句，然后说："四弟，你赶紧宣布舞龙灯吧，不要再推辞了，不能耽误了时辰。"

“柳家大湾的父老乡亲们，我先给大家伙拜个晚年了！现在，我宣布：放鞭炮，鸣响奏乐，柳家大湾舞龙灯活动正式开始……”

柳强话音刚落，一串串鞭炮燃起，一箱箱烟花鸣响，锣鼓齐奏，柳家大湾顿时成了欢乐的海洋。舞龙师傅稳住了龙头龙尾，柳家大湾的后生顶着龙身，元宵节舞龙灯活动正式开始了。

第三十三章

"简单饭局"前后

　　来柳家大湾观赏舞龙灯的人随着舞龙队移动，他们有的鼓掌，有的说笑着，有的跟着起哄，有的甚至喊出："龙神啊，龙神啊，保佑我今年发财啊！"各种声音交杂在一起，真正是人声鼎沸！舞龙灯的队伍按既定方向顺时针地舞动着，卖力地把龙舞动得五花八门，场面甚是壮观。

　　"这龙舞动得像真龙下凡，带劲啊！"

　　"是啊，是啊！希望这舞龙灯的民俗活动不要失传了啊！"

　　"放心！放心吧！在这和谐社会里，咱这优秀的传统文化断不了！咱中国人可都是龙的传人啊！"

　　"是啊，是啊，我们都是龙的传人！我们要敬畏舞龙啊！"

　　观赏龙灯的人，高兴地谈论着，七嘴八舌地评论着，好一派和谐共生的气象，真的是难得啊！

　　依照柳家大湾舞龙灯的民俗规矩，按既定路线顺时针绕着柳家大湾舞龙三圈后，已临近午时，舞龙队在宽阔的柳家大湾打谷场准备卸妆了。只见柳志老爷子在大儿子柳猛、二儿子柳勇搀扶下，缓缓地登上在打谷场提前搭建好的露天高台，站稳后，开口说道："柳家大湾各房头的乡亲们，四方八邻的乡亲们，我代表柳家大湾的农人们宣告：柳家大湾二〇〇八年元宵节舞龙灯大会圆满成功！我的大儿子二儿子为到柳家大湾观看舞龙灯的乡亲们准备了一些糕点、糖果，马上就运到这打谷场上来，我已安排了十几个人给各位分发，希望各位吃好喝好，回家路上注意安全！"

柳志老爷子话音刚落，柳猛大声对着下面的人群说道："去年生意不好做，咱立山联建效益也不是很好。今天是我与我的二弟柳勇个人出钱，给来柳家大湾观看舞龙灯的客人买了一些糕点、糖果，来的人，人人有份，等会儿大家排好队，不要拥挤，每人一袋饼干、一包糖、一瓶百事可乐、一条毛巾，这些礼品虽然不多，但也是我们柳家大湾人的一片心意。现在天气还比较冷，希望各位外村来的客人拿到礼品后，安全回家去！恭祝各位元宵节快乐！"

"柳总，一人搞一个元宵红包啊！我们不要礼品，要红包！"

"是啊，是啊！我们要红包！红包实在些！"

"你们立山联建一年少说也要赚上千万，给我们一人发个一百的红包嘛！"

"就是嘛！没有我们立山本地人给你们立山联建撑着，立山联建哪有今天的规模哟！"

"两位柳总，给红包！给红包！给红包……"

被别有用心的人起哄后，打谷场高台下的人群不顾寒冷，吵吵嚷嚷地吼着柳猛、柳勇要红包，搞得柳志老爷子的脸一会儿红一会儿白的。正在他们不知如何处理这种混乱场面时，柳刚一个箭步冲上高台，拿着扩音喇叭对着人群喊道："我说各位父老乡亲，大家吵吵就行了哈！立山联建是县里的，赚的钱也是县里的，又不是私人的公司。再说，即使是私人的公司，当老板的也没有义务免费给不相干的人发红包。请各位见好就收吧！领了礼品赶紧回家吃中饭去。"

"文龙，赶紧叫人把东西发了哈，想要的就要，不想要的就算了，到时有多的就留给我们柳家大湾自己人。这舞龙灯本来就跟外村人没有关系，白给他们礼品还不知足。"柳刚看着打谷场抬东西的柳文龙说道。

"柳岸，搞快点分下去。"

"来，柳家大湾的多来几个人帮忙分一下。"

"算了，算了，越是大老板越是抠门！越是小气！谁稀罕他们这打发叫花子的东西。"

"走了，走了，回去。柳家大湾牛！咱惹不起！莫要他们的东西了！"

"是的，不要了，走！回去！"

"今年不去立山联建卖命了。不给立山联建干活了。太抠门了。没有一点格局。"

"走吧，走吧！臭东西！以后再也不来柳家大湾看龙灯了。"

人群中一些人听完柳猛与柳刚的话，你一言我一语的，纷纷气愤地离开了。这些人大多是青壮男子，他们没有领东西，空着手离开后，带动着一部分人紧跟着离开了柳家大湾，只有一些外村来看龙灯的老头老婆、妇女小孩嘻嘻哈哈地领着柳猛派人分发的礼品。

柳猛、柳勇嘱咐三弟柳刚监督分发一下礼品，他们两人搀扶着父亲柳志回了家。回到家里，柳勇对大哥柳猛说道："我看我之前跟你商量转移一部分财产到国外去的想法，还是要尽快落实！趁着我们的几个孩子在美国、澳大利亚、新西兰、新加坡读书、创业，还是要提早安排转移财产！"

"这事我晓得，等回省城后再说吧！是要转出去一些。"柳猛叹着气说。

"对了，刚才你与伯讲话时，老四柳强来了个电话，他让我们去立山镇陪着吃饭，还说县里的领导都在，我们联建毕竟挂着县里的名，还是得去一下，这样后面也好办事。"

"好吧，你开车去，叫上老三柳刚一起。晚上我们四兄弟回家陪父母吃饭，到时商量一下在湾里建一栋别墅的事情。"

"好吧！你们吃完饭早点回来，晚上我们一家人吃汤圆。"

"你们赶紧去陪四弟吧，家里有我们几个妯娌呢！"

"去吧，去吧！陪完领导早点回来。"

"好嘞，我们走了哈！"

柳勇开着他们新买的路虎车，柳猛坐在柳勇后面，车开到打谷场停了下来，柳猛看着打谷场上乱糟糟的，三弟柳刚还在监管分发东西，他按下车窗，说道："三弟，上车吧，去镇上。打谷场这里交给我们房头的柳文龙与柳岸负责收场就行了。"

"好的，大哥，稍等一下，我给他们两个人交代一下。"

"告诉他们，晚上到我们家吃饭吧！"

"好嘞！"

柳猛、柳勇、柳刚三兄弟来到四弟柳强与县里领导所在的立山镇立山村石桥湾附近的一家农庄，车停在院子里。县里领导看到他们下车后，齐齐迎了上来，纷纷握手寒暄了一阵，尽说着客套话。

柳强看到大哥他们都来了，便说道："柳家大湾村里舞龙灯还顺利吧？咱伯与干干没事吧？"

"没事的，都好着呢！伯与干干叫我们兄弟等会儿早点回柳家大湾，晚上吃个团圆饭。你好几年没有在家过年，也没跟家里人吃个团圆饭了。今天在家，一定要吃完团圆饭再走。"柳猛表情有些严肃地说。

"好吧，市里的事太多了，很多工作还要回去安排，明天上午市里还要开大会。这里尽量搞快点，简单吃一下，我再回一趟柳家大湾，然后回市里。"

"柳部长，您放心，我们不敢耽误您太长时间，刚才该汇报的工作已汇报了，我们都知道您忙，今天就在您的老家附近安排一个便餐，吃点立山附近的野味野菜，以解乡愁。"

"柳部长，您难得回我们立山镇一趟，您是我们立山镇走出去的骄傲。今天咱不用公款，都是我们镇里几个人安排的简单午餐，请您莫见怪，还请您喝一点立山镇的特色小米酒。您放心，这些米酒都是农民自家用老方法酿造的，没有任何添加剂，可以放心喝点。"

"就是要简单。是立山滋养了我，我只希望你们身为立山的人，一定要多为家乡百姓做实事，把好的政策落到实处。小米酒可以尝尝，只喝一杯即可。"

"谢谢柳部长，那我们准备就餐了。"

"好吧！"

在这个农庄里，今天一共就两桌客人，除了柳家四兄弟，其他人都是立山县里的领导与立山镇的主要领导。在县里领导亲自安排下，柳猛与柳强坐在主位，柳勇与柳刚被安排在中间席位，其他领导按照各自职务大小，按顺序围着坐了下来。席间，大家喝着立山镇特色小米酒，互相敬着酒，吃饭的氛围尽管不是很自然，但吃的野味却令人回味无穷。唯一感到别扭与苦闷的就数柳刚了，他虽然是立山镇最大村里的村支书，但他毕竟是地道的农民，而且还是种着田地的农民，与这种场合，多多少少都有些格格不入。四弟柳强似乎看出了三哥柳刚的别扭，他起身端起酒杯，对着柳刚说道："三哥，你最辛劳，你是农民的榜样，也是我们家里的大功臣，伯与干干平时都是你在照顾，我敬你。"

"四弟，这些都是应该的！我就是喜欢种田种地，别的干不来。"

"柳部长，您三哥不容易啊！不忘初心，值得我们学习，我们一起敬他一杯！我们先干为敬……"

"当农民没有什么不好的，农民是我们的衣食父母，没有农民，哪有我们！柳刚书记是新时代的新农人，我们敬他！"

"新时代新农人，这个提法好。来，我们敬新时代的新农人柳刚书记一杯。"

"谢谢各位领导抬爱，我敬你们。"柳刚有点害羞地说。

"行了，意思到了就行了！我代我三哥谢谢大家了！咱们还是早点吃完散了吧！我们的肩上都有千斤担万斤重，越是过节越是要注意一下。不能让百姓说我们就知道吃吃喝喝，只有干实事，才能走得长远。"柳强忽然插话说道。

柳强这么一说，县里与镇里的领导有些面面相觑，一位主要领导反应过来，迅速答道："柳部长说得好！说得对！待会儿吃完饭，大家要按既定部署，在今天过节的关口到处看看走走，要及时发现问题及时处理问题，回应百姓关切。"

"我提议：以后要少搞饭局，多些担当！今天吃不完的饭菜，等会要打包好，不准浪费。"柳强又说道。

"好！坚决按柳部长指示执行。"

一场夹杂着柳强情愿与不情愿的饭局，在元宵节中午终于结束了。他们兄弟四人回到了柳家大湾，其他人也各回各家，彼此都准备晚上搞个家庭团圆饭了。大家都知道，每年过了元宵节，就要开始忙活了，不管是为了生存、生计、生活，还是为了赚钱、铺路、升官……毕竟一年之计在于春嘛！

柳猛到了家门口，正好碰到柳岸往柳顺家里走，便对着柳岸大喊道："柳岸，你去把柳文龙叫过来，你跟他一起到我家里来吃晚饭，晚上有一点事情要商量。"

"好的，大伯，我这就去叫文龙大哥。"柳岸应道。

柳岸自带谢亚梅就医回柳家大湾后，为了妻子与后代，虽然没再去省城的立山联建干活，但他与柳猛一直保持着联系。柳岸跟他的父亲柳顺一样，骨子里的憨厚与朴实，使得柳猛很是欣赏，他明里暗里一直想把柳岸培养出来，培养成他的得力干将。柳岸步入社会第一份工作就是在柳猛的立山联建做事，他也一直心存感恩，对柳猛充满了敬意。即使现在回到了柳家大湾承包田地，大搞种植，他也会在农忙之余，帮助柳刚一起照顾柳志老爷子与梁氏，他与柳刚逐渐形成了一种特殊的默契关系，柳刚无形中已在重点培养柳岸，准备这两年就把他发展进组织，想着将来把柳家大湾村里的大权交给柳岸。柳猛空闲之时总在想：趁着现在掌控立山联建之机，多赚点钱，到时把财产弄到国外留给孩子们，我们自个儿在柳家大湾盖一栋别墅养老。再过十年我都六十多了，也该退休了，现在得想好后路。钱是赚不完的，趁现在有钱有实力，就把在柳家大湾盖一栋别墅的事解决掉。

柳猛与柳勇的想法如出一辙，正是有了这种想法，他们兄弟两人早在二〇〇七年国庆节期间，就找了几个看阳宅风水的河南高人，为他们在柳家大湾造别墅选一块地方。这几个河南人在兄弟两人的带领下，围着柳家大湾前前后后、上上下下、左左右右都看遍了，最后在柳家大湾打谷场正上方三百米左右的一个小山包（丘陵类地形）上，为他们定了阳宅的门向。几个河南风水先生告诉他们："这个山包是鲲鹏展翅所在，后有立山大脉依靠，如贵人的座椅一样稳当！前有宽广明堂，加之柳家河映照，河流不息，财源滚滚！左右两边众陵拱卫，毫无破绽，在此造一栋别墅，是天然风水宝地。"

几个河南风水先生说完这些，使得柳猛、柳勇兄弟两人高兴不已，便询问别墅该如何造、什么时候造好些。

河南风水先生故作深沉地说道："此地造别墅，必须建成高门大户，别墅适宜建三层。以山包中间界线为正心，正心处前十米开大门，大门要开三米宽三米高，门要装仿铜门，上朱红大漆，门前左右各置石狮一尊。门内设正方形院子，边长为九米，院子中间置聚宝盆一顶，院子后即可造别墅。一楼正中设厅屋，左右各设三间厢房，二楼三楼中间设阁楼，阁楼两边均设楼梯，楼梯不外露，两边楼梯旁各设三间房。整个别墅布局按鲲鹏展翅模样设计，则正应此地风水，可保子孙兴旺，家业发达……"

柳猛、柳勇两兄弟请河南风水先生看宝地的事，在柳家大湾没有几个人知道，他们也就告诉了家里的几个人，并嘱咐家里人在别墅建成之前，不能对任何外人讲风水的事。看完风水，选好了建别墅的地方，两兄弟便想趁今天元宵节晚上全家团圆的机会，把这事摊开讲出来，并决定二〇〇八年清明节后就动工建别墅。也正是因此，他们才想着今晚叫上本房头的柳文龙与柳岸一起过来商量一下。叫柳文龙来，主要是请他做一下柳家大湾人的思想工作，因为打谷场正上方的山包是柳家大湾二房与六房几家人合着的地方，在一九九八年重分田地时按二类山地分给他们了，算了几百个平方米的旱地面积。二房与六房的几家人在山包上种了一些果树之类的经济作物，如今柳猛家要在上面建别墅，肯定得找个得力的人去说服这几家人，柳文龙无疑是最好的人选。柳刚身为村支书，是不方便为这事出面的，要避嫌，以免大哥二哥在此建别墅给自己带来隐患。但柳猛与柳勇知道，只要找柳文龙做好别人的思想工作，钱给他们到位了，多补偿二房与六房的几家人，他们应该都会答应在上面建房子的，只要湾里人答应了，后面建别墅的手续，对柳猛兄弟来说，都不是问题。请本房头的柳岸来商量这事，主要是看在柳顺与自家是隔壁到隔壁的邻居，自家又有恩于柳顺家，加之他们父子为人忠厚，柳岸又在立山联建干过几年，懂建筑，如今他常年在柳家大湾，又年轻，可以让他出面来做造别墅的总管，这样就让自家的老三柳刚能顺利避嫌。柳岸这孩子听话，当总管让人放心。

不得不说，柳猛与柳勇的谋划是十分精细的。可他们想趁元宵节当晚一家人团圆的机会摊开这个事，却被一件突如其来的事弄得暂停了。

当柳岸来到柳文龙家里时，看到他家里聚集着不少湾里的老头老婆，一进门，一位老头便说道："岸娃娃，你来得真是时候，赶快先去通知大房头各家各户主事的男人过来，里面的汤婶快不行了，熬不过去了！"

柳岸简单问了一下情况，才知道事情原委：柳文龙在打谷场帮忙发礼品给外村来看舞龙灯的人时，他的母亲汤世英见儿子文龙今天过节迟迟没有来家里，便想出去看看。谁知因为年龄大了，刚出家门，就忽然头发晕，两眼一黑，栽倒在家门口的磨粉石上，因当天她家左右隔壁都去看龙灯了，一时半会儿没人发现她栽倒的事。等柳文龙拿着剩下的礼品来到母亲家里时，便看到母亲栽倒在磨粉石旁边，一地的血迹，一摸母亲的鼻子，似乎没有了呼吸。他急忙呼喊着人把母亲汤世英抬进屋里床上，闻声赶来了几个平时与汤世英要好的老头老婆，他们掐了掐汤世英的人中，只见汤世英微微动了一下，随即打起了吓人的鼾声。一位婆婆叹气说道："文龙啊！别送你干干去医院了，去了也没有用，她这是不行了啊！她这是栽倒在石头上，伤了元气，老年人栽倒不得，打鼾声说明她不行了啊！老年人昏迷后，要是打鼾，就是断气前最后的呼声啊！你赶紧给你干干准备后事吧！"

"啊？今天可是正月十五元宵节啊！干干啊！你爱吃的汤

圆，我给你留了不少啊！你不能这么快走了啊……"

柳岸问清楚了原委，听闻给自己接过生的汤婶快不行了，立马就折回柳猛家里，气喘地喊道："大伯、二伯、三叔、四叔，我们房头的汤婶快不行了！文龙大哥正哭着呢！我叫我爸也赶紧过去。"

"啊？有这事？！好。我们马上都过去。"

隔壁的柳顺听到自己大儿子如此喊叫后，出了家门，对着柳岸说道："岸娃，你赶紧去喊其他家也过去，我先过去了。汤婶是我们湾有名的接生婆，一辈子接生无数，大家都要去给她送送终！你赶紧去喊人吧！"

"好的，爸。"

听完柳岸的喊叫，柳猛、付紫芳夫妇，柳勇、杜秀夫妇，柳刚、许荣云夫妇，都出了家门，随着柳顺一路赶到汤世英家里。他们在出门时，柳强抢着说道："你们去送送汤婶吧，我在家里陪一下伯与干干，一会儿还要回市里安排工作。"

"四弟，你难得回家里一趟，你不方便去，就不用去了，我们去送送就行，你就在家里好好休息一下，陪陪伯与干干，等会儿我让二弟开着路虎送你回市里。"柳猛答道。

"你们送完也早点回来吃碗汤圆！一家人在一起不容易。"柳志哽咽着说道。

"伯，我们晓得的。"

第三十四章

柳志夫妻死后

虽然立春节气已经过了十几天，但天气仍然不见转暖，立山山顶的积雪还没有完全融化。此时漫步在柳家河石拱桥上，回头望一眼高耸在柳家大湾背后的立山，只见立山上下一片萧条，没有青葱的绿色，没有繁花的绽放，藏着的都是荒凉与落寞。柳家大湾三三两两的老头老婆走在石拱桥的人行道上，唉声叹气地说道："唉！老话说了：没过正月十五，村里死男人，这年要带走三五个人一起做伴！没过正月十五，村里死女人，要带走一群人做伴！这老汤婶死在正月十五元宵节，看来今年我们柳家大湾死的人肯定少不了！弄不好还有青壮的人跟着走呢！"

"是啊！这腊月里下大雪，到处封路，正月里好不容易喜庆一下，停了十年的龙灯好不容易舞了起来，竟然在舞龙灯的当天死了汤婶！莫非是舞龙灯没对路，搅动了哪里？"

"这事说不好，我们自求多福吧！"

"但愿别出啥子大事哟！这两年咱农人家的日子越过越好了，我还指望多活几年，多看看这发达的世界，多享几年福呢！"

"谁不想啊！说句迷信的话：命中自有定数，人的寿命有定数，该来的挡不住。"

"走吧，走吧！别说了！只求莫死了年轻人就好……"

柳家大湾的农人们淳朴的思想里，难免受着旧时老说法的影响。其实，哪个村哪个湾又能不死人呢？特别是老年人，本就脆弱，容易出意外状况，这是很难预见的，正月十五死了汤婶，这就是老年人的意外，是不能与迷信扯在一块的。可是啊，朴素的农人不管这些，他们一信老话，二信宿命。最关键还有一点：要是后面发生了一些不好的事，他们往往会跟老话、宿命这些联系起来，久而久之，就形成了一种固有观念。二〇〇八年这一年，对柳家大湾来说，是极其灰色与哀伤的一年。

汤世英死后，柳文龙按老习俗，请来道士唱了几天道场，在众人帮忙下，把母亲埋葬在父亲柳传声旁边。汤世英之死自然属于白喜事，一切按部就班，依照立山农村老习俗料理后事，该怎么办就怎么办，倒也没有大的波折。

倒是这年的清明节前半个月，柳志老爷子忽然患上了重感冒，一病不起，他的几个儿子把他送到省城大医院治疗后也不见好转。在清明节前五天，住在省城大医院单独病房的柳志意识尚属清醒，便有气无力地跟大儿子柳猛说道："猛娃娃呀，没有不死的人！生老病死是每个人都逃不脱的路，我不能死在省城医院里啊！我更不想火化，我要回柳家大湾，你们要是真孝顺我，就快点送我回柳家大湾吧！我跟隔壁的柳儒大秀才是同年生人，他九二年就死了，我比他多活了十几年，你们比他的儿子柳顺有出息，都干得很好，个个有事业！我现在要是回柳家大湾老屋后，能在闭眼之前，见见远在国外的孙子孙女们，我就没有遗憾了。我死后，你们要把我埋在柳家大湾祖坟林旁边的小山场最中间，那里的风水是我早就请人看好了的。咱家已经富贵双全了，我埋在那里能镇住富贵不跑路。"

在柳志老爷子的强烈要求下，柳猛、柳勇兄弟只得请医院的救护车把他送回了柳家大湾。回到柳家大湾后，柳家大湾留守在家的农人们纷纷前来探望柳志老爷子。看着柳志躺在床上奄奄一息，旁边还架着氧气，鼻子里插着管子，整个人已是骨瘦如柴，都变形了，大家伙心里都知道柳志老爷子这次熬不过去了，大限将至，就这几天的事了。柳志睁开眼，看着满屋子来看他的人，环视了一下周围，微微动着嘴唇，看了看几个儿媳妇，他断断续续地说："柳新、柳奇、柳文、柳丽，他们，他们回来了吗？我等……等着他们……"

"伯，你放心，他们都在回国的飞机上，明天就能到省城机场了，他们的舅爷杜宏力与你的侄子柳康已经开车在省城机场等着他们了，他们一下飞机，杜宏力与柳康就会开车带他们直接回到柳家大湾的。你放心，一定要等他们！"

"是啊，伯，你放心，他们肯定能赶回来！你挺住，你的孙子孙女都想着你呢！他们这次把你的曾孙子曾孙女，还有曾外孙都带回来了！这次咱家的人一定能聚齐。"

"咱家聚齐后，都有好几十人呢！伯，你可要等着他们啊！"柳志的几个儿媳妇纷纷安慰着公公柳志。

柳志老爷子听着儿媳妇们的话，嘴角露出了一丝微笑，闭着眼睛，似乎在养神。过了一会儿，他又慢慢地睁开了眼睛，打量了一下身旁的大儿子柳猛，微弱地说道："我知道，强娃娃今年刚升了官，在省城机关工作很忙，我希望他明天也能带着一家人回柳家大湾……树高千尺总有根，水流万里总有源，这柳家大湾就是他的根他的源，他如今身不由己，但再怎么着，当再大的官，也不能忘了这里啊……最起码，他必须要回来，我要见见他，有事交代……"柳志老爷子几乎用尽了力气，说完这些，又昏睡过去了。

柳猛凑近他的耳旁，轻轻地说道："伯，四弟柳强他们一家人今天晚上就会回来的，他是国家的人，虽然身不由己，不能轻易回来，但他是孝顺你的，他的心里一直惦记着你！等他回来了，我再叫你，你好好休息一下，我一会儿让立山医院的医生过来给你打营养针，你一定会等到全家聚齐的。"

当时立山农村有条件的家庭，在家里老人弥留之际，为了让老人多活几天，让老人能等到自己想见的人，一般都会请来专业的医生给老人打打营养针，以此延续老人的生命。这种营养针，其实最多也就能让老人多延续个三四天的生命，但往往老人打完营养针后，便不能吃喝任何东西，只能说是在熬生命，也就是等死。普通的农人家，都认为这是对老人生命的折磨，打完营养针只能徒增老人死去前的痛苦。所以，普通农人死前，只要有意识，是绝不会接受医生给自己打营养针的。普通的农人对生死看得很淡，在他们眼里，顺其自然地死去，死前不折腾就是最好的福分。甚至大多普通农人一直认为：人这辈子，最大的幸福就是能够"好死"。在他们眼里，好死就是生前不瘫痪不眼瞎，不受病痛折磨，死亡过程要快，就如同猝死的人一样，前半个小时还在说话聊天，后半个小时就闭眼西去了。大多普通农人都盼着自己年老时能得个好死的结局，这样自己不痛苦，也不会拖累家里人。很多年老的农人们为了好死，便在日常生活中都会行善积德，处处与人为善，因为他们认为，想好死就得积德行善，这叫生前修好死的结局。柳志老爷子家在柳家大湾是最显赫的家庭，他早已不是普通的农人，自然是与众农人不同的。

柳猛、付紫芳夫妇的大儿子柳新在省城上完高中，就通过父亲的关系，进了新加坡的一所私立大学读书。后来便在父亲柳猛支持下，留在新加坡开了一家文化公司，娶了一位富豪华侨的女儿为妻，从此定居新加坡，加入了新加坡国籍。二儿子柳奇，考上国内的一所重点大学后，公费留学到了美国，后在美国一家研究所供职，最终在美国娶妻生子。柳勇、杜秀夫妇的儿子柳文则是大学毕业后，在父亲柳勇出资下，以投资者的身份，去往澳大利亚投资建起了一座大型商场，经营一些高端品牌。他们夫妇的女儿柳丽随哥哥柳文去了澳大利亚后，结识了一位新西兰的奶牛农场主，在农场主的疯狂追求下，在新西兰结婚生子，定居了下来。如此一来，柳猛、柳勇两兄弟的子女都定居国外了。

柳志住省城大医院期间，柳猛、柳勇兄弟俩听闻医生说父亲已无药可救时，他们便在送父亲柳志回柳家大湾前，打电话通知了各自的子女务必尽快赶回国内见爷爷柳志最后一面。柳新、柳奇、柳文、柳丽在国外的一切成就，基本上都离不开他们的父亲，所以对父亲的话是不敢不听的，他们后面还指望着父亲给他们转移更多的财产过去。因而接到父亲电话后，他们便通过特殊的途径，迅速订好了回国的机票。

如了柳志死前所愿，他的几个身在国外的孙子孙女们、曾孙辈们在清明节前两天坐着杜宏力与柳康开的车回了柳家大湾。柳志睁开眼，看到一屋子的后人时，他没有留下任何遗憾地度过了生命的最后一天。最终，柳志老爷子于清明节前一天，即寒食节当天，带着满足与欣慰离开了人世间。

柳志老爷子死后，柳强带着家人在柳家大湾守着灵堂，地区上与县里、镇里的大小领导都送来了花圈与挽联，柳家大湾一时间成了花圈与挽联的海洋。柳志丧事期间，柳家大湾的打谷场至柳家河对面的马路上，停满了各色车辆，有奔驰，有宝马，有奥迪，有路虎，有越野，甚至来了一辆劳斯莱斯……柳家大湾很多老头老婆谈论着说："咱柳家大湾的柳志死了，搞的排场堪比过去的皇帝啊！他活着当了一辈子的土皇帝，死了还要神气一次！还是要生有出息的儿子啊！当官的，发财的，都让他家占尽了，死了后，葬的地方也被他占了最好的风水！真是牛啊！咱活着一辈子，也是头一回见这场面。"

柳志老爷子如愿以偿，他的儿子们把他葬在了柳家大湾祖坟林旁边的小山场正中间，坟地弄得十分阔气，与不远处袁爱红弱小的坟地形成了鲜明的对比。袁爱红已死了十几年了，坟上的荒草长得特别长，长长的荒草压住了坟头，若不仔细看，根本不知道那里还埋葬着一个人！按立山农村的规矩，因袁爱红的丈夫柳顺还健在，她的子女们每年清明节给她上坟头时，只能略微加一点土，不能添加高了，土添加高了，会对他们的父亲柳顺不利。他们深爱着父亲柳顺，孝顺的他们，自然不敢轻易作为。

柳志老爷子死后不到一个月，他的妻子梁氏因精神恍惚，突发脑出血，也随之而去了。梁氏的葬礼排场跟柳志相差无几，两人合葬一处后，他们的坟场就更显气派了。梁氏的死，给柳家大湾的老头老婆又添加了一层心理负担，他们私下聊天时，又一直在说："正月十五死了汤婶，真是要带一群人走，这今年半年没到，他们大房头就死了三个人。唉！这后面还不知道哪个会被带走呢！立山之下小山场的坟地在今年不知道有多少人要进去啊！想想就真是怕人。"

父母的先后离去，似乎让柳猛与柳勇如释重负，他们也就加速转移资产给国外的儿女，并也委托好了柳文龙与柳岸，让他们务必把自己想建别墅的地皮搞定。最终在二〇〇八年的五一假期，他们兄弟俩成功地拿下了柳家大湾打谷场正上方的山包，随后便商量着说等父母三年一满就动工造别墅……

第三十五章

两半骨灰显忠孝

柳家大湾这个传统的农业大村，并不会因为有柳猛、柳勇两家子人的"背叛"行为而比别的村逊色。毕竟，传承了数百年的柳家大湾，主流是不褪色的，柳家大湾农人们的担当与奉献精神是铁打的主流。

其中，一九八五年出生的柳忠，就用他的忠诚与担当诠释了柳家大湾农人们及其后代骨子里的秉性，也诠释了立山这个红色革命老区的奉献精神！柳忠这个七岁就失去了母亲的孩子，在众多兄弟姊妹中排行老五，初中毕业后，于二〇〇二年参军入伍。没有多高文化的他，硬是凭借自己的吃苦耐劳精神，在部队里苦练本领，凭着出色的军事本领与学习能力，于二〇〇四年年底，顺利转为了一级士官。二〇〇七年年底又顺利转为二级士官。他一直无怨无悔地坚守在祖国的边防线上，做着祖国与人民忠诚的卫士。转了士官的柳忠一直当着班长，每天早上起床洗漱完毕，出完操，吃过早饭，他便会按惯例带着班里战士巡逻在边防线上。他们所处的新疆边防线，离沙漠地带很近，一年四季风沙都很大，有时巡逻在路上，风沙来了，都是遮天蔽日，昏天暗地的一片，他们只得就地找个躲避风沙的位置，趴在地上等着风沙过了，再继续他们的征程。在边防线巡逻的路上，柳忠带着战士们，总会遇到深陷困难与险境的牧民，他们都会及时出手救援，因而边疆的牧民称他们是"最可靠的人"！柳忠喜欢做这个"最可靠的人"，他总是教导战士们说："牧民们说我们是最可靠的人，那是对我们莫大的信任，也是我们莫大的荣誉，我们驻守在边防线上就是为了保家卫国，保护人民的安全，巡逻中能救援遇到困难的牧民，也是我们神圣的职责所在！民之所求，我们必应之！"

二〇〇八年五一假期的最后一天，一群经验不足的游客拿着摄像机，在没有向导带领的情况下，闯入了柳忠所在部队附近的沙漠地带。这群游客好奇地在沙漠里尽情拍摄与玩乐，完全忘了沙漠地带随时会有风沙奇袭带来的危险！当天下午，边疆派出所接到从沙漠地带办事返回的当地牧民报警，说一群游客因突然遇到强烈的沙尘天气，被困在沙漠地带无法脱身，其中已有两人面临生命危险。派出所因人手紧缺，便向上级求助，上级经过与驻守的边防部队协调，柳忠所在部队领导迅速派了一个排的战士前往救援。柳忠与他所在班便在这次救援任务中担当主力军。柳忠是一个久经边防考验的二级士官，对沙漠救援有着丰富的经验。进入游客闯入的沙漠地带后，为了大家的整体安全，经验丰富的柳忠主动请缨，带着他们班先沿着沙尘风暴最恶劣的地方搜索前进，负责找到游客的具体位置。排长嘱咐柳忠要随时保持无线电通信，遇到紧急情况要第一时间联络。随后，排长带着其他战士向四周搜索前进。

柳忠把全班人员分为两组，以"八字形"方式行进，这样能最大限度保证战士们在强沙天气中的行军安全。他们顶着漫天的风沙袭击，艰难地搜索着，呼喊着游客。他们冒着生命危险，搜索着走了将近十里地，在一处凸起的沙包地带发现了四名游客。这几名游客看到柳忠他们这群边防军人后，激动地挥舞着手中的摄像机，等柳忠他们走近时，游客们更是激动得泣不成声，一名年纪稍微大点的游客号啕大哭着说道："看到解放军，我们就有救了！我们有救了！"

柳忠安慰着他们，并询问还有没有别的被困人员，一名女游客说道："我们一共是六个人过来的，突然遭风沙狂卷后，与我们一起来的一对情侣失散了，联系不上他们了。风沙一直没有停，我们趴在原地，也不敢贸然去找他们。求求你们救救他们吧！"

听完女游客的话，柳忠通过无线电通信，把这里的情况报告给了排长，并吩咐副班长带着八名战士先护送四名游客走出沙漠地带，他带着剩下的三名战士接着搜寻失散的另外两名游客。

最终，柳忠他们四人在一处凹陷的沙漠地带发现了这对情侣游客露出的头与手，情况十分危险！沙漠地带行军经验丰富的柳忠知道，这对情侣游客已深陷沙漠的旋涡，此时的他们，唯一能做的就是等着风沙停下来，然后在救援人员的帮助下脱险，他们此时绝对不能胡乱挣扎，胡乱挣扎只会消耗完体力，还会让自己陷入死亡的风险中。于是，柳忠对着他们大声喊道："你们不要再乱动了，我们就在你们旁边，我们是边防军人，马上来救你们！你们不要乱动，一定要坚持住！你们一定要坚持住！"

这对情侣游客已在沙漠旋涡中被困了几个小时，体力已经耗尽了，他们听到柳忠的呼喊，眼睛微微地睁开，充满着求生的欲望！柳忠用无线电通信快速地向排长汇报了这里的情况，他在无线电通信中说："排长，这两个人我一定要救出去！如果我这次在这里光荣了，请你按我之前跟你说的办，把我一半的骨灰撒在我们巡逻的边防地带，另外一半的骨灰安葬在我妈妈的坟包后面。"

　　柳忠凭着沙漠救援经验，与战友们艰难地先救起了一名男游客，他安排三名战友先照顾好男游客，他独自去救女游客。柳忠心里很清楚，因女游客所处旋涡是流沙的集中处，她随时可能被流沙卷进底层旋涡中，加之她的身体十分虚弱，惊恐到了极点，救她的难度非常大，一旦不慎，还会把救援人员也搭进去。此时的柳忠来不及想太多，他知道，要救起这名女游客，只有牺牲自己了！他艰难地靠近女游客所处旋涡后，对着女游客喊道："你不要怕，我走下去拉你时，要是也陷进去了，我会做你的垫背，你到时把双手撑在我的身上，一会儿其他的边防军人就会来把你救上去的！我们解放军一定会救你上去的……"

　　说着，柳忠一个趔趄跌倒在女游客旁边，他吃了一嘴的沙。他顾不了这么多了，用尽最大的力气，一把拉过女游客，拼命地把女游客顶在自己身上，他真的给女游客当起了垫背人！这一幕惊呆了女游客的男友，惊哭了柳忠的战友们，大家知道，柳忠这是在拿自己的生命挽救另外一条生命！风沙旋涡里顶起一个人是多么的艰难，忠诚的边防卫士柳忠毫无怨言地奉献着……

等排长带着其他人赶过来支援时，救出了幸运的女游客，可柳忠永远地埋在了沙漠的旋涡里！等风沙停了，战士们含泪刨出柳忠的尸体时，所有人悲痛万分，此时，只有默哀致敬！柳忠，这位驻守边防六年的好同志、好战士、好班长，为了救人，牺牲在了茫茫沙漠之中，他的死是悲壮的，他的死又是伟大的，他用自己的生命挽救了群众的生命！他无愧于祖国，无愧于人民！他是部队的好战士，是柳家大湾的好儿郎。

柳忠牺牲后，他所在排的排长找到部队团长，哀痛地说："柳忠生前跟我说过，他从小失去了母亲，他的母亲是一位可敬可怜的人，他没有为母亲尽过孝。如果哪一天他牺牲在边防线上了，请部队一定要把他的骨灰分成两份，一份撒在他巡逻的边防线上，一份送回他的老家柳家大湾，安葬在他妈妈坟包的后面，他要在他妈妈的背后守护着她，为他的母亲尽孝！柳忠是个好班长，他是祖国的忠诚卫士，也是他母亲的好儿郎，我们一定要按照他生前的心愿，完成他的遗愿，请团长批准！"

最终，团长含泪同意了排长的请求，以部队最高的礼仪，带着战士们在边防线上举枪鸣放，向柳忠致敬！战士们把柳忠一半的骨灰撒在他巡逻的边防线上，柳忠的忠魂从此永驻在祖国的边防线上，他，无愧他的名字"柳忠"！他留下的是对祖国的无比忠诚！

柳忠另外一半的骨灰，团里派了一名副团长与他所在排的排长及五名战士亲自护送着回到了立山县。立山县民政局及时报请县委批准，在立山之下的柳家大湾小山场为柳忠举行了隆重的烈士安葬仪式，并以政府名义立碑一块，上刻"柳忠烈士之墓"，题记"立山县人民政府，二〇〇八年五月立"。

安葬柳忠当天，整个立山含悲，山上的映山红还在绽放，花儿在风的阵阵吹拂下，花瓣纷纷向着立山之下的小山场飘来。此时的立山上下，所有动物停止了窜动，似乎都知道了这里将安葬一位忠诚的烈士！柳家大湾所有在家留守的农人们，哭天喊地，流下了悲恸的泪水，他们的泪水汇进了柳家河，河中的水流顿时停滞，似乎也在为柳忠默哀！此时的立山，这个历尽革命多重洗礼的大山，耸立在小山场的坟地后面，坚定地守护着柳忠烈士！此时，在小山场坟地上下，说天地都为之悲伤，一点也不为过！

柳忠的牺牲给他的父亲柳顺带来了沉重的打击，这个已过半百的农人，童年丧母，中年丧妻，老来丧子，人生三大悲事，都让他经历了，他是何等的痛苦啊！他的头发几乎一夜全白了，整个人憔悴不堪！而柳忠的姐姐们、兄弟们泪如泉涌，默默地搀扶着父亲柳顺，守在父亲柳顺的后面……

柳忠这个敢于担当、无比忠诚于祖国与人民的卫士，最终用他的生命做了一个悲壮的诠释！他的这一半骨灰永留柳家大湾小山场，他的烈士之墓永立柳家大湾小山场上，他守望着母亲，守望着这方他生活过的土地！立山之下小山场的坟地为他骄傲！人民不会忘记他，祖国不会忘记他！

柳忠的一半骨灰安葬完毕后，柳忠所在排的排长临走时交给柳顺三个红色的笔记本，他眼含热泪地对柳顺说道："柳忠同志生前在部队一直是学习积极分子，他业余时间自修完了高中的全部课程，还报考了成人大专自修班。他牺牲后，我们在清理他的遗物时，发现了这三个红色的笔记本，里面记录了他对生养他的柳家大湾的挚爱！我们想了想，这三个红色笔记本交给您是最合适的，也算是我们对柳忠烈士的敬意！您为国家与人民培养了一个了不起的儿子，我代表部队感谢您！"

部队的战士们走了，柳顺轻轻地翻开第一本红色笔记本，上面写道：

对于文人雅士来说，"岁月如歌"可以"对酒当歌"，他们往往会在岁月中留下芬芳的文字，好的文字，可以沁人心脾，育人向善，净化人的灵魂，因而，真正的文人，会被老百姓称为"人类灵魂的工程师"，他们会受人尊敬，被人爱戴。对于商人来说"时间就是金钱"，他们会在"一寸光阴一寸金"中追逐最大的利益。人，与生俱来，都是光着身子来到这个世上，末了，什么也带不走就离开这个世界。故而，从根子上来说，人之为人，本就分不了高低贵贱，只是有人非要以个人意志来分类。在众多的人中，"农人"完全可以称之为人的综合体，因为，数千年来的农耕文化占据了主流，决定了农人的不同凡响。因为，人的吃喝拉撒睡，以"吃"为先，"吃"是生存下去的必须，这就决定了农人的特殊历史地位。农人经受了岁月的蹉跎，耐住了时光的暗伤，他们做着不起眼的事，却是做着最伟大的事，没有农人种田耕地，哪里来的粮食？试想，如果没有农人，我们都会吃不上饭，都会被活活地饿死！我的母亲袁爱红是一位杰出的女农人，她生养了我们姊妹兄弟六个人，她没有享过福，在我少儿时便离开了我们，我一直很怀念她。如果哪天我在部队牺牲了，我希望我一半的骨灰撒向我战斗过的边防线，让我死后也能为国尽忠！我的另外一半骨灰运回我的老家柳家大湾，埋葬在我母亲的坟包后面，我死后要永远地守护着她，为她尽孝！我的父亲柳顺是一位地道的农人，他是我的偶像，也是我生命的源泉，我为自己是农人的后代而感到骄傲与自豪……

看着，看着，柳顺顿时止不住地泪流满面！尽管柳顺的文化不是很高，但他看着这些熟悉的笔迹，看着儿子柳忠留下来的这些文字，令他感到意外，使他无比的伤心，无比的遗憾！他没有想到儿子柳忠写得这么有内涵！这么感人至深！柳忠初中毕业，在工地上打过短工后，即参军入伍，竟然在部队能自学成才，能学到这么多的文化知识！这怎能不让柳顺感到意外呢？正是这种意外，才勾起了他的伤心与遗憾，他伤心自己没有给儿子提供好的学习条件与环境，如果当初他坚持一下，苦苦自己，让柳忠去上高中，说不定儿子也能考上好大学！他遗憾的是自己并不真正地了解自己的儿子，他总拿自己的经历与眼光来衡量儿子，却对儿子的兴趣、志向等，都缺乏认知！此时的柳顺，情不能自已，他只得一口又一口地，大口大口地，抽着他永远都抽不够的水烟……

柳忠已去，活着的人生活还得继续。孝顺的柳岸为了陪伴父亲，他决定这辈子就与柳家大湾的土地打交道了，他不再想着离开柳家大湾了。

第三十六章

两边跑的农人

　　柳家大湾有心的老人经常会对走出去与走回来的后辈说：如果柳家大湾是一部历史的话，柳家大湾的历史可以分为三个大的时期：第一个时期就是从明朝初年至中华人民共和国成立前，这个时期，是先祖与柳姓后人在柳家大湾安居与繁衍的时期，也是柳姓人开枝散叶，又从柳家大湾迁徙至他地安居的时期，这个时期可以称之为柳家大湾的"源泉"与"开流"时期。第二个时期是一九四九年至一九八二年，这个时期是柳家大湾人口大增加、生产大发展的时期，这个时期的柳家大湾是立山县名副其实的第一大农业村，大多柳姓人都安居柳家大湾日出而作、日落而息，那时的柳姓人思想单纯，生活朴实，是不少柳家大湾老人们永恒怀念的一段时期。第三个时期，是一九八三年至今的这段岁月，这个时期是柳家大湾最具活力、充满希望的一个时期，但又是柳家大湾的农人们在情感上最复杂、行为上最纠结的一个时期。这个时期，柳家大湾一批批的人外出，外出后，很多柳姓人定居外地，与柳家大湾进行了实际上的割舍，这个时期，也产生了大量的留守老人、妇女、儿童，同时，也激发出了一些新的农人，这些新的农人承包着撂荒的田地，成了名副其实的种粮大户，柳刚与柳岸便是这一时期新农人的代表。

这是柳家大湾老人根据村落的历史脉络、时间经纬，在饭后闲余之时，自己划分的历史时期，他们的这种划分，是有依据的，也有一定的见解。他们之所以这样把柳家大湾区分出历史时期来，一是他们骨子里怀旧，有着浓浓的乡愁情结；更多的是他们有期盼、有情怀，他们不希望柳家大湾没落，更不希望柳家大湾这个曾经的第一大农业村后继无人。当这些老人们看到柳岸这个年轻的小伙子甘愿以田地为伴，不断在扩大种植、不断捡起撂荒的田地后，他们感到欣慰与兴奋，他们甚至希望柳岸能担起整个柳家大湾的农业种植。但当他们看到柳岸扎根乡土后，为了孩子读书，却来回奔跑在城镇与农村之间，他们又充满了焦虑与纠结，生怕哪一天柳岸也进城了，生怕柳岸也会抛弃柳家大湾的田地！他们怎么会有这种想法呢？他们怎么又不会有这种想法呢？这一切，只能从现实里找到答案。尽管现实有时是残酷的，但现实一定会告诉人们最真切的道理。

二〇〇九年伊始，柳岸又承包了一批柳家大湾撂荒的田地，加上之前承包的田地，他已承包了一百五十多亩田地。靠着机械化耕作，承包这么多撂荒的田地，柳岸倒也没有感到有多吃力。柳岸虽然文化不是很高，但在承包种田地这一块，他的精打细算与合理安排，令柳家大湾所有的老农人都瞠目结舌。在大面积种植这一块，村书记柳刚也不得不佩服柳岸。柳岸脑子灵活，通过之前在立山联建做工时，所见到的省城周边农村的机械种植，他回柳家大湾承包田地后，便闷头钻研起种田的新法，他相信科学种田，相信大面积种田能致富，他更坚信农业现代化是大势所趋，一定能实现。

柳岸在二〇〇九年清明节之前，便把欠立山镇农村商业银行的五万块钱贷款还完了。他还完贷款，心中顿时轻松了许多，想着不用欠柳华的人情了，这种感觉真好！他的父亲柳顺多次跟他说过：人这辈子啊，最好不要借钱，不要欠别人的钱，借钱就是欠人情，欠钱总会心里不安！是啊，柳顺这个憨厚朴实的农人，从少年到中年，他的日子里似乎一直处在借钱欠钱还钱的循环中，他没有过上几天轻松的日子。柳顺总认为自己没有本事，生养了六个娃娃，自己却没有足够的能力养活他们，没能让他们都读上大学，这也成了他一辈子的遗憾！柳顺的这种遗憾，是他充分认识到"知识就是力量，知识就是金钱"后才有的。具体什么时候有了这种遗憾，柳顺自己也说不清楚，他只知道这就是他今生最大的遗憾。这种遗憾里，藏着他的一种深深的隐痛。他时常在想：当初就是因为没有钱，爱红才不得不放弃治疗而寻了短见跳下了立山大河；就是因为没有钱，三个女儿、两个儿子都没有学得大知识，没有读大学！自从柳岸结婚后，柳顺的日子才慢慢好过了一些，对于大儿子柳岸要留在柳家大湾大干农业的事，他也是支持的。因而，在柳岸大面积承包村里撂荒的田地后，他总是在背后默默支持，尽力帮忙，从不拖儿子的后腿，在农事上，他还毫无保留地把自己种了大半辈子田地的经验传授给了柳岸。在柳顺心里，他只想儿子柳岸种田种地要好好的。也正是有了父亲柳顺的大力支持，柳岸才有了信心与雄心在柳家大湾广阔的田地中尽情挥洒汗水。

从立山联建做工到决定回家种田，柳岸便对父亲柳顺说过："现在种田不同以往，要靠发展机收、机耕、机插、机械排灌等来提高效率。比如，机械化插秧就有很多优点：一是适合水稻生长的生物性要求，能够达到高产、稳产；二是成本低；三是作业效率高，能抢农时；四是节省秧田，而且在收割时，机械收割量大，操作简便，能节省人力，摆脱以往肩挑背驮的痛苦。我回家来种田，买来机械，先小干，小干不用请人帮忙，我们父子就能搞定。等我们干好了，再大干，大干可以请一些湾里闲散的老年农人来帮忙，他们闲着也是闲着，我们请他们还能解决他们一些零花钱的问题。"

柳岸是这么说的，也是这么干的。从回柳家大湾承包田地那一刻起，他从贷款购买农用机械，由小做到大，就两三年的时间，他积累了丰富的机械化种田经验，打破了柳家大湾数百年来的传统农耕模式。二〇〇九年，承包扩大后，在育苗、插秧、除草等种植环节，有机械操作不了的，他便请湾里留守的闲散劳动力来帮忙，按天给他们算工钱。湾里的这些闲散劳动力也很乐意帮忙，一来可以挣到钱，二来做点农事，对农人来说是习以为常的事，做点事，带带孩子，一举两得，何乐而不为呢！秋收时，柳岸的农机跟不上，他便找来河南的大型收割机，按亩付钱给河南师傅，让他们帮忙收割，而湾里留守的闲散农人又可以帮忙灌袋子、扬谷、晒谷等，他照样付工钱给他们。谷子收获后，柳岸便跟柳刚一起，请来一辆大卡车，直接把粮食送到立山粮库卖掉。

二〇〇九年，柳岸光稻谷这一块，在立山粮库就卖了十万多块钱，之后柳岸大获丰收的消息传遍了整个立山镇。一时间，柳岸成了整个立山镇有名的种粮大户，人们都称赞着他，说他是新时代新农人的榜样，还说他一人承包种田，能养活整个立山镇的人呢！柳岸算了一下，今年粮食卖得十多万块钱，除去种田种地所用的种子、肥料、农药、工钱、农机养护、承包费等成本外，他还能纯赚个四五万块钱，虽然比在工地上赚得少些，但他赚得高兴，赚得安心。他在农事上干得这样好，也干出了农人的尊严。

大获丰收后，柳岸便想着在二〇一〇年春节后多承包一些撂荒的田地。然而，进入二〇〇九年的冬天后，一个残酷的现实让柳岸很是苦恼，那就是他的儿子柳大万已经三岁多了，要上幼儿园了。

在二〇〇九年这一年，立山镇里几乎所有的村办小学都取消了，偌大的一个立山镇，如今只有镇上有一所小学、一所初中、一所高中。因为市场经济的大发展，城镇化的深入推进，导致了各个村的农民大量外流，一时间，出现了农民的大迁徙。土地已不再是农民赖以生存的必须，而且此时的农民靠种植个人承包的土地已经养不活一家人。城镇生活水平的提高，物价的上涨，也直接冲击着农民，他们种田种地所用的种子、化肥、农药等生产资料，一涨再涨，依赖传统方式耕作的农民，已无法在农村有质量地生活下去，他们不得不抛弃农业，转向外面打工、经商，因为只有这样，他们才能有盼头，才能改变家庭的命运。农民流失到外地后，混得好的，便会携家带口安居在做事的地方，不再回到农村的老家，如柳家大湾的柳康、柳章一家子一样，在外面买房定居下来。很多农民在外面即使混得不好，也很少有人愿意再回到农村，因为他们看惯了外面的花花世界，在外面不管怎样过，挣钱总要比在农村挣钱多。这样一来，留在农村的人就越来越少了，农村的村办小学，最终因生源太少，不得不退出历史的舞台。

像柳岸这样的农村产粮大户，一个村也出不了几个，在很多农村人眼里，他们只有看的份儿。毕竟，要成为柳岸这样的产粮大户，一要投资，二要有农用机械，还要懂技术会操作，三要守得住，吃得了务农的苦。在舍得吃苦这点上，柳岸是杠杠的。不到三十岁的他，因务农晒得一身黑，脸上已布满了皱纹，看着像四十岁的大叔。跟柳岸年龄差不多的农村青年，大多在外打工，他们出去了，基本上是不会再愿意回到农村务农的，不管是旧农民，还是新农人，他们都是不愿意做的。对此，柳岸有时会苦笑着说：时代的大潮哦，把咱农人逼到了墙角里。我们怎么从这个墙角里出来呢？

这个大问题，柳岸一时半会儿是考虑不清楚的，现在他要解决最紧迫的事，就是去立山镇上给妻子谢亚梅与儿子柳大万租一个房子，要在二〇一〇年春节后把儿子柳大万送进幼儿园读书去，这是形势使然，他不能耽误了孩子读书啊！在柳岸上学的时候，他们在上小学前，是没有上过幼儿园的，那时村里只有小学，不存在幼儿园一说。那时村里的孩子能在六岁准时去上小学就已经很不容易了，那时的很多孩子都是七八岁才上小学。可如今，七〇后八〇后的孩子，都要上幼儿园。但是村里连小学都没有，更不可能有幼儿园。农村的孩子到了上幼儿园的年龄，父母要么在镇上买房子定居带孩子上学，要么就在镇上租房子带孩子上学，这是农人与孩子们都必须面对的现实，谁也阻挡不了的现实。

春节前，柳岸不得不托自己的大姐柳萍帮他在镇上找了一个出租房。柳萍自丈夫梁盼在工地上出意外身故后，靠着立山联建每月的补助，及个人种茶种菜与务农得到的一些收入，把丈夫梁盼的爷爷养老送终后，一个人又拉扯了儿子梁肖几年。后来在好心人说合下，于二〇〇八年年底改嫁给了本湾的一个光棍梁洲。梁洲比梁盼还要大两岁，他与梁盼算一个大房头的同辈人，因家里穷，一直打着光棍。梁洲的为人是好的，有一身的力气，种田与干苦力是把好手。柳萍与梁洲组合成一个新家后，便在立山镇租了一个两居室的房子，只为了柳萍的儿子梁肖能在立山镇上初中。梁洲平时就在立山镇附近打打短工，帮帮小工，赚一些小钱，主要是为了陪着柳萍母子。柳萍则在镇上一家超市当理货员，一个月有些微薄的收入。这个组合起来的一家三口，在立山镇租房子陪读，日子倒也过得去。那时立山联建还是按约定，每月往柳萍账户上打钱，梁肖的学费与生活费是没有问题的。正是因为大姐与新姐夫在立山镇生活，柳岸便委托他们帮忙给自己老婆孩子找出租房了。柳萍在超市同事的帮忙下，很快便给弟弟柳岸找到了一处合适的两居室出租房，事情就这样定了下来。

二〇一〇年春节后，柳岸开着面包车，把谢亚梅与儿子柳大万的生活用品及衣物全部搬到了镇上的出租房。自此以后，柳岸在柳家大湾务农当农人，谢亚梅在立山镇出租房带孩子读书。柳岸每天下午农忙完后，便会开着面包车到镇上给妻子送菜，然后第二天一早又回到柳家大湾忙农活，一年四季，除了孩子的寒暑假，他就这么在村里与镇上两地跑着。他这个两地跑着的农人，也是那个时候一部分农人的缩影，展现着他们的无奈与挣扎。

有人曾劝柳岸放弃大面积种植与务农，劝他在镇上买个房子，做点小生意，他总是用同样的话回应："你不种田，我不种田，他不种田，大家伙都不种田，咱天下的人吃饭谁解决呢？哪来的粮食呢？田地嘛，总得有人种嘛！我就喜欢种田种地，我这辈子就要当个农人。我坚决不在城镇买房子，等孩子上高中了，我就让他住校，我们两口子就在柳家大湾专心务农，我还要做立山最大的农人呢！"

柳岸一年又一年地承包着田地，年年是产粮大户，父亲柳顺坚定地帮衬着他。父子俩皆好于田地，田地已然成了他们的命根子。日子就这样日复一日地过着，他们不想大富大贵，只求日子不要倒退就好了。

对于柳顺，再过一年他就整六十了。他在五十九岁这一年常对大儿子柳岸说："现在咱家的日子比八九十年代强多了，越发好过了，我希望你不管什么时候都一定要勤俭持家，不要急躁，一定要低调！辛苦做事，低调做人，低调吃不了亏！我快进入花甲之年了，现在人家都喊我柳大爷了！我也的确是做爷爷的人了，过去的人活一个甲子很难，我快活到一个甲子了，过了一个甲子，我也知足了！现在令我不放心的就是你的三弟柳阳，他还在读书，我不知道他的军医大学要读到什么时候，我只想他早点读出来，分个好工作，早点找个对象结婚生子。"

"爸，三弟柳阳的事，你不用担心，他读的是军医大学，听他说，他现在读着研究生，是学校保送的，他厉害着呢！别人都说他读出来了就是端上了金饭碗，一辈子不愁吃穿，是国家的人呢！咱家出一个国家的人不容易啊！"柳岸安慰着父亲柳顺。

"唉！还是你二弟柳忠可怜啊！还没有找对象、没有结婚就死在了边疆！养大六个娃娃，剩下你们五个娃娃，我百年后，怎么去给你们的爷爷与妈妈交代啊！剩下的你们都要好好的，我才安心。"

"爸，二弟柳忠是为国为人民牺牲的，他是英雄，是烈士，我们都为他骄傲！你放心，我们剩下的兄弟姐妹们都会好好的，不会让你失望的。特别是三弟柳阳，他是个人才，一定会为我们柳家大湾争光的。"

"好长时间没有接到他的电话了，也不知道他怎么样了。回头，你给他打个电话问一下吧，嘱咐他在外面读书也好，搞研究也罢，都要注意身体，不要苦着自己了。"

"好的，爸，等几天就元旦了，元旦时，我给他打个电话，我叫他今年回来过春节。"

第三十七章
最牛向阳小伙

柳阳是一个十分优秀的军医大学生，他修完军医大学本科学业后，因表现优秀，被学校保送上了研究生，从而进一步深造。柳阳读研究生期间，与老师合作研究着一个军医类的重要课题，老师很看好他，认为他能在这一课题上取得实质性的进展。老师之所以这么认为，一是因为柳阳好学而聪慧，有极大的医学天赋；二是柳阳对中西医结合诊疗应用于部队有独特的见解与论断。那时，柳阳修完本科学业后，便敢独自负责诊断一些病例，这对别的医学生来说是很难做到的。毕竟学医的人都知道，学医没有个七年八载的，甚至更长时间，是不敢轻易临床给人看病的。医生这个职业关乎人的生命健康，如果心里没底，没有过硬的医学知识与经验，谁敢轻易给人治病呢？当初柳家大湾的老学究柳儒，虽然是半道学医，但他也是用心良苦，学医期间，便遍访名医，取各家之长，他善于从老医生诊病中总结经验，加之自己苦心钻研，在有把握的情况下，才敢大胆给人看病、治病、开方子。柳儒学医是聪慧的，他的孙子柳阳继承了他这一点，无疑，也是好样的。

说起柳阳的聪慧好学与医学天赋，这多多少少与他的祖父柳儒有一定关系。柳儒生前最喜欢柳阳这个孙子，柳阳三岁后，柳儒在治病救人之时，总会带着他，时不时给幼小的他灌输一些医学知识。柳儒希望柳阳长大后，能继承他的衣钵，做个好医生，救死扶伤。柳阳经过从小的耳濡目染，便对医学产生了兴趣。柳儒去世后，留下了几百本医书，其中有很多珍贵的医书古籍。柳顺虽然不懂医学，也看不懂医书，但父亲柳儒去世后，他一直默默地保管着这些医书，他知道，这些医书都是父亲柳儒一辈子的心血，他要把这些医书留给后代们。柳顺那时总在想：如果自己的儿子中有人学医，就把这些医书传给学医的儿子；如果儿子中没有人学医，就把这些医书当成传家宝一代代传下去。柳儒去世后，这些医书一直放在檀木书柜里锁着，每年柳顺都会用硫黄熏熏柜子，以防止虫蛀医书。

柳阳上高中后，在寒暑假空余之时，总是从柳顺那里要来钥匙，打开檀木书柜，翻看着里面一本本的医书。他的天赋极高，对医书十分感兴趣，特别是他还能读懂繁体字的医书古籍。柳儒留下的医书，柳阳在上军医大学之前几乎都通读了一遍。去大学报到前，他还对父亲柳顺说他要带走爷爷的几本医书，他要拿到学校里去研究学习，柳顺欣然答应。柳顺对柳阳考上军医大学感到十分欣慰，他想终于可以对自己的父亲有个交代了！父亲柳儒的医书在自己儿子这一代得到了继承，这是他梦寐以求的事啊！

柳阳也确实争气，在军医大学取得的成就，证明了他就是一块学医的好料！他的好学与钻研精神，最终也给他带来了无上的荣誉！军人特有的解民于危难的担当，也为他争取到了立功受奖的机会!

二〇一三年元旦才过几天,一阵锣鼓喧天的响声打破了柳家大湾的沉寂,柳家大湾上下一时沸腾了,农人们奔走相告:"柳儒老学究的最小孙子接上班了,他在军医大学搞研究立大功了!听说他独创的一套中西医结合的治病方法解救了不少的病人,这小子现在能治病救人了,是个真正的医生啊!咱柳家大湾的柳顺真是好福分啊!养了个好儿子,比柳志老爷子的四儿子柳强还要强!"

"是啊!是啊!县里武装部与民政局的领导都来送立功牌匾了,镇上领导也请了锣鼓队过来热闹呢!"

"不简单,不容易啊!咱柳家大湾后浪推前浪,代代有人才啊!"

"就是嘛,多生几个娃娃就是好。一个没出息,两个没出息,总有一个会有出息的嘛!"

"哈哈,改明日,你让你家婆娘再给你生上几个。"

"你简直是在说鬼话了吧!现在叫生都不敢生了!现在养一个娃娃多难?从幼儿园到大学,不花一百万就是好的啰!"

"是啊!现在娃娃是生得了,养不起!养不起呀!"

"现在生个娃娃,大学毕业了,结婚时要房要车的,彩礼都给不起,不生是对的嘛!"

"可不是嘛!现在女孩子又少,到处是大龄的男孩子找不到媳妇,彩礼能不贵?"

"哎呀!现在很多家庭嫁女儿搞得就像卖女儿一样,不仅要求男方有房有车,彩礼要得还特多,动不动就是十几万二十几万的开口要。"

"唉！时代不一样了！要是八九十年代那会儿一家多生个姑娘，就不会出现如今这么多的光棍了嘛！"

"真是愁死个人了！我的儿子都快三十岁了，还找不到对象，附近十里八乡没有几个女孩子，让他找外地的女孩子，他又说外地女孩子不可靠！这可嘛办哟！"

"找不到，就只能光棍一辈子了！"

"还是柳顺有福气啊！大儿子柳岸结婚，相当于白捡了一个媳妇，没花多少钱嘛，还给他生了一个可爱的孙子，孙子都上小学了！二儿子柳忠光荣了，他也成了烈士亲属！如今三儿子柳阳这么有出息，以后是金饭碗，不愁找不到好儿媳妇……"

柳家大湾在家留守的农人们，没有想到因为柳阳的立功受奖，引来一阵阵对生娃与不生娃的大讨论，引来一阵阵结婚与彩礼的大讨论，引来一阵阵光棍现象的大讨论。

随着县里武装部、民政局领导走下车来，镇上领导带着锣鼓班子齐奏响乐，两名武装部的战士抬着一块"二等功臣"的牌匾，在柳家大湾村委班子人员带领下，朝柳家大湾老井上方的柳顺家里走去。

此时的柳顺正在家里腌制大白菜、白萝卜与红薯。自妻子袁爱红短死后，他便每年在秋天要腌制一批豇豆、四季豆，在冬天要腌制一批大白菜、白萝卜与红薯。他之所以这样做，一来是因为家里的菜园子盛产这些菜肴，地里每年产红薯能达到千斤左右；二来腌制这些菜肴出来，可以在菜园子里青黄不接时，把腌制品从缸里取出来炒上一炒，当主菜吃，这样就不用买菜了。纵使后面孩子们大了，都孝顺地给他不少的钱用，柳顺身上不缺钱了，但他也绝不会乱花钱。勤俭持家习惯了，他的一切基本上是"自己动手，丰衣足食"！

柳刚比锣鼓队及领导先一步来到柳顺家里，看到柳顺在腌制咸菜，他大声喊道："顺兄弟，赶紧放下手中的活，你家柳阳在部队学校里读研究生立大功了，县里与镇上的领导送立功牌匾过来了，你赶紧洗一下手，马上出来接牌匾啊！"

"啊？立功？立什么功？和平年代立什么功了？柳阳没有出事吧？"柳顺一脸吃惊，担心地问道。

"是好事，柳阳小子有出息，是好事啊！他没有出事！"柳刚咯咯笑着说。

"他读书还能立功？"柳顺还是有点不相信地问道。

"是的啊！领导们马上就过来了，他们等一下会把立功喜报及事情经过跟你说的，你赶紧准备一下！"柳刚有些着急地说道。

柳顺正准备再说点什么，县里与镇上的领导已来到了他家的门前。武装部的一位领导上前握住柳顺的手激动地说道："柳大爷，你好啊！"

"好！你们好！"柳顺有些不自然地应道。

"你儿子柳阳了不起啊，立二等功了！这是我们红色立山县的骄傲与光荣啊！"民政局的一位领导夸赞地说道。

"他还在念书，能立功？"柳顺对着武装部领导问道。

"他呀，可厉害了！他在部队军医大学读研究生，研究出了专治一种传染病的新的诊疗方法，获得了军队科技进步二等奖。二〇一二年底，部队便授予了他二等功呢！今天给你家送立功牌匾过来了，我们的战士会把这牌匾悬挂在你家中堂上面，你家就成了柳家大湾最光荣的家庭了。"

"柳大爷,你不容易啊!养了两个好儿子,我们感谢你!"

"是部队把他们教育得好,我什么都没有做,感谢部队培养了他们!"柳顺谦虚地说道。

"柳大爷,你真了不起,我们要号召全县人民向你家学习致敬!"

"是啊,柳顺大爷在我们柳家大湾非常不容易,了不起!他一个人拉扯六个孩子长大,不容易啊!他的大儿子是种田的能手,是产粮大户,为全镇的粮食安全做出了重要贡献,我们镇里今年准备推选他的大儿子柳岸为县里的人大代表!"

"好!这个好!柳大爷真是能人啊!养出的儿子个个是咱村的骄傲,个个为国为民做贡献啊!你的二儿子柳忠烈士也会名垂千古的!在二〇一三年清明节期间,我们会组织学生来给柳忠烈士扫墓,我们要发扬烈士为民牺牲的精神,加快立山的建设!"

"多谢领导们还记得我的儿子柳忠!我这个做父亲的有愧啊!"柳顺含泪说道。

"柳大爷,你了不起!别伤心啊!国家与人民不会亏待烈士亲属的,请你放心。"

武装部的战士把柳阳的"二等功臣"牌匾安全地固定在柳顺家里的中堂之上,领导们与柳顺进行了一番交流。临走时,几个领导分别紧握着柳顺的手,嘱咐道:"柳大爷,你要是有什么困难,一定要及时向我们提出来,我们会全力解决好的!你要注意身体。"

"我没啥子困难了,有吃有喝,儿女们都很孝顺,谢谢你们关心啊!"柳顺擦着眼泪说。

"柳大爷，我们会常来看你的！保重啊！"

柳顺家的三儿子柳阳得到这个"二等功臣"的立功牌匾是名至实归。原来，柳阳读上军医大学研究生后，一心钻研传染病的防治方法，通过博览群书，结合各种病例诊疗状况，他在爷爷柳儒留下的医书古籍中找到了中草药防治传染病的方法。他把这些中草药应用于研究之中，在老师的指导下，研究出了一套完整的中西医防治传染病的范本。这套防治范本，经过众多医生论证，通过不断的临床试验，证明了对防治一种传染病极具作用，可以从源头上切断传染源，从根子上治愈这种传染病。于是，在老医生指导下，柳阳精雕细琢后，把这套防治传染病的范本，经过缩减文字，成功发表在国际权威大刊上，引起了国内外极大的轰动。有多位国际医疗专家称赞柳阳的这一篇传染病防治论文把医学推向了一个崭新的阶段，中国的中医防治传染病方法，也因此再次被世人所关注。取得如此成就的柳阳，在军医大学领导与老师的指导下，把这一防治方法申请了相关专利，并很快获得了军队科学进步二等奖。

柳阳这个向阳的小伙子，因个人艰辛的付出与刻苦的钻研，他的得奖与立功，是必然的。这个一九八七年出生的八〇后小伙，在不到三十岁的年纪，便能取得如此科研成就，在同辈人中，也是当之无愧的佼佼者，更是柳家大湾最牛的向阳小伙！

这个当初因为母亲袁爱红避生才出生来到世上的柳阳，用他的行动证明了他没有白来一趟人世间！当初，他的外公袁德才给他取名柳阳，就是希望他能天天见到阳光，一辈子活得光明正大的。如今，他做到了！他能做到这些，除了自己的努力外，归根到底，是他现在所处的时代成就了他。因此，他也常说："是时代成就了我！"在这个物欲横流、人心多变的当下，柳阳的精神令人动容，人们相信这种精神会成为主流，也必须是主流……

柳阳是柳顺的骄傲，在研究生读完后，他因优异的表现，又被部队保送到部队的医学科研机构进行硕博连读，在导师的培养下，专攻中西医结合防治传染病这一板块，他试图从长远有效的角度建立起传染病防治的最大屏障，并从根了上解决传染病治疗的相关难题。

在一路科研攻关中，柳阳也收获了自己甜美的爱情，他于二〇一五年元旦节与自己相恋三年多的师妹肖珍喜结连理，走进了婚姻的殿堂。肖珍不仅英姿飒爽，而且特别能体贴柳阳，对柳阳几乎是爱到了骨子里。肖珍嫁给柳阳时，温柔地对他说道："我不在乎你的出身、你的身份，我只在乎你这个人，在乎你的拼搏精神！我愿意做你坚强的后盾！我愿爱你一辈子！"

柳阳与肖珍的爱情没有花前月下的卿卿我我，没有西湖桥上浪漫的邂逅，没有金钱的铜臭味，更没有你死我活的纠缠，他们的爱情因真情而生，因信念而结合，因精神而融合，因兴趣与志向而相伴，这才是年轻人应该有的爱情，也是我们这个时代需要的爱情！他们的爱情是一张白纸，如果要书写，可以很快写满！他们的爱情是一部无字书，如果要撰写，可以说是写之不尽！他们在事业中享受着爱情，在爱情中享受着最真的生活，这是多么美好而浪漫啊！我们需要这种爱情，不是吗？

柳阳的婚礼是在部队举行的，后来又回到柳家大湾按立山当地的传统习俗举行了一次婚礼。在柳家大湾举行婚礼后，柳阳还特别带着肖珍到爷爷柳儒、母亲袁爱红、二哥柳忠坟前进行了祭拜。肖珍十分理解柳阳对柳家大湾与自己家里人的感情，在祭拜时，她举止庄重，得体而不失风度，赢得了柳家大湾农人们的一片称赞。柳阳的这一举动，感动了柳家大湾的农人，农人们纷纷说："柳阳这娃娃真懂事，有出息，品德也很好！都成博士生了，娶了个博士媳妇，还能不忘本、不忘根，真是柳顺家十辈子修来的福分啊！"

"是啊！柳阳就是我们柳家大湾最牛的向阳小伙！他是我们柳家大湾数百年以来出的最大人才，唯一的博士生。"

"不对，我们柳家大湾有两个博士生，柳阳的媳妇肖珍现在也是我们柳家大湾的人了，她也是博士生嘛！"

"对，对，对！咱柳家大湾有两个博士生了！这两个博士生比柳志的几个儿子都要强啊！"

"还提柳志的儿子干吗！他家啊，除了三儿子柳刚、四儿子柳强还算个中国人，他的大儿子柳猛一家子、二儿子柳勇一家子都移民到国外去了。"

其实啊，柳志生前也得到了柳家大湾农人们足够的尊重，因为那时他的大儿子柳猛、二儿子柳勇搞着立山联建，还是带富过一方，毕竟很多人在立山联建做事，挣着钱养家糊口嘛！他的四儿子柳强官居高位，也曾造福过一方。他的三儿子柳刚当了几十年村书记，没有功劳也有苦劳，也为柳家大湾做了不少的实事。可为什么柳志死后，却遭到如此多农人的埋汰呢？这一切都是柳猛与柳勇造成的。

原来，二〇一〇年年中，立山联建改制，不再属于立山县城建局旗下企业，立山联建改制成以民营公司形式运营。立山联建改制后，柳猛、柳勇兄弟两人先是接手运营，并注入了一部分资金扩大了影响，后来他们通过巧妙融资，在二○一一年底把立山联建改头换面，与其他民营地产公司合资一处，彻底把立山联建的招牌换掉了。这一切只是他们兄弟两人准备移民国外前的准备工作。果然，二○一二年上半年，他们在老家柳家大湾打谷场正上方建好别墅后，便迅速卖掉了各自手上的股份，套得大量资金。他们把一部分资金通过正常手段转入国外儿女账户上，其他大部分资金则通过地下洗钱的方式汇入了国外开的账户。这样一来，立山联建不仅不存在了，资金也被彻底掏空了。可怜的立山县当地农人们，在里面打工的人明白这一切的时候，柳猛、柳勇兄弟俩已经在国外四处旅游、快活了。

立山联建曾是多少立山当地人的荣耀与回忆啊！在二十世纪八九十年代，立山当地一批又一批的农人拥进去打工挣钱、养家糊口，他们在里面挥洒着汗水，为省城的建设发挥着不可磨灭的作用。如今，立山联建烟消云散，怎能不让他们有怨气呢？

三十年河东，三十年河西。谁能想到短短几十年，相邻的两家人能有如此翻天覆地的变化呢……

第三十八章

希望的田野

二〇一三年十一月，柳岸以种粮大户的农民身份顺利被立山镇政府与人民推选为立山县人民代表，并于十二月参加了立山县召开的人大会议。没有多少文化的柳岸参加这么隆重的大会，是他人生的头一次。在去县城之前，柳岸的媳妇谢亚梅拉着他在立山镇上最大的超市买了两套新衣服，柳岸很不情愿，他嘀咕着说："我就是个农民嘛，被选为人大代表，就是代表农民去的，把平时干农活穿的衣服洗干净带着就行了，干吗费这大劲买新衣服！"

"你是个农民不假，可你不是一般的农民啊，你是新农人，知道不？你去参加人大会议，那种大场合，你不穿一身新衣服，咋能代表新农人的精气神呢！"谢亚梅打趣地笑着说。

"你这婆娘家家的，都取笑我了哈！你要给我买就买吧！你说得对，新衣服穿着精气神强些，咱农人就要讲究个精气神。有了咱的精气神，不怕农业没前途嘛！"柳岸也笑着说。

"就是嘛，你种田是把好手，脑子也灵泛，你去参加那么大的会议呀，要多听别人说话，自己要少讲话，要听爸爸的话，要低调些，不能因为自己是种粮大户就目空一切。"

"放心吧，爸爸说的话，我都记得呢……"

在妻子谢亚梅的精心准备下，柳岸带着开会的衣物，坐上了镇里安排的大巴车，与其他代表一起来到了县城人大会议代表接待处。大家签完到，把随身带的衣物放到了接待处的酒店。吃了晚饭，看了会议议程，大家说今晚可以在县城自由活动，只要不耽误明天开会就行。柳岸一听今晚能自由活动，当晚，便独自一个人漫步到了立山大桥这边。站在立山大桥的栏杆处，看着立山河的河水潺潺而流，河流两岸霓虹灯闪闪发光，柳岸顿时有了一种来到省城的感觉。这晚，柳岸立于立山大桥之上，不只是欣赏县城夜景，更多的是到此缅怀自己的母亲，告慰母亲袁爱红的在天之灵！今晚对柳岸有着特殊的意义。

原来，柳岸的儿子柳大万出生后，在与父亲柳顺的一次闲谈中，柳顺告知了大儿子柳岸关于其母亲死亡的真实原因，及袁爱红坠入立山大河的具体时间与地点，柳顺希望儿子柳岸要记住这一悲剧发生的前因后果，希望他珍惜现有生活，好好抚养自己的后代。

柳岸得知母亲在一九九二年的真实死亡原因后，感到很悲伤，他更加明白了"人穷万事难"的道理，更加明白了父亲这么多年来独挑大梁的艰辛与不易。他想，他有机会去县城时，一定要去立山大桥上缅怀母亲，告慰母亲的在天之灵。后来，柳岸每次到县城办事，不管多忙，他都会来到立山大桥待上一会儿，看看立山大桥的四周，看看立山河的河水，他感觉立山大桥的一物一景，立山河的一点一滴，都刻有母亲袁爱红的印记。这里，是他母亲生前最后来到的地方，是他母亲苦苦挣扎后，无奈之下来到的地方，这里一切的一切都与他的母亲有关，怎能不叫他伤怀呢？怎能不叫他对这里有着复杂的感情呢？

今晚，站在立山大桥上，冬天的寒风吹打在他的身上，他打了一个冷战，似乎是母亲感应到了他的到来。此时的柳岸在心里默默祷告：妈妈，如果你在天有灵的话，可以宽心了！你的儿子成了一方的产粮大户，你也有孙子了！你的儿女都出息了！你在那边过得还好吗？如果你有什么不放心的事，你托个梦给我，儿子一定给你办好，办得你满意！柳岸一个人在立山大桥来回踱步，待了几个小时，看着县城的灯光越来越少了，他才恋恋不舍地回到了人大会议代表住宿的酒店。当晚，进入梦乡的他，迷迷糊糊中，真的梦到了小时候见到的母亲的模样，他的母亲袁爱红似乎在梦中对他说："儿呀，看到你们都出息了，我就放心了，你们都要好好的……"

第二天，在雄壮的国歌声中，立山县人大会议开幕了。柳岸作为农民代表，被会议的隆重与热烈震撼到了，几天的会议，他都处于兴奋之中。在会议中，立山县新的县委书记、县长说得最多的就是要让立山县六十万农民尽快摆脱贫困，尽快实现农业现代化，他们还说要大力支持与扶持种粮大户，发挥农民的主观能动性，充分调动农民的生产积极性，鼓励种粮大户为农村实现脱贫做出更大贡献。柳岸被县委书记、县长的讲话感动到了。他想：县里这么重视农业、农村、农民，立山县的农业大有可为，广阔的农村一定是逐梦人的摇篮，广大的农民一定能摆脱贫困，实现小康生活。

几天的人大会议，使柳岸受益匪浅，开完会回来，他决定在农闲之余，拾起课本，提升自己的文化，加强学习理论知识，武装自己的头脑，提高农业机械化的知识水平，积极申请加入组织，向村委会靠拢。

二〇一四年五月，在柳顺六十岁这一年，大儿子柳岸因表现优异，被吸纳为预备党员，成了村里的重点培养对象。在祝贺柳岸加入组织的那一天，柳刚紧紧握着柳岸的手说道："我没有看错你，当初劝你留在柳家大湾是对的！你是柳家大湾的希望，现在国家的政策越来越好了，好的政策下，需要你这样年轻有为的人上来，你要加强学习，像你二弟柳忠一样，要自修完高中课程，最好能考上成人大专。现在种田也好，当村干部也好，都需要文化做支撑，有文化才能把农业干好，把农村激活，把农民带富起来。"

"刚叔，我听你的。一定好好学习，趁农闲时间，争取两年学完高中课程，四年考上成人大专。"

"好！我看好你！我也快六十了，希望下一届村委会，你是领头人，领着咱柳家大湾的农人脱贫致富！"

说这话的柳刚是不同于他的其他兄弟的。他的大哥柳猛、二哥柳勇全家移民国外，他的四弟柳强随着官越做越大，如今身居省城高位，更是极少回柳家大湾，回来后，说话往往带着官腔，因此，柳强与柳家大湾的农人们是合不到一块的！在柳家大湾农人们眼里，他们四个兄弟只有柳刚是没有争议的，农人们认为柳刚与他的其他兄弟还是有本质区别的。也的确，柳刚是退伍军人，入党早，觉悟高，心思正。当村干部期间，他也有很多的发财机会，但他一直努力地把持住了自己。他也有过犹豫与纠结，但他一直选择坚守在农村。在柳家大湾村里当了几十年的村干部，可以说，柳家大湾村与他息息相关。在他的兄弟柳猛、柳勇、柳强没有发财与身居高位前，柳刚已是柳家大湾村里的书记，他已为柳家大湾做出了很多贡献。别的不说，柳岸母亲袁爱红当初治病，是柳刚带头鼓动全村人捐款捐物的，后来，袁爱红、柳儒、柳传声的丧事，都是柳刚牵头办的。他办的一些实实在在的事，柳家大湾的农人们都看在眼里、记在心中，农人们的眼睛是雪亮的，他们的评论也是公正的！所以，即使柳猛、柳勇，成了柳家大湾众人眼中的背叛者，柳家大湾的农人们也没有牵连上柳刚。他们让柳刚在村里干书记，一直干到了他退休，这也就体现了农人们是大度的，是绝不会乱评无辜者的，更不会搞牵连拉人下马……

时间转眼间就到了二〇一五年十二月，此时，柳岸已被推选为村主任，他成了立山镇最年轻的村主任。这时，国家正在实施精准扶贫的战略，柳家大湾作为立山镇最大的农业村，被省里组织部定为脱贫攻坚重点中的试点村，省委组织部很快便派干部下来，进驻到柳家大湾村里，派下来的干部便成了驻村干部。

省委组织部派下来的驻村干部，通过充分调研考证，认为柳家大湾村可以结合立山大山厚重的历史文化优势与丰富的红色资源，来挖掘与发展特色旅游，把柳家大湾打造成乡村旅游特色景点试验地，还可以充分地发挥柳家大湾村里广袤的农田资源优势，发展农业合作社，把闲散的农民组织起来齐心协力谋发展，把柳家大湾的农民们打造成新农人。省委组织部驻村干部的建议很快便形成了行之有效的方案，在柳家大湾落地生根。

驻村干部把打造柳家大湾当成了脱贫攻坚的头等大事来

办，在他们的方案里，计划分成三步走，争取在五年内让柳家大湾有一个崭新的面貌。

第一步，他们让柳岸牵头成立了立山柳家大湾农业种植合作社，把留守在柳家大湾的农人们都吸纳进了合作社。合作社实行明确的分工与收益分成，农人们很快便融进了合作社的大家庭，为合作社出谋划策，出力干活，年中、年底都能从合作社中分得个人应得的收益。这个农业合作社不是简单地把留守农人们聚在一块，而是引导农人们科学种田，大面积实现农业机械化。在发展合作社的过程中，驻村干部为柳家大湾村里争取了各种扶持，在发展机械化、集约化种植的同时，还扶持打造了柳家大湾几处农业观赏景点。一是在柳家河水域栽培了荷花池景，在荷花池景两边建起了水中亭阁与栈道，供人欣赏游玩。二是设立了柳家大湾龙灯传承点，舞龙灯道具一应俱全，还请来专业师傅教会柳家大湾农人舞龙灯，对学会舞龙灯的农人实行财政补贴，学得精通的人，还可以申请获得非遗传承人的身份。三是充分利用柳家大湾打谷场的宽敞优势，在打谷场四周竖起了健身器材，把打谷场改成了既能晒谷子，又能休闲锻炼的公园，还在打谷场东边建起了颇具规模的传统农耕文化纪念馆。农耕文化纪念馆内陈列的各种农具摆放有序，自然大方，为游客到此观赏中国传统的农耕场景，提供了实实在在的物件，对发扬传统农耕文化具有十分重要的现实意义。这三大打造，不仅激发了柳家大湾留守农人们种植的积极性，让农人们获得了实实在在的收益，又丰富了柳家大湾农人们的精神生活，使农人们生活得更有尊严感与满足感。同时，驻村干部在第一步计划中主持的这三大打造工程，对柳家大湾农用耕地也起到了重要的保护作用。在第一步计划中，驻村干部还争取资金，给柳家大湾家家户户门前修了水泥路，实现了家家通路。

第二步计划就是大力挖掘柳家大湾背后立山的历史文化与红色资源，请来实力派作家、学者们写好立山的传统史、民俗史、革命史与斗争史，并结集成书，大力宣传这些历史故事与革命事迹，让立山厚重的历史文化得以传承与弘扬，让革命年代的红色精神重放光芒。在文化宣传的同时，驻村干部还积极争取政府立项，准备在柳家大湾立山下的山场辟出一块荒地，修建一座立山历史文化与革命文化纪念馆，以此发展柳家大湾的特色旅游资源。

第三步计划就是在做好前两步计划之后，全力把柳家大湾打造成有影响的集现代化农业种植、乡村旅游、革命传统教育基地于一体的农村示范地，以此让柳家大湾在外的人能自然回流，为乡村的长远发展与振兴出力。

驻村干部与柳家大湾村委会制订了具体的方案，便按计划大干、实干起来。二〇一六年，柳家大湾村精准扶贫开始了，农业合作社办得风风火火，超过了驻村干部的预想。这一年，为了工作的顺利开展，更为了村干部的年轻化，柳岸被选为柳家大湾村支书，他的当选，更加让柳家大湾农人们看到了希望，大家干劲更足了！在柳岸带领下，柳贵海、柳明、柳镜、柳文龙等柳家大湾的中心人物都纷纷加入了合作社，为合作社的发展做着各自的贡献。柳岸的治村有方与实干，也更加坚定了驻村干部实施下面两步计划的信心。此时的柳家大湾，大家风雨同舟、同舟共济、齐心协力，处处充满了生机与活力，形势喜人。第一步计划顺利完成，第二步计划紧跟着开始了……

二〇一六年，这一年注定不平凡，国家实行了全面放开二孩的政策。柳岸在大好形势下，便跟妻子谢亚梅商量着再生一个孩子的事。此时，他们的儿子柳大万已经十岁了。谢亚梅还不到三十五岁，对于再生一个孩子，她也是同意的。这一年，不仅他们决定再生一个孩子，柳岸的大姐柳萍、二姐柳晶、三姐柳莹都准备生二胎了。对于年龄偏大的大姐柳萍要生二胎的决定，大家都很担心。但顽强的柳萍在二〇一七年与她们一样，顺利地生下了娃娃。这样一来，柳顺的所有儿女、女婿、孙子孙女、外孙们加在一起，有近二十口人了，连驻村干部都对柳顺感叹道："柳大爷，你家真是个大家族啊！你的儿女们都是好出息啊，你的福分真好！"

是啊，柳顺总算苦尽甘来了！他遭受过饥饿，经历过人生的三大悲事，受过贫穷。他一辈子没有离开过土地，他与土地为伴，一辈子也奉献给了土地！如今，进入晚年，他享受着福分，这也是他应该得到的。得到福分的他，总在想：天地是公平的，好人就应该有好报！

二〇一九年，对于年近古稀的柳顺来说，是一个特殊的年份，有着特殊的意味。因为这一年，距他母亲杨氏去世已整整六十年。六十年前，他的母亲因忍受不了饥饿，错吃了土东西，导致肚子胀痛，去老井打水时，坠井而亡，使他幼年便失去了母爱！如今，一个甲子都过去了，人们早已摆脱了饥饿的困扰，即将步入小康生活，这怎能不让柳顺老爷子思绪万千呢？此时，年老的柳顺，是多么希望自己的母亲杨氏能活在如今这个好的时代啊！柳顺带着子女给父亲柳儒、母亲杨氏立了一块大碑，碑上刻着父母的生卒年月，刻着后代们的名字，以此让子女们永远记住先辈，让他们懂得饮水思源，不忘根本与来时路。站在父母的墓碑前，柳顺不由自主地长嘘一口气，说道："伯、干，你们可以安息了！你们的孙子孙女、曾孙曾孙女都很好！咱农人终于过上好日子了！国家发展越来越好了，咱农人有福啊！"

时代总在进步，社会总会发展，农人们幸福的生活总会实现。二〇一九年，不仅让柳顺思绪万千，也让整个柳家大湾的农人们激动不已。

二〇一九年秋天，柳家大湾村里的广播里循环播放着老歌："我们的家乡在希望的田野上，炊烟在新建的住房上飘荡，小河在美丽的村庄旁流淌。一片冬麦（那个）一片高粱，十里（呦）河塘十里果香。我们世世代代在这田野上生活，为她富裕，为她兴旺……我们世世代代在这田野上劳动，为她打扮，为她梳妆。我们的未来在希望的田野上……"

在柳家大湾上下洋溢着秋收喜悦之际，退休后的柳强携家带口回到了柳家大湾，他说要好好看看柳家大湾如今的模样！柳强的回来，也是驻村干部与县里邀请的。因为，在立山大山下的山场辟荒地建立纪念馆的事，上面批准动工了，动工的日子就定在国庆节前夕，以此庆祝国庆。

二〇一九年九月二十九日上午，省委组织部驻村干部、立山县委四大家领导、立山镇班子成员、柳家大湾村委班子成员、柳强及柳家大湾的农人们齐聚立山大山之下，随着驻村干部一声"立山历史文化与革命文化纪念馆正式开工"的传出，一串串鞭炮"噼里啪啦"地响起来了，农人们擦拭着眼角流出的泪水，他们的泪水似乎在诉说着："柳家大湾又活起来了！柳家大湾活了！"

是啊，柳家大湾曾经风光过、红火过，后来随着人口外流，变得越来越沉寂了。如今，柳家大湾农人们在国家强有力的精准扶贫政策下，激发了前所未有的战斗信心，为了重返辉煌，他们有激动，有欣慰，更多的是期盼与奋斗。

随着鞭炮声响起，随着铁锹扬土，柳家大湾村里的广播再次响起了老歌："我们的家乡在希望的田野上，炊烟在新建的住房上飘荡，小河在美丽的村庄旁流淌。一片冬麦（那个）一片高粱，十里（呦）河塘十里果香。我们世世代代在这田野上生活，为她富裕，为她兴旺……我们世世代代在这田野上劳动，为她打扮，为她梳妆。我们的未来在希望的田野上……"

柳顺独自一人坐在柳家河埂上，依旧抽着他的水烟袋，花白的头发在微风中闪闪发光，他两眼泛着泪，望着远方，他哭红了双眼。是啊！从幼小到老年，他的一生都在这里，柳家大湾就是他的一切，这里的田地孕育了他，这里的水土滋养了他，让他如何不陶醉，如何不感怀呢？

柳家大湾的农人们倾听着这悦耳动听的歌曲，许多人情不自禁地跟着唱道：我们的家乡在希望的田野上……

是啊！希望的田野，给人无限的希望！

准备：2015 年 2 月至 2020 年 4 月

初稿：2020 年 5 月至 2023 年 7 月

改稿：2023 年 8 月至 2025 年 2 月

脚步不停　笔耕不辍

我写这本关于农人们的书不是偶然的，是必然的。

我是纯农民出身，对农民有着天然的感情。我的爷爷、父亲都是农民，他们一辈子与土地打交道。我生在农村、长在农村，五六岁的时候便开始帮着大人干些力所能及的农活，比如扯猪草、拾柴火、提篮子、牵袋子等之类的手上活。

十一二岁的年纪，我便开始挑水、浇灌菜园。那时，每当放学回家后，第一时间不是做作业，而是挑起一对木桶，走到离家一里地左右的村里老井，舀满两桶水，用扁担钩子钩起两桶水，弯腰下去，用力地挑起这么一担水往家里赶。一对木桶很结实，有二三十斤的样子，装满水后，估计有六七十斤。我家的水缸是土陶缸，能装下满满的五担水。家里大人那时忙于农活，总有做不完的农事，他们每天就把诸如挑水这样的小事交给超过十岁的子女来做，因而家中的水缸，基本在我们放学时都是空的。也就是说，我每次放学回家，至少要挑五担水才能把水缸灌满，挑满水缸后，就相当于走完了十里路。

那时，如同我这样农民家的孩子，在我的这个年纪几乎都是如此，没有人惯着你，身为农民的儿子，从小就得劳动。挑满水缸的水，如果逢上菜园子干旱着，我还得挑上水桶，拿着一个葫芦瓢，挑水到菜园子浇灌。菜园子如果离池塘或者水库近的话，挑水灌溉菜园，大概挑上十几担水，半个小时左右的样子就能做完。做完这些，才能挤出时间来做一下作业。

十四五岁的年纪，我就学会了插秧、种花生、割小麦、收稻谷之类的农活。那时，一到农忙季节，学校都会放几天农忙假，让我们回家帮大人做农事，或者分派我们挖一些中草药材卖掉。

十六岁那年，我的父亲患病去世。我在读书之余，便开始学着犁田耕地，捆草头（小麦、稻谷之类的）、挑草头。记得第一次挑草头，那担草头大概一百二十斤重，冲担压在肩膀上，感觉整个人都要倒下去的样子，但不得不咬牙坚持挑起来，一路挣扎着挑到打谷场。挑上几十担草头，晚上脱下衣服，澡都不敢洗，因为整个肩膀周围都是血红血红的，皮破了，肩膀也肿了，一碰就痛得厉害！那时，我所挑的草头还算轻的，大人捆的草头，捆得紧点，至少有一百四五十斤重。农忙就是干抢时间的活，农事耽搁不得，趁着天好就要加快速度收割，不然，一旦下雨，麦子谷子都要遭殃，弄不好，一年到头白忙活。

我高中毕业后，复读了几个月，便去当了兵。退伍回到家里后，去外面打了十几年工，其间，做过几年小本生意。在打工与做生意期间，我家里仍然种着田地，我也会抽时间回家帮忙干农活。作为一个农民，我并未因为务工与做生意而丢掉种地的营生。

二〇一六年九月，我的上辈亲人都去世后，我便把家里的田地交给村里一个种粮大户打理着。每年，我都会在农忙时节，抽工作的空余时间，回去看看，闻闻田地的芳香。如今，我虽然没有再做农活，但我仍然是一个农民，我没有打算改变自己农民的身份。

那么，作为一个业余作家，既然与"作家"挂上了钩，我就有责任为农民们写一本书，写一本真正属于农民的书。

为了写这本书，我从二〇一五年初便开始做着准备工作，在田间地头里，在古今史书中，搜寻着与农民有关的一切。准备素材的工作，我一直持续至二〇二〇年初。在准备素材的五年期间，我已写过很多与农业、农村、农民有关的小文章，比如我的作品集《日照清风》里的《地摊本色》《三舅的命》《老井湾》《楞爷》等文章，便是对农民做出的诠释。这种诠释，也可以算作我为写这本书所做的铺垫与练笔吧。

二〇二〇年五月，在做足五年的准备后，我狠下心来，最终决定写作这部构思与酝酿了很久的长篇小说。在写作这部书的过程中，作为农民的我，写得很艰辛。正因为自己是农民，我生怕自己写不好农人们。我想，任何作者在写自己所处的那一个阶层的群体时，应该都会有此感觉吧？可能很多作家都没有农民这个身份与做农民的切身感受，所以他们应该体会不到我写作的苦楚。

在写这部长篇小说的过程中，我也感到过迷茫。哪些该写，哪些不该写，我又该如何写呢？这些问题时常困扰着我，令我经常失眠。写这部书之前，我一个晚上，正常情况下，能睡上七八个小时。自从正式写作这部长篇小说那一刻起，我几乎每天晚上只能休息五六个小时，不是我睡得太晚，而是我时常睡着睡着就自然醒了，醒来后满脑子里都是这部书里农人们的事。

二〇二三年七月，历时近四年的煎熬，我终于把这部书的初稿写完了，二〇二三年八月至二〇二五年二月，我又从头到尾修改了三遍，至此，我的这部长篇小说，总算完稿。

也许很多人会问我：农民就是农民，你为何要把这部书中的农民写成农人呢？其实，书里面出现了很多次"农民"的字眼，如果你硬要问个究竟，那么，我下面就从历史经纬与写这本书的意义方面，略微说点东西。如果你实在还不理解写成农人的意义何在，那么，就请你耐心地从这本书第一章一直看到最后第三十八章吧，相信你看完后，会明白这本书把农民写成农人的意义所在。

下面，就让我来简单说说与农民有关的历史经纬吧。

自古以来，中国就是一个农业大国，农民占据了国家的大半人口，农耕文化在历史长河中一直占据着主导地位。纵观中国数千年的历史，如果要用一句话说到根子上，就是"国计民生看农民"，这似乎是一种历史定律。历史上无数个活生生的例子，无不说明了农民的重要性。这也使得在历史上朝代的兴衰交替过程中，农民们起到了最为关键的作用。

古人是聪明的，但因为时代的局限性，古人虽知农民在国家兴亡中有着独特的地位，但古代的农民往往是统治阶层最喜欢压榨与剥削的对象，农民因纯朴脆弱与老实厚道，被统治者当成了可欺的对象，这就导致了历史上的农民在忍无可忍之时，便要推翻欺人的朝廷。说到底，历史上没落的统治者就是因为没有把农民当人看，没有给农民应有的生存生活环境，最后必然被农民抛弃，从而被推翻。

历史告诉我们一个真理：农民不单单是农民，农民是一个个活生生的人，是人就有尊严与需求，是人就必不能被辜负。所以，我们不应该简单地称呼农民为"农民"，而要尊称他们为"农人"。

在中国有一个特别真实的现象：不管你官多大，不管你多富有，也不管你多有名，你的父亲、母亲，或者你的爷爷、奶奶，再或者你的曾祖父、曾祖母，再或者你的上面两代、三代亲邻之中，必有出身农民的人，也就是说任何人往前数三代，家中必有农人。社会上也流行着一句话：谁看不起农人，谁就是看不起自己的先辈！谁忽视农人，谁忘了农人，谁就是数典忘祖！

进入二十世纪七八十年代，我们的农人们开始经历中国历史上伟大的改革开放，改革中有阵痛，有波澜，有希冀。至二十一世纪初，历经数十年的改革发展与城镇化进程，我们的农人经受了社会快速发展带来的种种挑战，我们的农人们为国家从站起来到富起来再到强起来做出了不可磨灭的贡献，他们有很多值得书写的地方。

特别是在全面建成小康社会的过程中，在当下乡村振兴战略的推动下，农人们以崭新的精神面貌奋斗在伟大的征程上，他们身上爆发的热情与闪光点，可以说是书之不完、写之不尽的。

农业是一个伟大的事业，农村是一片广阔的天地，农民是新时代最可爱的人之一。这些，促使我这个纯农民出身的壮年农人以自己对乡村的热情，以自己心灵的呼唤来提笔记录时代大潮之下农人们的悲欢离合、喜怒哀乐、奋斗征程，以此让农人们留住乡愁，记住奋斗之史。

今天，我以农人为题，以二十世纪七八十年代一对农村的夫妇先后生育六个孩子的事情为开端，重点记录农人的这六个孩子不同的命运与境遇，在记录他们命运变化的前后，处处做铺垫，时时设伏笔，穿针引线式地突出展现了一群群普普通通农人的生存境况、精神状态、生活理想等。

我的这部书，以长篇小说叙事抒情，以真情实感进行创作，把家国情怀写进人物中，把时代变革一点点地记录下来，把农人们最真实的面貌与最可贵的精神贯穿其中。

小说源于生活又折射了生活，小说里面有时代的烙印，小说里面有众生之相，小说里面更有农人们的理想与追求。小说承载了人生的悲欢离合、阴晴圆缺，也透视了生活需要进一步改善与发展的要义。让小说有血有肉、有滋有味，创作出来后能让世人受到启发，从而更好地去生活，去奋斗，去幸福地活着，这便是我创作这部书的初衷与意义，这也是我在生活举步维艰下坚持出版《农人》的精神动力。

在此说明一下，我把此书之题最终定为农人，有三层含义：其一，这部长篇小说全书讲的是立山县立山大山之下柳家大湾的农人们，柳家大湾的农人们是一个群体，也是一个代表，他们在时代大潮之下，默默地做着自己的贡献，他们值得书写，值得纪念与褒扬。其二，在这部长篇小说中，我所抒写的农人们顶天立地，如大山一样耸立云霄，他们的精神可贵，意志如山，立山之农人几乎可以作为天下农人们真实的缩影来正视，我们必须敬畏这顶天立地如大山般的农人们。其三，今天的农民已不同于往日之农民，国家已赋予农民新的历史任务与使命，今天的农民，已然成为时代发展中的新农人，他们对国家的长远发展起着越来越重要的作用。故而，我们更需要这些农人，我们更需要尊重他们的劳动成果，更需要让他们有获得感与归属感。那么，以"农人"来称呼这些坚守在广大农村的农民们，就更具时代感与责任感。

我们的农人们，不管是青年，还是中年，或是老年，他们坚守在广大的农村，他们的脚步不会停止。农人们为农业、农村的发展，为国家的强大发挥着越来越重要的作用，他们每一个人，只要还能劳动，就不会停下脚步，就会一直坚强地行进在伟大的征程上。

农人们不停步，作为书写他们的人，则不能停下手中的笔。我要用手中的笔，来记录农人们的历史与印记，记录他们的平凡与伟大，记录他们的人生与世界。这项事业一开始，便是停不下脚步、止不住笔端！无疑，这项事业将是艰辛的，也必将是幸福的！衷心地希望《农人》这部长篇小说的出版，能让全天下的人了解到真真切切、实实在在的农人。

在此，衷心地感谢出版社的编辑们、成都书点文化传播有限公司的编辑们，感谢他们的大力支持与辛勤编校！也衷心地感谢孝感市委宣传部、大悟县委宣传部等单位与领导给予的出版扶持，感谢一路走来帮助过我、鼓励过我、鞭策过我的老师与朋友们，正是有了他们在背后的鼎力支持，才有了属于农民们的这部长篇小说《农人》的面世。

当然，人无完人，书无完书，希望《农人》书中的不足能得到读者与专家们的批评、指正！在此，不胜感谢！换位思考之，好的不好的，都能坦然接受，因为，我永远是《农人》中的农人。

2025 年 2 月 12 日晚